우리반
일용이

읽어 두기
2013년에 나온 《우리 반 일용이》를 새롭게 정리해서 펴냈습니다. 글마다 밝혀 놓은 학교는
선생님들이 그 글을 썼을 때 있었던 곳입니다. 아이들이 쓴 글은 맞춤법에 따르지 않고
그대로 실었습니다. 그리고 어떤 글에서 아이들 이름은 본디 이름이 아닙니다.

# 우리 반 일용이

김숙미 외 씀 ― 한국글쓰기교육연구회 엮음

양철북

온 힘을 다해 제 삶을 살아 내는 한 아이가 있습니다.
그리고 그 곁에 있는 또 한 사람,
지켜보는 것 말고는 할 수 있는 게 없습니다.
사람과 사람이 지극하게 만나는 것,
그래서 또 살아갈 수 있습니다.
오늘을 살아가는 우리들 이야기이기도 합니다.

# 차례

아무도 모른다

# 지금도 나를 가르치는 아이

엊그제 반가운 전화가 왔다. 18년 전, 서산 해미중학교에서 가르쳤던 남수다. 결혼하고 옛 짐을 정리하다가 예전에 나한테 받았던 편지 뭉치를 보고는 전화했다고 한다. 벌써 서른세 살이라니 세월이 참 빠르다. 어렵게 중·고등학교를 다니고 그 뒤 어떻게 지내나 궁금했는데, 어엿한 공무원이 되었다니 참 반가웠다.

처음 만났을 때 생각이 난다. 착하고 얼굴이 하얀 아이로 키는 145센티미터나 될까, 작은 키에 얼굴은 조그맣고 말수가 아주 적었다. 일찍이 부모를 잃고 초등학교 2학년 때부터 먼 친척 할아버지와 단둘이 살아왔다. 그러니 누구하고 오순도순 정을 나누며 살았겠는가. 외롭게 살아왔으니 누구와도 잘 어울리지 못했다.

중학교 1학년 때 남수 담임을 맡고 나서 가정방문을 했다. 자전거에 라면 두 상자를 싣고 갔다. 가끔 끼니가 없어 밥을 굶고 잤다는 글을 일기에서 보았다. 마을 이름을 쓴 종이를 들고 물어물어 갔다. 마을 들머리에 들어서서 마침 밭에서 일하는 어느 할아버지에게 남수 집을 물었다. 일하고 있던 할아버지는 내 말을 듣더니 갑자기 뛰어오면서 "아이구, 선생님" 하셨다. 바로 남수 할아버지였다. 예순이 넘어 일흔이 다 된 할아버지는 마을에서 이 집 저 집 다니며 일을 해서 생활비를 번다고 하셨다.

"불쌍한 우리 남수를 잘 부탁합니다."

할아버지 얼굴에 새겨진 굵은 주름을 보니, 가난 속에서 힘겹게 살아가는 것을 알 수 있었다.

남수 집은 스무 채쯤 옹기종기 모여 있는 마을에서 200미터쯤 떨어진 산비탈에 외따로 있었다. 집에 들어서니 닭이랑 병아리가 마당에서 한가로이 놀고 있었다. "남수야" 부르니 깜짝 놀라며 뛰어나온다. 어쩔 줄 몰라 하고 허둥댄다. 담임선생이 자기 집을 찾아오기는 처음이기에 더 당황했을 거다. 얼른 부엌으로 들어가더니 그릇을 들고 집 뒤로 간다. 산에서 흘러내려 오는 물을 떠 오더니 설탕을 타서 준다.

썰렁한 집 분위기를 느끼겠다. 남수가 학교 가고 할아버지가 일 나가면 늘 비어 있는 집이다. 방에 들어가 봤다. 낮인데도 전등을 켜 놓았는데, 희미해서 어두침침하다. 벽지는 군데군데 찢어져 흙벽이 보인다. 책상 대신 사과 상자를 엎어 놓고 쓰고, 나무로 만든 책꽂이에 누런 책 몇 권이 꽂혀 있다. 허름한 이불을 한쪽에 가지런히 개어 놓았다. 가난한 집, 가난한 방이다. 밖으로 나오니 남수가 어디서 따 왔는지 으름을 한 움큼 먹으라고 내놓는다.

햇볕이 가득한 마루에 나란히 앉았다. 부모에 대해 물으니 작은 눈을 깜박이며 떠듬거리며 말했다.

"우리 아버지는 내가 여덟 살 때 결핵에 걸렸어요. 밤에 잘 때 기침을 참 많이 했어요. 식구들한테 병 옮긴다고 따로 나가 집 뒤에 있는 산 중턱에다가 움막을 지었어요. 거기에서 아버지 혼자 지냈어요. 아침마다 내가 학교 갈 때 도시락을 싸서 아버지 움막 앞에다 놓고 갔어요. 움막 안에도 들어오지 못하게 해서 밖에서 아버지한테 학교 간다고 인사하고 그랬어요. 학교 끝나고 올 때는 다시 아버지한테 가서 빈 도시락을 가지고 왔어요. 기침 소리가 많이 났어요. 학교 잘 다녀왔냐고, 공부 열심히 하라고 했어요. 또 아버지가 나에게 고생시켜 미안하다고 말했어요.

일요일이면 아버지한테 가서 놀았어요. 움막 주변에서 놀기도 하고 책도 읽고 잠도 자고, 아버지하고 얘기하다가 저녁때 내려왔어요. 움막 거적때기를 삐죽 열고 밖을 내다보는 아버지를 보면 눈물이 났어요. 얼마나 아픈지 말하는 거보다 기침을 더 많이 했어요. 얼굴도 종잇장처럼 하얗고 말할 때도 힘이 없어 개미 소리만 했어요. 아버지가 얼른 병이 나아서 집으로 내려와 식구들하고 같이 살면 얼마나 좋을까, 그런 생각을 했어요. 그때 무슨 하얀 약만 먹었는데, 내가 보건소에 가서 가져왔어요. 병원에서는 더 이상 치료할 수 없다고 그냥 집에 가라고 했대요."

남수는 아버지 얘기를 하면서 눈물을 흘렸다.

그때 어머니는 아버지가 많이 아프니깐 아무에게도 알리지 않고 몰래 집을 나갔다. 그 이후 10년 동안 어머니 소식을 알 수 없었다. 다만 소문으로는 어머니가 서울 가는 버스를 타는 걸 동네 아주머니가 봤다고 했다. 아버지는 그렇게 6개월쯤 지내다가 돌아가셨다. 동네 어른들 도움으로 장례를 치르고 어린 나이에 혼자 살게 되었다. 처지가 딱하게 되었다. 그래서 일가친척들 몇이 나서서 마침 혼자 살고 있는 먼 친척 되는 할아버지와 함께 살 수 있게 해 주었다.

언젠가 일기에 이렇게 썼다.

"어머니를 원망하지 않아요. 오죽 힘들면 어머니가 가셨겠어요. 어디 계시든 잘 지내시면 좋겠어요. 가끔 어머니가 생각나는 밤이면 뒷산에 올라 서울 쪽에 떠 있는 별을 봐요."

참 속이 깊은 아이였다.

또 물었다. 요즘 지내면서 가장 힘든 일이 무어냐고. 겨울철에 빨래하는 일이라고 했다. 마당에 있는 샘이 얼어 그걸 돌멩이로 깨서 빨래한다고 했다. 물이 차서 손이 떨어져 나가는 것 같다고 했다. 또 밥을 실컷 한번 먹고 싶다고 했다. 날마다 두 끼를 라면 끓여 먹고 가끔 밥을 해 먹는다고 했다.

학년 초에 있던 일이다. 남수가 점심밥을 어떻게 먹나 보려고 교실에 갔는데 안 보이길래 아이들에게 물으니, 남수는 늘 점심밥을 안 싸와 운동장으로 나가 논다고 했다. 점심시간이라 운동장은 텅 비어 있는데 어디 있지? 찾아보니 운동장 가장자리 철봉대 밑 걸상에 누군가와 앉아 있었다. 가까이 가니 깜짝 놀란다. 뭘 먹고 있는지 입을 우물거리다가 몸 뒤로 감추었다. 뭐니? 우리 반 아이 문철이가 그 옆에 앉아 있는데 그 아이도 놀라는 눈치다. 누룽지였다. 비닐봉지에 누룽지를 싸와 같이 나눠 먹고 있었다.

열흘 전, 문철이 어머니가 돌아가셔서 우리 반 아이들 모두 문상을 간 일이 있다. 그 아이가 점심을 못 싸 온 동무와 같이 먹고 있었다. 어찌 이렇게도 마음이 고울까. 배고픈 사람이 배고픈 사람 심정을 안다고 동무까지 따뜻하게 챙겨 주니 마음 곱기가 하늘 같다.

그날 남수는 내가 가지고 간 라면을 보더니, 한 상자를 문철이네 갖다준다고 했다. 참 착하고 장하다. 자기와 처지가 비슷한 아이들을 마음에 담고 사는 것 같았다. 세상은 서로 어울려 살아가는 곳이라 하지만 어디 그게 쉬운 일인가. 남수는 지금껏 외롭게 살아가면서도 세상 이치를 누구보다 잘 깨우치고 있었다. 주변 사람들이 따뜻한 마음으로 지켜보는 가운데 남수는 스스로 일어나 살겠다는 희망을 마음속에 키우고 있었다.

추석을 얼마 앞두고 남수는 여러 날 조퇴를 했다. 첫날, 할 말이 있다고 하면서 조심스럽게 말했다.

"뒷산 상수리를 따서 팔아 그 돈으로 이번 추석 날 할아버지에게 내복 한 벌 사 드리고 싶어서요."

아침 일찍 일어나 뒷산에 올라가 따고 저녁에는 해가 짧아 조퇴하고 가서 땄다. 여러 날 걸려 두 자루 가득 땄다고 했다. 드디어 장날, 그걸 팔아 할아버지 내복 산다고 일찍 집으로 갔다. 다음 날 아침 만나자마자 할아버지께 내복 잘 사서 드렸냐고 물으니 갑자기 얼굴을 찡그리며 아무 말도 안 하고 고개만 푹 숙였다.

"왜?"

"어제 집에 가 보니 항아리에 넣어 둔 상수리 자루가 없어졌어요."

아니, 그걸 누가 가져갔을까. 사정이 이랬다. 오늘 학교 와서 친구들 얘기를 들으니, 자기와 한동네에 사는 아이가 장날 학교에 안 오고 몰래 자기 집에 가서 상수리를 훔쳐 갔다는 거다. 그걸 팔아 돈 마련해서 서울로 떴다고 했다. 내 앞에서 눈물을 줄줄 흘리며 울었다. 하도 딱해 "그럼 내가 내복 한 벌 사 줄 테니 그걸 드려라" 하니 싫다고 했다. 결국 남수는 다시 며칠 동안 상수리를 따서 할아버지께 내복을 사 드렸다. 할아버지는 그날 내복을 받고 우셨다고 일기에 썼다. 얼마나 고맙고 대견스러웠겠나. 이런 게 바로 사람과 사람끼리 나누는 아름다운 삶일 것이다.

남수는 중학교를 졸업하고 서산농고로 진학했다. 12킬로미터나 떨어진 학교를 3년 동안 비바람 맞아 가면서 자전거를 타고 다녔다. 얼마나 힘들었겠나. 그때 할아버지는 몸이 많이 아파 대전에 사는 따님네로 가게 되었다. 남수는 혼자 밥해 먹으면서 학교를 다녔다. 나중에 아는 농고 교사에게 들으니 남수가 고등학교 졸업할 때 1등을 해서 상을 탔다고 했다.

고등학교를 마치고 바로 직장에 들어가지 않고 더 공부하기로 마음먹었다. 서울로 가 임시로 주유소에 취직해 낮에 일하고 그 돈으로 밤에는 학원에 나가 공무원 시험 준비를 했다. 아픔 뒤에는 꼭 웃을 때가 온다고, 2년 만에 공무원 시험에 합격했다.

지난해, 어머니가 자꾸 꿈에 나타났다고 했다. 그래서 서울 어딘가에 살고 있는 어머니를 찾아보기로 했다. 컴퓨터 조회도 해 보고, 고향에 계신 동네 어른들을 찾아가 어머니 소식을 물었다. 마침내 동네에 사는 한 아주머니가 매우 곤혹스러워하면서 어머니가 서울 은평구에 살고 있다고 알려 줬다. 여러 사람이 도와줘서, 다시 결혼을 해서 살고 있는 어머니를 20년 만에 만났다. 배다른 동생들도 만났다. 어머니는 집을 나간 이후 지금까지 남수가 어떻게 살고 있는지 이 동네 아주머니한테서 늘 듣고 지켜봤다고 했다. 얼마나 세상이 원망스럽고 힘들고 안타까웠을까. 하지만 남수나 어머니는 이제 모든 걸 이해하고 다시 만났다.

오랜만에 전화하니 할 말이 참 많았다. 중학교 다닐 때 이야기를 하면서 자기 마음을 이렇게 털어놓았다.

"그때 저는 부모가 없다고 해서 남에게 기대고 싶지 않았어요. 앞으로는 조금이나마 나 같은 처지에 있는 아이들을 도와주고 싶어요."

남수는 따뜻한 마음을 잃지 않고 착하게 살아왔다. 대견스럽다. 당당하게 살아가면서 지금도 나를 가르치고 있다.

황금성, 부여 부여여고 (2001.10.16)

# 민희가 보여 준 희망

교단에 서서 어린이를 가르친 세월이 10여 년이 되어 갑니다. 많은 어린이와 만나고 헤어지다 보니 그 가운데는 남달리 기억에 남는 어린 이들이 있기 마련입니다.

어려운 집안 환경 속에서도 열심히 공부하던 성기, 계단에서 굴러 떨어진 홍규, 지방에서 전학 와서는 적응을 잘하지 못하던 기영이, 유난히 사랑받기를 원했던 지영이, 내 실수로 가슴에 상처를 입었을 순미. 그중에서 나는 '이민희'라는 어린이를 결코 잊을 수 없을 것입니다. 민희는 어떤 어린이보다도 내 가슴을 아프게 했고, 또한 아주 어려운 환경 속에서도 잃지 않는 생에 대한 희망을 보여 주었기 때문입니다.

민희는 내가 직접 담임했던 어린이는 아니었습니다. 7년 전 이른 봄에 열한 살 어린 소녀 민희를 만났습니다. 민희는 내가 담임하고 있던 남자 어린이의 바로 아래 동생이었습니다.

그해에 6학년을 맡았습니다. 그런데 3월 초부터 자주 결석을 하는 어린이가 있었습니다. 지저분한 몸차림에 말이라고는 거의 없는 순민이었습니다. 반 어린이들 말로 순민이는 비 오는 날이면 꼭 결석을 한다는 것을 알았습니다. 비가 조금이라도 오면 집으로 흘러드는 물을 퍼내야 한다고 했습니다. 궁금한 마음에 순민이한테 이것저것 물어봐도 입을 꼭 다물고 전혀 대답을 하지 않았습니다.

3월 말 무렵입니다. 그날 또 결석한 순민이네 집을 찾아 나섰습니다. 부슬부슬 내리는 봄비를 맞으며 같은 동네에 산다는 우리 반 아이 뒤를 따라서 찾아갔습니다. 순민이네가 산다는 집은 당시로서는 새로 지은 고급 주택가 골목 중간쯤에 있었습니다. 삼층집이었습니다.

대문을 들어서서 보니 1층은 세를 놓기 위해 지은 집으로 보였습니다. 아주 작은 방들이 여러 개 연달아 있었습니다. 그중에 한 방이려니 짐작하고 첫 번째 방에 사시는 아주머니에게 순민이라는 아이가 사는 방이 어느 방이냐고 여쭈어 보았습니다. 아주머니는 뒤쪽 맨 끝에 있는 합판으로 된 문을 가리켰습니다.

문 앞에 가서 순민이를 부르려는데, 합판 문이 삐그덕 열리더니 양동이 물이 내 바지에 쏟아졌습니다. 냄새가 퀴퀴하게 나고 썩은 음식 찌꺼기가 섞여 있는 구정물이었습니다. 나도 놀라고 물을 버린 사람도 놀랐습니다. 순민이었습니다.

놀란 표정으로 멀뚱히 서 있는 순민이에게 괜찮다는 뜻으로 빙긋이 웃어 보이면서, 네가 결석해서 아이들하고 물을 푸기 위해 왔다고 했습니다. 물을 같이 푸자면서 뒤에 서 있는 어린이들과 함께 들어가려고 하니까 순민이가 좁은 문을 가로막았습니다. 아무 대꾸도 없이 막무가내로 문에서 비켜 주지 않았습니다. 몇 번을 달래 보았지만 소용없었습니다. 아무 대답도 없이 눈을 크게 뜨고 입을 앙다문 채 두 손으로 양쪽 문기둥을 잡고 버티는 것입니다.

그때 안에서 "오빠, 물 받어. 누구 왔어?" 하는 여자아이 목소리가 들렸습니다. 순민이 선생님이라고 말하니 깜짝 놀라며 순민이를 제치고 나왔습니다. 낡은 치마와 스웨터, 땀에 젖은 머리칼이 이마를 덮은 여자아이였습니다. 순민이 동생 민희라고 자기소개를 똑똑하게 했습니다. 내가 온 이유를 설명하니까 반갑게 방으로 들어가자고 했습니다. 이제 물은 다 펐기 때문에 괜찮다고 했습니다.

나는 순민이와 민희 뒤를 따라 들어가다 깜짝 놀랐습니다. 문 안은 방이 아니라 어두침침하고 좁다란 데다 아주 가파른 계단이 있었습니다. 그 계단 저만큼 아래에서 불그스레한 전등 불빛이 비쳤습니다. 순민이가 한사코 막던 까닭을 어렴풋이 알 것 같았습니다. 뒤에 있던 어린이들을 집으로 가라고 돌려보냈습니다.

내려가는 계단이 좁고 낮아서 허리를 굽히고 뒷걸음질로 조심조심 내려갔습니다. 계단 아래로 내려가 문짝도 없는 곳을 들어서니 퀴퀴한 시궁창 냄새가 코끝에 확 끼쳤습니다. 불빛이 흐려서 잘 보이지 않아 눈에 익숙해지기를 조금 기다렸습니다. 천천히 들어서서 자세히 돌아보니 두 평도 채 안 되는 듯한 지하실에 3분의 2쯤 마루를 놓은 방이었습니다. 마루높이는 1미터쯤 되었습니다.

시멘트 바닥이 깨지고 헐어서 울퉁불퉁한 데 물이 질퍽거렸습니다.

썩은 음식 찌꺼기가 널려 있었고, 블록 대여섯 개를 받쳐 놓고 그 위에 작은 항아리 한 개와 녹슨 석유곤로 한 개를 올려놓았습니다. 마루 안쪽 벽에 찬장 비슷한 가구가 있는데 그 속에 그릇 몇 개와 여러 가지 자잘한 물건이 흐트러져 있고, 벽에는 후줄그레한 옷이 서너 개 걸려 있었습니다. 마루 안쪽에는 눅눅한 담요가 두 장 있는데, 가만히 보니 어린아이가 담요를 둘둘 말고 앉아서 나를 신기한 듯이 바라보고 있었습니다.

순민이하고 달리 민희는 이야기를 조리 있게 잘했습니다. 묻는 말에 숨김없이 차근차근 설명하는 민희가 동생이 아니라 누나같이 느껴질 정도였습니다.

민희는 그 방에서 오빠와 자기와 3학년과 1학년, 그리고 구석에 있는 다섯 살짜리 동생과 산다고 했습니다. 5남매가 동회에서 주는 쌀로 한 달을 산다고 했답니다. 어머니는 1년 전에 집을 나가셨답니다. 아버지가 거의 날마다 술에 취해 들어와서 하도 때렸기 때문에 살 수가 없었답니다. 그 뒤에 아버지도 집을 나갔는데 어쩌다 오신다고 했습니다. 집에 들어오는 날은 엄마 대신 오빠를 때린다고 했습니다. 부모가 있어도 없는 것과 같아 동네 사람들이 동사무소에 사정해서 억지로 생활보호자 혜택이나마 받게 되어 살고 있다고 했습니다.

처음에는 동사무소에서 고아원 같은 데로 보내려고 했지만 민희가 반대를 했다고 합니다. 절대로 흩어질 수는 없다고, 또 언젠가는 아버지가 마음을 바로잡고 어머니도 돌아올 것이라고 했답니다. 그때까지 자기가 가정을 지키겠다고 했답니다. 그래서 자기는 공부는 하고 싶지만 어린 동생 때문에 학교를 못 간다고 했습니다. 집에서 동생과 오빠가 쓰는 책으로 공부를 한다고 했습니다. 물에 몇 번이나 젖어 비틀어지고 찢어진 책이었습니다.

만일 아버지나 어머니가 빨리 돌아오시지 않는다 하더라도, 자기가 조금만 더 크고 막냇동생이 학교에 들어가면 무슨 일이든지 해서 돈을 벌어 오빠와 동생들을 공부시키겠다고 했습니다. 그러면 언젠가는 부모님도 돌아오실 것이고, 행복한 가정이 될 것이라고 했습니다.

그렇게 민희 이야기를 듣는 사이에 지하실 벽 틈으로 흘러나온 시궁창 물이 다시 무릎만큼이나 차올랐습니다. 벽 저쪽으로 큰 하수도가 흐른다고 했습니다. 벽을 보니 여기저기 갈라진 틈이 있어서 벽 너머로 흐르는 하수도 찌꺼기까지 같이 삐져나오고 있었습니다. 그러니 비만 오면 하수도 물이 다 줄어들 때까지 쉬지 않고 퍼내야 했습니다. 함께 물을 퍼내다 민희 몰래 항아리를 열어 보니 동사무소에서 준 정부미가 바닥에 한 줌 정도 있었습니다.

물을 다 퍼내고 나와 보니 밖은 이미 캄캄하게 어두웠습니다. 지하방에서는 낮이나 밤이나 똑같으니 알 수 없었습니다. 대문 밖까지 배웅을 나온 민희에게 주머니에 있던 돈 몇천 원을 쥐여 주려고 하니 한사코 싫다고 했습니다. 찾아와서 좋은 말씀 해 주시고 물도 퍼 주셨는데 돈까지 받을 수는 없다고 했습니다. 나중에는 동정을 받지는 않겠다는 뜻으로 이야기했습니다. 그 말에 깜짝 놀라서 결코 동정이 아니라고 했습니다. 다만 순민이 담임교사인 내가 너희보다 좀 더 가지고 있는 것을 너희에게 필요하다고 생각하기 때문에 나누어 주는 것이라고 했습니다. 그제야 민희는 다음에 동사무소에서 쌀이 나올 때까지 필요하다며 2천 원만 받겠다고 했습니다. 그러한 민희 태도는 그 뒤로 나와 아주 친해지고 나서도 한결같았습니다.

열한 살짜리 소녀 가장 민희가 보여 준 삶에 대한 자세는 나에게 많은 깨우침을 주었습니다. 내 생활을 밑바탕부터 되돌아보게 했으며, 나보다 가난하거나 불행하게 보이는 이웃을 동정하는 눈이 아니라 함께 나누며 살아가는 마음으로 행동해야 함을 알게 했습니다. 나아가 나는 민희한테 어떤 환경에서도 삶에 대한 희망과 믿음을 잃지 않을 수 있는 용기를 또렷하게 배웠습니다.

이주영, 서울 탑동초등 (1986.2)

# 아기를 업고 공부한 정임이

패 오래전에 우리 교실에서 있었던 이야기입니다. 그때 나는 경상북도 봉화군에 있는 청량산 도립 공원 밑 자그마한 학교에서 6학년을 담임했습니다. 우리 반 아이들은 모두 열여섯이었어요. 여자아이가 열둘, 남자아이가 넷이었지요.

우리 반 아이들은 참으로 사이좋게 지냈어요. 그도 그럴 것이 6년 동안 한 번도 반이 갈라지지 않고 같은 교실에서 공부를 한 사이였으니까요. 또한 아기 때부터 같은 마을에서 늘 함께 놀면서 자란 사이였고요. 누구네 집 논밭은 어디에 있으며 거기에는 어떤 곡식을 심었는지도 서로 다 알고 있었어요. 누구네 집에는 어떻게 생긴 개를 기르고 있고, 송아지가 몇 마리인지도 훤하게 알고 있었어요. 이렇게 서로가 서로를 잘 알면서 마음을 터놓고 살아가는 아이들 속에서 지낸 그해는 행복했습니다.

나는 학교 안에 있는 사택 방 하나를 얻어서 혼자 자취를 하고 있었습니다. 우리 반 아이들은 학교에 올 때 교실로 먼저 들어가지 않고 운동장을 가로질러 우리 방으로 다들 모였어요. 날씨가 추운 날이면 아랫목에 펴 놓은 이불 밑에 발을 쑥 넣고 몸을 녹이다가 공부 시작 시간이 되면 "자, 공부하러 가자" 이러면서 도시락을 이불 밑에 묻어 두고 교실로 들어갔어요. 공부를 하다가 점심시간이 되면 다 같이 와아 몰려와서 밥을 먹고 그랬어요. 라면을 삶아서 밥을 말아 먹기도 했고요. 밤에도 학교 가까이 있는 아이들 몇몇이 짝을 지어 손전등을 켜 들고 와서 놀다 가기도 했어요. 그러니까 우리는 밤낮으로 만났지요.

아이들하고만 그렇게 지낸 것이 아닙니다. 학부모님들하고도 자주 만났습니다. 퇴근을 한 뒤에 이 집 저 집 다니면서 모심기를 함께 하기도 하고 고추를 따기도 했지요. 그런 날에는 물론 저녁도 함께 먹었고요. 이러니 학부모님들하고도 아주 가깝게 지내게 되었답니다.

어느 가을날 오후였어요. 다섯째 시간 공부를 하고 있는데 뒷문이 스르르 열렸습니다. 우리 열일곱 사람들 서른네 개 눈은 모두 뒷문으로 쏠렸어요.

"정임아, 정호 좀 받아 업어라. 너거 아바이는 안 오제. 비는 올라고 하제. 큰일이다. 이래다가 다 마른 나락 싹 나게 생겼다."

정임이 어머니가 아기 업은 띠를 풀어 내리면서 뒷문으로 들어오는 것이 아니겠습니까? 세상에! 교실에서 공부하고 있는 아이에게 아기를 맡기러 오다니! 나는 어떻게 해야 할지 금방 판단이 서지 않았습니다. 이런 일은 생전 처음이었으니까요. 듣도 보도 못 한 일이 갑작스럽게 교실에서 일어나고 있으니 어찌해야 할지 몰라서 정임이 얼굴 표정부터 살폈습니다. 정임이가 얼마나 부끄러워하고 황당해할까 싶어서 말입니다.

그런데 말입니다. 정말 그런데 말입니다. 정임이가 조금은 쑥스러워하는 것 같더니만 "예, 알았어요" 하고 아주 또렷하게 대답을 하고는 발딱 일어나서 아기를 받아 업으러 가는 것이 아니겠어요. 나는 미처 생각하지 못했던 정임이 행동에 또 한번 깜짝 놀랐습니다.

정임이 어머니가 아기를 내려 정임이 등으로 옮겼습니다. 정임이는 등을 들이대고 서서 어머니를 도와 동생 정호를 받아 업었고요. 우리 반 모든 아이들이 지켜보는 가운데서 정임이와 정임이 어머니가 아기 바꿔 업느라 교실 뒤에서 분주하게 손을 놀렸어요. 그제야 내가 그리로 갔습니다.

"정임이 어머니 오셨어요. 그래, 정임아! 정호 받아 업어라. 어이구, 우리 정호 착하구나. 까꿍, 까꿍."

아기를 바꾸어 업는 곁으로 가서 아무렇지도 않은 척했지요.

그 시간은 과학 실험 시간이었어요. 정임이는 정호를 업고 앉았다가 일어섰다가 하면서 실험도 하고 공책에 쓰기도 하고 그랬지요. 정호가 칭얼대기라도 하면 얼른 자리에서 일어서서 둥개둥개 추스르기도 하고요. 나도 가끔 정임이 가까이 가서 정호 엉덩이를 툭툭 쳐 주기도 하고 까꿍 까꿍 하면서 얼러 주기도 하고 말이지요.

아기가 소리를 지르거나 이상한 소리를 낼 때는 모두들 하하 웃기도 했지만, 우리 반 아이들은 아주 자연스럽게 정호를 받아들여서 함께 한 시간을 보냈어요. 그리고 다섯 시간이 끝나자마자 정호를 포함한 우리 열여덟 식구들은 정임이네 논으로 달려가서 함께 일을 거들어 주었습니다.

자, 어떻습니까? 한번 조용히 눈을 감고 깊이 생각해 봅시다. 내가 만약 정임이 같은 경우를 맞았다면 어떻게 했을까? 정임이처럼 스스럼 없이 동생을 받아 업을 수 있었을 것인가? 아니면 교실에 와서 여러 사람에게 창피를 주었다고 어머니에게 대들면서 울고불고 난리를 칠까요? 그래요. 정임이처럼 하기란 결코 쉬운 일이 아닙니다.

그런데 말입니다. 정임이가 어찌하여 이처럼 어머니를 원망하거나 부끄러워하지 않고 당당하게 아기를 받아 업을 수 있었을까요? 그 까닭은 무엇일까요? 한번 곰곰이 생각해 보세요. 정답을 생각하기 위한 도움말 한마디. 이게 바로 식구 사이입니다. 식구들은 서로가 서로를 훤하게 잘 아는 사이가 되어야 합니다.

윤태규, 대구 동성초등 (2003.3)

# 포도 두 송이

어제 퇴근 무렵에 교실 컴퓨터 앞에 앉아 일을 하고 있었다.

"선생님!"

현준이와 영훈이가 창밖에서 나를 부른다. 창가로 가서 아이들과 이야기를 나누다가 현준이에게 물었다.

"오늘은 저녁 어떻게 먹을 거야?"

"누나가 밥 차려 줄 거예요."

"그래? 그럼 잠깐만 기다려. 선생님이랑 같이 집에 가자."

아빠는 날마다 밤 12시가 넘어야 퇴근을 하고 엄마는 작년에 가출을 해서, 3학년인 현준이 누나가 저녁을 차려 준단다. 요리 솜씨는 정말 없지만 오늘은 내가 저녁을 차려 주고 싶어서 현준이네 집에 가기로 했다.

"집이 학교에서 멀어?"

"네, 엄청 멀어요. 한 시간도 더 걸려요."

"에이, 거짓말. 한 시간이나 걸린다고?"

"예, 맞아요."

현준이는 학교 오는 길이 참 멀게 느껴졌나 보다. 1학년 걸음으로는 그럴 수도 있지. 현준이랑 영훈이랑 손을 잡고 재잘재잘 떠들며 걸어가는데 특별히 재미난 게 없어도 자꾸 웃음이 난다.

현준이네는 진흥아파트 옆 주택이었다. 마침 사진기가 있어서 골목에서 사진도 찍고 풍선도 가지고 놀며 신나게 현준이네로 뛰어갔다. 집에 들어서니 빨래가 건조대에 많이 널려 있었다.

"빨래는 누가 했니?"

"제가 했어요. 누나랑 청소도 하고 빨래도 하고 그래요."

집 안은 어두웠다. 현준이가 불을 켠다. 안방에는 이불이 깔려 있었다. 꼭 우리 집 같다. 사실 부끄럽지만 나도 아침에 일어나서 이불도 못 개고 그냥 출근한다. 그래서 왠지 정겹다.

"저쪽에는 누나가 자고요. 요기는 제가 자고요. 아버지는 여기서 자요."

"그렇구나. 우리 부엌에 가자."

부엌에 가 보니 가스레인지 위에 커다란 냄비가 있다. 아빠가 콩나물국을 끓여 놓고 출근을 하셨나 보다.

"어? 국이 있네."

"현준이네 아빠는요, 고기를 잘해요."

"네, 우리 아버지가요, 옛날에 레스토랑 사장이었어요."

"그렇구나. 그래서 아빠가 요리를 잘하시는구나."

"밥은?"

밥솥을 열어 보니 밥도 가득해 놓았다.

"누나가요, 아까 밥했어요."

"언제?"

"학교에서 와서 했어요. 3시엔가? 지금은 학원에 갔어요."

3학년인 누나가 학교에서 오자마자 밥을 짓고 학원에 갔다는 거다. 3학년도 아직 어리다. 고 작은 손으로 쌀을 씻고 밥을 안쳤다. 그 모습이 자꾸 눈에 어른거린다. 밥은 잘되었다.

"그럼, 우리 반찬 사러 가자."

밥하고 국이 있으니 내가 더 할 게 없다. 반찬만 더 사다 놓으면 될 것 같다. 현준이랑 영훈이랑 신발을 신고 나오는데, 현준이가 집 문을 잠그지 않는다.

"문 안 잠그고 다녀?"

"네. 안 잠가도 돼요. 현관에 아버지 신발을 가짜로 갖다 놓으면 돼요."

"아빠가 집에 있는 것처럼 보이게?"

"네."

슈퍼마켓에 들어갔다.

"현준아, 파랑 마늘 있니?"

"네."

"그럼 김 사야겠다."

"계란은 없어요."

"그래? 그럼 달걀도 사고. 참, 너 아침 안 먹고 다니지? 유부초밥도 하나 사야지."

"저 이거 어떻게 만드는지 알아요."

현준이는 집안 살림이 어떤지 다 알고 있다. 파가 있는지 마늘이 있는지, 어떤 반찬이 없는지. 기특하기도 하고 마음이 아프기도 하다.

"선생님, 이제 11월 되면 우리 누나요 50만 원 생겨요."

"50만 원이 어디서 생기는데?"

"아버지가 살림하라고 누나한테 50만 원 준대요. 저는 25,000원 받고요."

"누나가 살림을 다 하는구나."

현준이 집으로 돌아와서 냉장고에 달걀을 넣어 주었다. 김도 잘라서 반찬 통에 넣는데, 현준이가 냉장고에서 비타500을 세 개 꺼낸다. 하나는 영훈이에게 주고 두 개는 들고 머뭇거리기만 한다.

"야, 얼렁 선생님 드려."

영훈이가 채근을 한다.

"그래, 나도 하나 주라."

내가 한마디 거드니 그때야 쑥스러운 듯 내게 음료수를 내민다.

우리는 안방에 깔아 놓은 이불에 앉아서 음료수 하나를 정말 맛나게 먹었다. 그리고는 영훈이랑 현준이 사진첩을 조금 보았다. 현준이가 사진첩을 장롱에서 꺼낼 때 보니, 장롱 속에 가족사진 액자가 들어 있다. 벽에 걸려 있어야 하는데 장롱 속에 있다. 그 액자를 보니 왠지 안타까운 가정사를 훔쳐본 것 같아서 사진첩도 자세히 볼 수가 없다.

게다가 딸아이가 어린이집에서 돌아올 시간인데, 차가 오는 시간을 놓치면 큰일이라서 얼른 일어섰다. 학교에서 더 일찍 나왔으면 현준이랑 사는 이야기라도 좀 더 했을 텐데. 그래도 이렇게 씩씩하게 살아가는 모습을 보니 현준이가 또 다르게 보이고 마음이 놓인다.

오늘 아침에 교실에 들어서니 현준이가 포도가 들어 있는 비닐봉지를 내민다.

"선생님, 드세요."

"아빠가 주신 거야?"

"아니요, 누나가요. 선생님 드리래요."

"뭐? 누나가? 정말 누나가 그랬어?"

"네."

현준이가 준 포도를 들고 나는 한동안 말을 잇지도 움직이지도 못했다.

"누나한테 꼭 고맙다고 전해 줘."

어떻게 3학년짜리 아이가 그런 생각을 했을까. 요즘 아이들은 엄마 아빠한테 응석이나 부리면서 조금이라도 귀찮은 일은 하지 않으려고 하는데, 집안 살림을 도맡아 하면서 작은 도움에도 고마워할 줄 아는 아이. 착하고 기특한 아이.

포도 두 송이. 난 오늘 세상에서 가장 아름답고 값진 선물을 받았다.

김현숙, 청주 금천초등 (2006.10.13)

# 재진이의 눈물

　재진이는 평소에 말이 없다. 제 이름자를 겨우 쓰는 정도니 공부를 잘한다고 할 수 없다. 동무들과도 잘 어울리지 않는다. 다른 아이들이 피하는 건 아닌데, 남과 어울려 노는 걸 그리 좋아하지 않는 것 같다. 늘 혼자서 그림책을 들여다보고 논다. 잘 웃지도 잘 울지도 않으니 늘 조용하다.

　그런 재진이가 하루는 갑자기 울음을 내놨다. 그것도 훌쩍훌쩍 소리 죽여 우는 게 아니라 아주 으앙으앙 소리를 내며 서럽게 우는 것이다.

　"재진아, 왜 그래?"

　우느라고 대답을 못 한다.

　"뚝 그쳐. 뚝 그치고 말해 봐. 누가 때렸니?"

　그래도 말을 못 한다.

　"야, 누구야? 누가 재진이 때렸어?"

아이들은 모두 고개를 가로저으며 서로 눈치만 살핀다. 그렇다면 때린 아이는 없는 거다. 만약 때린 아이가 있다면, 말은 안 해도 눈길이 한꺼번에 그 아이한테로 쏠리게 마련이니까.

한참 뒤에야 재진이가 손가락으로 어딘가를 가리킨다. 양호실 쪽이다.

"너 어디 다쳤니? 어디 아파?"

고개를 가로젓는다.

"그럼 뭐야? 인마, 말을 해야지."

속 좁은 어른은 드디어 짜증을 내고, 때맞춰 재진이가 울음을 그쳤다. 재진이 눈길을 따라가 보니 양호실에서 조그마한 아이가 나오고 있다. 방금 약을 발랐는지 무릎이 빨갛다. 그 아이는 아무 일 없다는 듯이 복도 끝으로 사라진다. 재진이도 아무 일 없다는 듯이 읽던 그림책을 다시 펴 든다.

"옳아. 너 쟤가 다친 것 보고 울었구나."

재진이는 아무 말이 없다.

"쟤가 무릎을 다쳐 우는 걸 보고 너도 울었던 게지. 그렇지?"

그제야 재진이가 고개를 끄덕인다. 그날 재진이는 남의 아픔을 못 본 체하고 살아온 나를 몹시 부끄럽게 했다.

서정오 ,대구 현풍초등 (2002.3)

# 비 오는 미장원 놀이를 하는 유경이

진돗개 선덕이

선덕이는 이모 서당에 있는 강아지다. 선덕이는 다리를 들고 서면 내 키만 하다. 색깔은 갈색이다. 선덕이 코 있는 쪽하고 턱 밑하고 배 있는 데는 하얀색인데 가에는 수염이 스물세 개나 있다. 턱 밑에는 아홉 개나 있다. 선덕이는 아직 엄마가 아니라서 찌찌는 잘 안 보인다. 선덕이는 다리가 네 갠데 앞다리를 쭉 뻗어서 일어설 때 코를 킁킁 한다. "손" 하면 금방 손을 준다. 선덕이는 분홍색 혓바닥을 내서 자꾸 빤다. 선덕이는 "뽀뽀" 하면 뽀뽀를 금방 해 버린다. 선덕이 코를 만지면 콧물 나오는 것처럼 촉촉하다. 선덕이는 입천장이 까만색이다. (2005년 4월 28일 목요일 해도 있고 시원하다.)

국어 시간에 흉내 내는 말을 공부했다. 이틀 동안 교실 밖으로 나가

나무며, 새며, 운동장에서 체육 하는 언니 오빠들이며, 여러 가지를 보고 소리도 들어 보았다. 사흘째는 식구 가운데 한 사람을 정해 따라다니며 자세히 살펴보고 글을 써 보라고 했다. 1학년이라 자세히 보고 쓰는 게 어렵지 않을까 걱정했는데 유경이는 진돗개 선덕이를 보고 써 왔다.

선덕이 앞에 일기장을 펴 놓고 한참을 선덕이와 씨름하며 글을 쓰는 유경이 모습이 보이는 듯하다. 아니, 1학년이 이렇게 오랫동안 앉아서 개를 관찰하고 글을 쓰다니. 개가 가만히 있지도 않았을 텐데. 이모가 서당에서 아이들에게 글쓰기를 가르친다니 어쩌면 이모가 글을 봐준 게 아닌가 하는 마음도 들었다. 이모가 글을 봐주었다 해도, 유경이가 직접 선덕이 수염도 세어 보고 찌찌도 찾아보고, "손" 하면서 선덕이와 놀지 않았다면 이런 글이 나올 수 없을 것이다.

우리 엄마
《우리 엄마》 책을 읽었다. 진짜 우리 엄마는 병원에 있지만 내 엄마다. 우리 엄마는 그림을 잘 그려서 화가가 될 수도 있었고 선생님이 될 수도 있었지만 우리 엄마가 됐다.
(2005년 6월 17일 금요일 해도 있고 시원하다.)

유경이가 《우리 엄마》라는 그림책을 읽고 쓴 글이다. 보통 책을 읽으면 줄거리도 자세히 쓰고, 책에 나오는 장면을 크게 그리기도 하는데 이날은 아주 짧게 썼다. 유경이가 이 책을 읽으면서 엄마 생각이 나서 감정이 복받쳤나 보다.

유경이 어머니가 암에 걸려 서울에서 항암 치료를 받고 있는데 회복할 가능성이 아주 낮다는 이야기를 3월 말에 전해 들었다. 엄마 아빠와 학교생활에 대해 한창 조잘대며 이야기할 때에 유경이는 엄마 아빠와 떨어져 있다. 유경이 어머니는 서울에서 치료받고, 아버지는 사업 때문에 지방에 내려가 있다. 할아버지, 할머니, 이모가 유경이와 유경이 오빠를 키우고 있다.

엄마와 떨어진 지도 몇 달이나 지났으니 얼마나 엄마가 보고 싶을까. 《우리 엄마》라는 책을 읽으니 더 엄마 생각이 났을 것이다. 지금은 비록 병원에 있지만 뭐든지 잘하는 엄마가 '유경이 엄마'가 되었으니 얼마나 엄마가 자랑스러울까. 유경이 마음속에 우뚝 서서 유경이를 보듬어 주는 엄마가 느껴져 코끝이 찡했다.

미장원 놀이

나는 구층에 두연이랑 미장원 놀이를 했다. 그런데 오늘 미장원에서 비오는 날이었다. 그래서 물뿌리개로 방바닥에 물을 뿌렸다. 그래서 할머니가 "비가 올라고 해서 방문을 닫았는데 물을 뿌리면 어떡하노?"라고 고함을 질러서 깜짝 놀랐다. 이모는 "정신이 있나 없나. 장마철에 물 뿌리는 게 정신이 있는 일이가?" 이렇게 소리를 질러서 무서웠다.

오늘 미장원은 금방 끝났다. 두연이 머리만 빗고 문을 닫았다.

(2005년 7월 5일 화요일 비가 오다가 햇볕이 온다.)

며칠 내내 장맛비가 내렸다. 드디어 해가 반짝 나는 오늘 아침, 교문에서 올라오는데 유경이가 아이들 틈으로 보인다. 유경이도 아이들 틈으로 나를 봤다. 유경이를 안아 주고 싶은데 옆에 있는 선생님이 자꾸 이야기를 하는 바람에 말을 끊을 수가 없었다. 유경이도 내가 다른 선생님과 이야기를 하고 있으니 내게 선뜻 달려오지 못했다. 유경이는 저쪽 길로 나는 이쪽 길로 둘이 한참 눈을 맞춘 채 웃으며 말없이 걸었다. 마치 남몰래 연애하는 사람처럼 옆에 있는 선생님도 모르게, 나를 부르는 다른 아이들도 모르게, 우리 둘만 알게, 그렇게 걸었다. 교실 복도 앞에서야 겨우 만났다. 유경이가 다시 코를 찡긋하고, 어깨를 으쓱하더니 뒤꿈치를 들고 쫑쫑거리며 교실로 들어간다. 일기장을 내 책상 위에 올려놓고 또 한번 어깨를 으쓱하고 자리로 들어갔다. 우리 둘만 통하는 뭔가가 있다는 느낌을 주며.

이날 일기장에 미장원 놀이 한 글이 있었다. 비가 며칠째 내리니 얼마나 심심했을까. 9층에 사는 두연이와 미장원 놀이를 했단다. 요즘 장마철이니 미장원에도 당연히 장맛비가 내려야지. 그래서 물뿌리개를 들고 미장원에 물을 뿌렸다. 하하, 이런 생각을 누가 하겠는가. 우리 유경이만이 할 수 있는 생각이다. 안 그래도 비 때문에 눅눅한 방에서 비 내리는 미장원이라며 물을 줄줄 뿌렸으니 할머니, 이모는 화가 났을 거고 야단도 많이 들었을 것이다. 그런데 유경이 글 마지막 부분이 더 좋다.

"오늘 미장원은 금방 끝났다. 두연이 머리만 빗고 문을 닫았다."

엄마가 아파서 집에 안 계셔도, 엄마가 보고 싶어도 꾹 참고 씩씩하게 '비 오는 미장원' 놀이를 하고 있는 유경이가 참 예쁘다. 다시 심심해진 유경이는 또 무엇을 하고 놀았을까. 유경이를 보며 씩 웃으니 유경이는 내가 자기 일기장을 보는 줄 알고 웃으며 또 어깨를 으쓱한다.

여름방학이 끝날 즈음 전화 한 통을 받았다. 여름방학 시작하자마자 유경이 어머니가 돌아가셨단다. 아이쿠, 이를 어째. 가슴이 쿵 내려앉는다. 우리 유경이는 어떻게 해. 돌아가신 유경이 어머니보다 우리 유경이가 먼저 떠올랐다.

개학하는 날 학교에서 유경이를 만나자마자 안아 주었다. 유경이에게 아무 말도 할 수 없었다. 유경이도 아무 말 없이 내 어깨에 얼굴을 턱 걸치고 온몸을 맡기고 있었다. 나는 눈물이 줄줄 나는데 유경이는 입술을 꼭 깨물고 안겨만 있었다.

아이들이 다 가고 난 뒤 방학 동안 쓴 일기를 읽는데 유경이 일기부터 챙겨 읽었다. 7월 말에 어머니가 돌아가셨다 했는데 7월 말부터 열흘 정도 일기가 없다.

"선생님, 제가 일기를 너무 많이 안 썼죠. 지금부터 열심히 쓸게요."

이 한마디가 그동안 수많은 일들을 치렀음을 말하는 듯하다. 8월 초순부터 일기를 이어 썼는데 그 어디에도 엄마 이야기는 없었다. 차라리 엄마가 보고 싶다는 말이라도 쓰면 좋겠는데, '엄마'라는 낱말조차도 쓰지 않았다. 그러니 더욱 마음이 아팠다.

그러다 며칠 뒤 유경이랑 점심을 먹었다. 유경이가 드디어 한마디 한다.

"선생님, 어제요, 절에서요, 우리 엄마 옷을 다 태워서요, 하늘나라로 보냈어요."

아, 어제가 막제였구나. 내가 가 봐야 하는데 챙기지 못했구나. 목이 메고 눈물이 핑 돌아 아무 말도 할 수 없었다. 나는 입술을 꽉 물고 눈으로만 웃었다. 유경이도 나를 보고 웃어 주었다.

그 뒤로 유경이는 엄마 이야기는 한마디도 꺼내지 않았다. 10월에는 〈슬기로운 생활〉 시간에 계속 식구들 이야기를 하는 단원을 공부했는데 유경이가 상처받을까 봐 조심스러웠다.

그렇게 시간이 가는데 체신청에서 편지 쓰기 공모를 한다는 공문이 왔다. 편지 쓰기라……. 무슨 글쓰기 대회라면 아이들에게 안내도 하지 않았는데 편지 쓰기라니 유경이가 떠올랐다. 엄마한테 하고 싶은 말이 많을 텐데, 어딘가, 누군가에게 유경이 마음을 풀어놓아야 할 텐데, 편지라면 괜찮을 것 같았다.

"유경아, 니 시간 날 때 하늘에 계신 엄마한테 편지 써 올래? 내가 부쳐 줄게."

이 말을 하는데 가슴이 콩닥거렸다. 유경이도 내 마음을 알았을까, 아무 말도 하지 않고 고개를 끄덕하더니 나흘 만에 글을 써 왔다.

엄마에게

엄마, 하늘나라에서 뭐 하고 있어요?

내가 뭐 하고 있는지는 다 알지요? 나는 이모한테 뽀뽀를 많이 해 주고 있어요. 엄마 대신이에요.

나는 내 왼팔에 커다란 점을 봐요. 그러면 엄마가 지금도 "아고,

우리 딸맞네."라고 말하는 게 생각나요.

이제 엄마 목소리는 꿈에서만 들리니까 엄마, 내 꿈에 자주 놀러 오세요.

엄마, 지금 우리 집 앞에 커다란 분수가 새로 만들어졌어요. 색깔이 알록달록해서 엄마도 내려다보니까 좋지요? 엄마가 좋아하는 동그란 물방울들이 메뚜기처럼 뛰어요. 하늘나라에는 공원 있어요?

엄마는 가을 옷을 안 들고 가서 춥겠어요. 나는 추우면 알아서 옷도 챙겨 입어요. 엄마 옷은 저번에 태워서 하늘나라에 보냈는데, 또 그럼 택배를 보낼까요?

엄마, 잠이 올 때는 엄마 냄새가 나요.

엄마는 맨날 춤도 추고 노래도 부르고 웃으면서 폭신한 의자에 앉아서 낮잠도 자지요? 엄마가 이제 안 아파서 나도 좋아요.

2005년 10월 19일

엄마 딸 유경이가

김은주, 부산 금샘초등 (2005.12)

함께 걷다

# 민지와 오빠

아이들이 그린 그림을 비디오카메라에 비쳐서 보여 주었다. 오늘 공부는 이미 그려 놓은 해바라기에 색칠을 하는 거다. 아이들은 자기 그림이 텔레비전 화면으로 나오니 웃고 난리가 났다. 마침 고흐가 그린 해바라기가 있어 마치는 종이 울렸지만 보여 주려고 했다. 아이들이 고흐 그림에 흥미를 가지고 텔레비전 화면을 뚫어지게 보고 있었다.

그때 갑자기 "드르륵" 하고 뒷문이 확 열렸다. 고흐 그림을 보고 있던 아이들 눈이 일제히 뒷문 쪽으로 쏠렸다. 한 남자아이가 아래윗니를 다 드러내고서는 웃고 서 있다. 키가 제법 큰 게 1학년 아이 같지 않다. 좀 모자란 아이 같기도 하고. 잘 잡아 놓은 분위기를 깬 그 아이가 원망스럽기 그지없다.

"야, 너 몇 반인데 교실 문을 그렇게 여노? 우리 지금 공부 중이니까

문 닫아 줘."

그 아이는 여전히 씨익 웃으며 미안해하지도 않는다. 우리 반 아이들을 한참 둘러보더니 "여기 1학년 3반" 하고는 문을 닫고 가 버렸다.

아이들은 그 틈을 타서 흐트러지려고 한다. 어이구, 어떻게 해서 잡아 놓은 분위긴데. 막 화가 났다.

"선생님, 저 애 누구지요?"

"2학년 같은데."

"으하하, 웃긴다."

"자아, 여길 봐. 2학년 오빠가 저렇게 하니까 이상하지? 그러니까 우리 1학년은 잘 배워서 저렇게 안 해야 돼."

그리고는 아이들을 겨우 추슬러서 고흐가 그린 해바라기 그림을 비디오카메라에 비춰서 보여 줬다. 꽃병에 꽂힌 해바라기를 위에서부터 천천히 훑어 내리면서 그림 전체를 보여 줬다. 아이들이 끽소리도 내지 않고 보더니 막 손뼉을 쳤다. 어머나, 고흐 그림이 정말 명화는 명화인갑다. 오늘 둘째 시간은 고흐가 아이들을 가르친 셈이다. 내 마음도 뿌듯했다.

쉬는 시간이 몇 분 남지 않았지만 아이들을 내보내고 의자에 앉았는데 민지가 나에게 왔다. 민지는 아주 조용하고, 그 큰 눈을 하고서도 잘 웃지 않는 아이다. 그런 아이가 나에게 와서는 또박또박 말했다.

"아까 그 오빠야, 우리 오빠예요. 우리 오빠 장애인이에요."

"어? 민지 오빠라고? 엄마야, 미안해서 우짜꼬? 오빠가 우째서 장애인이 됐노?"

"태어날 때부터 머리가 아팠어요. 나 보려고 왔어요."

"엄마야, 민지야 미안하대이. 나는 그 오빠야가 아픈 사람인 줄 몰랐대이. 나는 2학년 오빠야가 장난치는 줄 알았다 아이가."

"우리 오빠가 내가 1학년 3반인 거 알고 나한테 온 거예요."

"민지야, 우리 민지는 우째 이래 착하노? 오빠 이야기를 이렇게 잘해 주고. 야아, 민지야 니는 정말 용기 있는 사람이다."

나는 눈물이 나려는 걸 꾹 참고 민지를 꼬옥 안아 줬다. 그리고 민지 귀에다 말했다.

"민지야, 니가 오빠를 많이 많이 도와줘라."

민지는 천천히 고개를 끄덕였다.

민지는 이번 금요일에 사천으로 이사를 간다. 입학하고 일주일도 안 된 날 아프리카 음악을 들려줬을 때, 아프리카 사람들이 오아시스를 찾으러 가며 부르는 노래라고 말해서 나를 놀라게 했던 민지다. 민지는 오늘을 마지막으로 내 가슴에 커다란 울림을 남기고 떠나려고 하는가 보다. 정말로, 정말로 다른 학교로 보내고 싶지 않은 아이다.

이데레사, 부산 부흥초등 (2002.4)

# 늘 형범이가 곁에 있어요

우리 6학년 4반에는 형범이라는 남자아이가 있습니다. 그렇게 착한 아이는 처음 보았어요. 처음 만날 때부터 마음이 자꾸 끌리는 아이였지요.

장난치고 노느라 해야 할 일은 늘 뒤로 미루는 아이들 때문에 우리는 규칙을 정했지요. 다 못 한 일은 남아서라도 하고 간다고요. 그런데 늘 끝까지 남아 있는 아이는 형범이입니다.

"너 왜 집에 안 가냐?"

"아직 다 못 해서요."

다른 아이들 다 달아나고 없어도 형범이는 우리가 한 약속을 기억하고 남아 있어요. 대충대충 해 놓고 가 버리는 법이 없어요. 열심히 뭔가를 하고 있는데 왜 그럴까 참 궁금했어요.

그래서 형범이를 눈여겨 지켜보았습니다. 옆에서 누가 이야기하면

다 들어 주고 웃어 주고, 다른 동무가 잘 안 된다고 들고 오면 다 고쳐 주고, 그려 주고 그러고 있는 거예요.

무거운 짐을 들고 가는 할머니를 도와 드리지 못했을 때도 내내 가슴 아파하는 아이입니다. 도와 드리지 못할 처지였는데도요. 신발 구겨 신고 지나가는 키 작은 누나에게도 신발을 바로 신으면 키가 클지도 모른다고 이야기해 주고 싶어 하는 아이입니다. 구겨 신은 신발 때문에 잘못하다 발목 성장점을 다치면 키가 크지 않는다는 걸 어디서 들었나 봐요. 모두 형범이 일기장을 읽고 알게 된 일입니다.

이렇게 착한 형범이를 짓궂은 남자아이가 놀리고 괴롭혀요. 내가 막 그 애를 야단치고 있으면 그만하라는 눈짓을 나에게 보냅니다. 그 얼굴을 보면 내가 뭘 잘못한 것 같아 주눅이 들어요.

여름방학이 지나고 민선이라는 여자아이가 전학 왔습니다. 어눌하고 지적 능력이 모자라 아이들에게 따돌림을 받았다고 민선이 엄마가 그래요. 그래서 학교를 옮겨 우리 반에 왔습니다.

민선이를 보았을 때 여러 가지로 무척 힘들어 보였어요. 덩치가 제법 컸는데 눈도 안 맞추려고 하고 잘 웃지도 않고 아이들이 말을 걸어도 슬금슬금 숨기만 했어요. 조금씩 나아지긴 해도 우리 반 아이들과 할 수 있는 일이 별로 없어 보였어요. 아이들과 잘 어울리지 못해요. 아이들은 돌봐 주려고 하는데 민선이는 받아들이지를 못해요. 민선이는 하고 싶은 이야기가 생각나면 불쑥 나한테 와서 귓속말을 하지만, 내가 말을 걸거나 하면 딴청을 피우니 나도 더는 욕심을 내지 않기로 했지요.

그러다 두 달이 지나고 모둠이 바뀌어 민선이랑 형범이가 한 모둠이 되었어요. 내가 일부러 형범이 옆에다 민선이를 앉혔어요. 민선이를 잘 보살펴 주겠지 하는 생각으로 말입니다.

민선이가 점점 웃는 날이 많아졌어요. 웃음소리도 들리고 목소리도 커졌어요. 거의 교실 의자에 앉아 있기만 하던 민선이가 교실을 막 돌아다니고 뛰어다니기도 해요. 그럴 때면 옆에 꼭 형범이가 있어요. 공부 시간에 아무것도 하지 않던 민선이가 뭐라고 잔뜩 적어서 나한테 가져오는 때가 많아졌어요.

또 형범이를 가만히 지켜보았지요. 민선이는 형범이 책을 보고 뭔가 쓰기도 하고 형범이가 이것저것 가르쳐 주기도 해요. 형범이가 민선이랑 장난을 치고 있어요. 돌봐 주고 있는 게 아니라 서로 티격태격하면서 놀고 있었어요. 민선이가 물건 숨겨 놓고 달아나면 형범이가 잡으러 쫓아가고, 달라고 소리 지르고. 유치원 아이들처럼 놀고 있어요. 민선이가 환하게 웃고 있네요. 형범이를 흘기듯 노려보는 그 눈에도 웃음기가 가득합니다. 어쩌면 저럴 수가! 어떻게 저렇게 민선이랑 놀 생각을 했을까요. 민선이 마음을 열어 주는 저 쉬운 방법을 형범이는 알고 있었어요.

형범이랑 민선이를 바라보고 있으면 나까지 행복해지니 틈만 나면 눈길이 그 아이들에게 저절로 가게 돼요. 청소 시간이 되면 누구보다 형범이가 열심히 하는데 이제는 민선이도 그래요. 어디에 쓰레기가 보이면 어느새 민선이가 비질을 하고 있어요. 뭘 해야 할지 몰라 왔다 갔다만 하던 민선이었는데.

지난달에 바자회를 했는데 형범이 어머니가 오셨어요. 음식 만드는 걸 도와주려고요. 형범이를 자랑하고 싶어서 바쁜 어머니를 붙들고 말했어요.

"착해서 얼마나 이쁜지 몰라요."

"어유, 선생님, 답답해서 속상해요."

그 착한 마음을 어머니가 몰라서 하는 소리는 아니겠지요. 그래도 걱정이 됩니다.

아이들이 못다 판 물건을 싸게 판답시고 형범이 엄마한테 몰려왔어요. 형범이 엄마가 잔돈이 없어 어쩔 줄 몰라 하고 있는데 그새 민선이가 와서 2백 원 내밀어요. 자기가 사 주겠다고요. 그러고는 마냥 웃고 있어요.

민선이가 새 학교에 와서 아주 행복해한다고 기뻐하던 민선이 어머니. 동무들에게 말 한마디 못 하던 민선이가 큰 소리로 자기 목소리를 내는 걸 보면 얼마나 좋아하실까요. 그 곁에 천사 같은 형범이가 함께 있는 걸 본다면 또 얼마나 놀라실까요.

이 긴 방학 동안에 민선이는 형범이를 생각하고 있을지 모르겠습니다. 형범이에게 착한 아이라는 말 말고 또 어떤 말이 어울릴까요.

김숙미, 부산 강동초등 (2003.1.21)

# "괜찮다, 용훈아"


체육 시간에 도전 활동을 했다. 아이들을 개똥이 편, 소똥이 편으로 나눈 뒤 훌라후프 빠져나오기, 고리 던지기, 허들 아래로 지나가기, 훌라후프 징검다리 건너기, 고깔 돌아오기 이런 차례로 한 사람씩 돌아오게 했다.

처음에는 개똥이 편이 앞섰다. 그런데 소똥이 편이 힘을 내어 따라잡나 싶더니 마지막 차례에서 그만 소똥이 편으로 아주 뒤집히고 말았다. 개똥이 편의 마지막 선수는 용훈이였다.

용훈이도 훌라후프 빠져나오기와 고리 던지기 그리고 허들 지나가는 것까지는 잘했다. 그런데 훌라후프 징검다리에서 그만 멈춰 서 버렸다.

용훈이는 훌라후프 안에서 한 발짝도 움직이지 않고 서서 주위를 두리번거렸다. 여기가 어디일까, 나는 어디로 가고 있는 걸까 하는 표정을 지으며 우두커니 서 있자 개똥이 편은 난리가 났다.

"용훈아, 뭐 하노?"

"빨리 지나가라."

아이들 소리에 놀랐는지 용훈이가 징검다리를 뛰어서 건넜다. 이제 고깔만 돌아오면 된다. 하지만 용훈이는 다시 그 자리에 멈춰 서 버렸다. 그리고는 또 주위를 두리번거렸다. 마치 길 잃은 아이 같았다.

소똥이 편 선수는 이미 고깔을 돌아서 자기편으로 뛰어갔다. 소똥이 편 아이들은 기뻐서 소리를 질렀다. 개똥이 편 아이들은 답답한 표정을 지었다. 그리고 아까보다 더 크게 소리를 질러 댔다.

"용훈아, 빨리 가라."

"뛰어라, 얼른."

하지만 용훈이는 멍하니 앞만 바라볼 뿐이었다. 보다 못해 내가 뛰어가서 팔을 붙잡고 끌어 주었다. 그제야 정신이 들었는지 용훈이는 고깔을 돌더니 생글생글 웃는 표정으로 뛰어왔다.

용훈이가 자기 자리로 들어가자 개똥이 편 아이들이 용훈이에게 다가갔다. 무슨 일이 생길까 봐 나도 용훈이에게 갔다. 아이들이 용훈이에게 한마디씩 던졌다.

"용훈아, 잘했다."

"괜찮다, 용훈아."

내 예상과 달리 승부욕이 강한 한두 아이 빼놓고는 모두들 용훈이를 격려하고 있었다. 용훈이가 늦게 와서 결과가 뒤집어진 데다 들어오며 능청스럽게 웃고 있어서 화를 낼 만했지만 아이들은 너그러이 받아 주었다. 공부 시간에 용훈이가 할 일을 늦게 한다고 야단을 많이 하는 나와는 달랐다.

급식 시간에 일부러 용훈이를 옆에 앉히고 체육 시간에 있었던 일을 물어보았다.

"용훈아, 아까 왜 멈춰 서 있었노?"

용훈이는 평소처럼 대여섯 살짜리 아이 말투로 차근차근 대답했다.

"있잖아요. 앞만 보고 뛰다가 갑자기 다른 사람이 안 보여서요."

"겁이 났단 말이야?"

"무서워서요."

조금 황당했지만 솔직한 답이었다. 여태까지 지켜본 용훈이는 마음이 늘 불안하고 겁이 많은 편이었다.

뛰다가 마음이 갑자기 불안해졌던 용훈이를 이해하고 격려해 준 아이들이 참 고맙다. 3학년 아이들에게 크게 배웠다.

이정호, 김해 구봉초등 (2010.4.21)

# 미영아, 꿋꿋하게 살고 있제?


　요즘은 창열이 재임이만 걱정하고 있었는데 오늘은 미영이가 하루 종일 우울한 얼굴이다. 공부 시간에도 멍하니 앉았을 때가 더 많다. 쉬는 시간에도 아이들과 어울려 놀지도 않고 책상 위에 푹 엎드려만 있다. 처음에는 동무들끼리 다투기라도 했나 싶었는데, 무슨 일이냐고 물어도 눈물만 그렁그렁한 채 고개만 흔든다.

　점심도 제대로 먹지 못한다. 공부 마치고 조용할 때 이야기를 들어보자 하고 오후 공부를 시작했는데도 자꾸 미영이한테로 눈이 간다. 여전히 창밖만 멍하니 바라다보고 있다. 눈은 아직도 젖은 채로.

　"미영아, 오늘은 색종이 오리는 거 좀 도와주고 가라."

　아이들하고 도서실 청소를 하고 오니 교실 청소를 마친 아이들은 다 돌아가고 미영이는 색종이를 만지작거리고 있다. 마주 앉아서 색종이를 몇 장 오리다가 옆으로 밀쳐 두고 찻잔을 꺼냈다.

"니이 오늘은 색종이 오리는 거 안 되겠다. 여기저기 이도 안 맞고 능률도 영 안 오르네. 니가 우울하니까 나도 일이 손에 안 잡힌다. 그냥 차나 마시고 이야기나 하고 놀자. 이거 내가 집에서 볶은 거대이. 쌀 방 아 찧으면 이런 싸래기가 많이 나오거덩. 이기 이래도 진짜배기 쌀눈 은 여기 다 들어 있다 아이가. 그거를 볶았더니 이래 구수한 차가 되는 기라. 이 차 마시고 싶으면 맨날 남아도 된다. 인자 다 됐다. 함 마시 봐 라."

찻잔을 쥐여 주는데 미영이는 또 눈물을 주루룩 쏟는다.

"차 마시고 우리 이야기 좀 하자. 이래 울지만 말고. 니 혼자 이래 속 끓이면 병 난대이. 와, 재욱이하고 싸웠나? 글마가 바람피우나?"

여전히 고개만 설레설레 흔든다.

"아아들이 너거 둘이 사귄다고 또 놀리더나?"

"아입니더."

"하기는 너거는 공식 커플인데 누가 말하겠노."

좀 웃겨 보겠다고 한마디 했는데도 미영이는 여전히 눈물만 떨군다.

"옷 다 젖겠다. 말 안 하고 싶으면 말 안 해도 된다. 어서 차나 마시 자. 이기 따뜻할 때 마시야 더 맛있거덩."

무릎 위로 미영이 손을 끌어다 놓고 쓰다듬어 주는데 마음이 아프 다. 6학년짜리 여학생 손이 이렇게 거칠다니. 자고새고 밭을 매는 시골 아낙네들 손보다 더 꺼칠한 재임이 손을 만지면서 속이 꺼지는 것 같 더니 오늘 보니 미영이 손도 조금도 덜하지 않다. 늘 옷을 깔끔하게 입 고 다니고 얼굴도 밝아서 미영이네는 그냥저냥 사는 줄 알았다. 그런데 오늘 손을 만져 보니 그게 아니다. 설거지에 집안일에 거칠 대로 거칠어져 있다.

"우리 미영이 살림 잘하겠네. 지금부터 이래 신부 수업을 매매 해서……."

말을 채 맺지도 못하고 나도 그만 눈물을 떨구고 말았다. 미영이가 오히려 내 손을 거머잡고 쓰다듬어 주는데 내 손등을 쓰다듬는 손바닥이 어찌나 꺼칠꺼칠한지.

둘이서 그렇게 손을 부여잡고 얼마나 지났을까. 한참을 훌쩍거리다가 콧물을 닦으면서 고개를 들어 보니 미영이는 그새 진정이 된 것 같다. 갑자기 미영이가 내보다 더 어른스러워 보인다. 오히려 내가 보호를 받고 있는 것 같아 머쓱해서 웃는데 내 손수건을 가져다가 내 눈가며 코 밑을 꾹꾹 눌러 닦아 준다.

"이래 다 큰 기 와 하루 종일 우노? 니가 내 언니 겉다."

"쌤, 우리 아버지가요오……."

"우리 아버지가 엄마하고 싸우다가 엄마를 찔렀어예. 엄마가 아버지를 신고해서 경찰서에 있는데 재판받아야 된데예. 엄마는 우리도 다 보기 싫다고 나가라 했는데, 내일 엄마 퇴원하면 우리 짐 싸서 내쫓는다 캤는데 우리는 어데로 갈지 모르겠어예."

"아버지하고 싸우고 다치고, 그래서 화가 나서 그렇지 너거를 와 내쫓겠노?"

"우리 친엄마가 아이거든예. 아버지가 자기를 죽일라 캤는데 우리를 와 안 내쫓을라 카겠습니꺼."

미영이 4학년 때 아버지가 재혼을 했단다. 새엄마는 다른 아줌마하고 같이 횟집을 하고 아버지는 횟집에서 일 거들어 주며 지냈다고 한다. 미영이 말로 새엄마한테 저거 식구가 얹혀서 살았단다.

미영이 위로 중학교 다니는 오빠가 있는데 오빠가 학교도 잘 안 가고 문제를 일으키고 다녀서 새엄마는 맨날 새끼들한테 정이 안 붙는다고 했단다. 그래도 미영이는 집안일을 잘해 주니 옷도 가끔 사 주고 기분이 좋은 날은 용돈도 좀 주고 그랬단다. 미영이는 그 어린 나이에 집 구석구석 청소며 빨래를 다해 놓고 늦게까지 장사하고 오는 엄마 아버지를 기다린단다. 게다가 엄마 아버지는 아침 늦게까지 자니까 지 손으로 아침밥 해 먹고 엄마 아버지 밥상까지 차려 놓고 학교에 온단다. 이 어린것이 얼마나 고달팠을까.

아버지는 새엄마를 찔러 재판을 기다리고 있고, 새엄마는 당장 짐 싸서 나가라고 그러지. 하나 있는 오빠는 틈만 나면 집 안에 있는 돈을 훔쳐다가 돈 떨어질 때까지 안 들어오지. 이 어린것이 얼마나 떨고 또 떨었을까? 그 일이 있은 지 스무 날이나 되어 간다는데 지금까지 얼마나 속을 태웠을까. 그 생각을 하면 내 가슴이 또 무너진다.

"새엄마 퇴원하면 내가 한번 만나 보께. 그래도 엄만데 그냥 대책 없이 너거들 나가라고는 안 할 끼다. 그라고 영 안 되겠다면 내하고 같이 또 생각을 해 보자. 그라면 니이 지금까지 집에 혼자 있었나?"

"오빠가 한번씩 들어와예."

"오늘은 우리 집에 가서 같이 밥 묵자."

집으로 같이 와서 저녁을 하고 청소를 하는데, 아이는 아이다. 어느

새 서인이하고 친해져서 이 방 저 방 뛰어다니다가 우리 반 카페에 글 좀 남기겠다고 컴퓨터 앞에 앉았다. 밥을 먹으면서 "선생님 집에는 식구가 이래밖에 없어요? 식구는 많이 없는데 방은 많네요" 한다. 그 말이 어쩐지 부끄럽다.

깜깜한 집에 혼자 들어가 누울 걸 생각하니 미영이를 보낼 수가 없다. 같이 자고 내일 학교 같이 가자고 붙잡아도 오빠가 올지 몰라서 그냥 가겠다고 나선다. 미영이를 데리고 집까지 걸어가는데 내 마음을 걷잡을 수가 없다.

책 읽어 주고, 같이 교실에서 차 나누어 마시면서 이야기하고, 같이 앉아 종이 접어 놀면서 아이들이 행복해한다고 내 혼자 만족하고 지냈던 것이 부끄럽고 부끄럽다. 미영이만 그러랴. 집에서 내팽개쳐져서 아침부터 저녁까지 방 안에서 뒹구는 창열이도, 입만 열면 거짓말을 한다는 재임이도 알고 보니 어린 나이에 얼마나 무거운 짐들을 지고 있나. 나는 고작 교실에서, 내 눈앞에서 아이들이 웃고 행복해한다는 만족감에 살고 있는 것이다. (2003년 5월 29일)


공부를 마치고 집으로 가다가 미영이가 다시 돌아왔다. 오늘 새엄마가 와 있을 텐데 짐 싸서 나가라고 하면 어쩔지 모르겠단다. 집에 가서 새엄마가 와 있으면 나한테 전화부터 좀 해 달라고 하고 집으로 보냈는데 저녁이 되어도 전화가 없다. 미영이 집 전화번호를 찾아 전화를 거니 이미 통화 정지가 되어 있다. (2003년 5월 30일)

공부가 끝나고 아이들이 돌아갈 무렵에야 미영이가 왔다. 그때라도 학교에 와 준 게, 아니 나한테 와 준 게 얼마나 고마운지.

어제, 학교를 마치고 집에 가니 새엄마는 자기 짐을 다 챙겨서 횟집으로 이사를 가고 없더란다. 살던 집은 나중에 다른 사람이 들어오면 전세금을 받아 가기로 했단다. 집에서 쓰던 살림붙이나 옷가지는 다 챙겨 가고 미영이랑 오빠 책이며 옷가지만 텅 빈 집 여기저기 흩어져 있더란다.

이제 겨우 열두 살 된 미영이는 그렇게 텅 빈 방에 서서 어땠을까? 그 생각을 하니 또 가슴이 무너진다.

"전화라도 하지, 전화는 와 안 했노?"

"바빠서예."

"뭐 했는데?"

주인집 아줌마가 다음 주까지만 있으라고 해서 아버지 재혼하기 전에 살던 집으로 가 보았단다. 마침 그 집은 아버지가 달세를 받고 있는 것이 생각이 나더라고.

세 들어 사는 사람이 아무도 없어서 올 때까지 기다렸다가 집을 빨리 좀 비워 달라고 말하고 왔단다. 집에 돌아와서 아버지 옷이며 오빠 책이랑 옷을 챙겨서 싸는 데도 오래 걸렸단다. 혼자서, 그것도 울면서 울면서 짐을 쌌을 이 아이를 생각하니 숨이 콱 막힌다. 가게에서 라면 상자를 얻어다 짐 다 싸 놓고 보니 어두워져서 그냥 잤다고. 옛날 집을 달세를 놓고 있었던 것이 그나마 다행이라 생각하다 또 마음이 녹아내린다.

새엄마가 자기 짐만 달랑 챙겨 간 어지러운 방에 혼자 서서 얼마나 억장이 무너졌을까. 그 와중에 살 궁리를 하느라 옛날 집을 찾아가 집을 비워 달라 하고 혼자 돌아와 짐을 꾸렸을 이 아이를 생각하니 나는 선생도 아니다. 교실에서 아이들하고 히히덕거리고만 있으면 선생이냐? 이사할 때까지 우리 집에 같이 있자고 해도 오빠가 언제 올지 몰라서 안 된단다. (2003년 5월 31일)

재임이가 "선생님, 오늘 우리 모둠 오후 모임 안 하고 그냥 가면 안 돼요?" 한다.

"왜? 바쁜 일 있나?"

"그게요오, 미영이가 오늘 이사한다는데요. 우리가 같이 좀 날라다 줄라고요."

"미영이 좀 오라 캐 봐라."

그런데 미영이는 공부 마치자마자 먼저 가고 없다.

"너거들 미영이하고 집에 있어라. 내 학교 일 빨리 마치고 가서 같이 옮기자."

그래 놓고 종례를 마치고 부랴부랴 교문을 나서는데 전화가 왔다.

"우리끼리 짐 다 옮겼어요. 선생님은 안 와도 돼요."

"너거끼리 우예 다했노? 집은 어디쯤이고?"

"미영이가요, 선생님한테 말하지 말라고 했어요. 짐 다 정리하고 선생님 오라고요."

"너거들끼리 못 치운다. 내가 가서 아줌마 실력을 발휘해야지."

"거의 다 돼 가요."

철없이 덩치만 큰 재임이는 신이 났다. 저희들끼리 이사하고 방 정리하는 것이 재미가 나는 모양이다.

그래도 미영이한테 이런 재임이가 옆에 있어서 얼마나 힘이 되겠노. 앞뒤도 맞지 않는 거짓말을 해서 5분도 못 가서 들통이 나 버리는 재임이. 그래서 다른 아이들한테, 다른 반 선생님들한테 인정도 못 받고 살지만 이렇게 서로 힘이 되어 주며 살고 있다. 내보다 낫다.

(2003년 6월 9일)


요 얼마 동안 미영이 얼굴에 생기가 돌아 마음을 놓고 있었는데 연락도 없이 학교에 나오지 않았다. 요즘은 오빠가 꼬박꼬박 집에 들어오고, 새엄마가 합의를 해 줘서 아버지도 나왔다고. 그나마 안정을 찾아가는 듯하더니.

우리 식구들 저녁부터 챙겨 주고 집으로 한번 가 보자 하고 나오는데 미영이가 교문 앞에 서 있다. 수돗물도 안 나오고, 전기도 끊어지고, 어제저녁에는 촛불을 켜 놓고 혼자 잤더니 아침에 너무 늦게 일어나서 못 왔단다.

쌀 한 포대, 라면 한 상자를 사서 들고 문을 여는데 나는 그 자리에서 기절할 뻔했다. 30년이 다 된 오래된 열세 평짜리 낡은 아파트라니, 짐작은 하고 있었다. 말이 아파트지 올라가는 계단마다 이 집 저 집에서 내놓은 낡은 세간이 어지럽게 널려 있고, 유리창이 깨진 곳은 비닐을 가져다 막아 놓았다. 어지럽게 붙어 있는 스티커들이며 낙서들, 벽에

페인트는 이미 다 벗겨져 있다. 철거한다고 해서 오래전부터 다들 이사 나가고 몇 집 남지 않았단다.

현관문을 열고 들어서니 방문마다 칠이 벗겨지고 합판이 한 켜 한 켜 일어나서 너덜거린다. 장판이며 벽지가 군데군데 떨어져 있는데 방에는 컵라면 그릇, 담배꽁초, 과자 봉지, 콜라병, 소주병 온갖 쓰레기가 다 널려 있다.

며칠 전부터 아버지도 안 들어오고, 오빠는 가끔 들어오면서 친구들을 몰고 와서는 밤에 자지도 않고 시끄럽게 떠들고 놀다가 아침이 되면 또 몰려 나가곤 한단다. 어떤 날은 학교 마치고 가면 대낮부터 네댓이 누워 자고 있다고.

아무 생각도 없는 중학생 선머슴아들이 밤낮도 없이 들락거리고 술을 마시고 떠들어 대면서 밤을 새우는 이 생지옥에 여자아이 혼자, 미영이를 두고 나올 수가 없다.

"책가방 챙겨라. 우리 집에 가자."

그동안 얼마나 힘이 들었을까, 늘 오빠 때문에 안 된다고 하던 미영이가 오늘은 순순히 따라나선다.

서인이 장난감이랑 안 쓰는 짐들을 넣어 두었던 방을 치우고 이불을 깔아 주니 그 자리에 바로 잠이 들어 버린다. 그동안 잠도 제대로 못 자고 시달렸던 모양이다. 자는 아이를 보고 있는데, 참 나는 힘이 없다. 이 어린 나이에 감당하지도 못할 짐을 지고 사는 아이들, 이 아이들한테 나는 무얼 해 줄 수 있을까. 집에서 크고 작은 짐에 억눌려 겨우 숨을 쉬고 사는 이 아이들을 데리고 나는 거창하게도 세상의 평화나 이야기하고, 반전이니 이라크 아이들이 어떠니 하고 있었다.

이 아이들을 그냥 교실에서 보듬고 지내다 그 어렵고 지옥 같은 현실, 무거운 돌덩이를 걸머진 채 살아야 하는 집으로 돌려보내며 "내일 보자, 안녕"만 하고 있어야 하나. (2003년 6월 24일)


크리스마스라고 지난해 졸업한 아이들이 몰려왔다. 내 준다고 케이크 사 왔다더니 저거들이 다 먹고 쌀눈차 우려먹자고 찻잔을 있는 대로 다 꺼내 놓고 물을 끓이고 난리가 났다.

"재임아, 미영이는? 니하고는 연락 안 하나?"

"미영이 학교 안 다닌대요. 그리고 인자는 전화도 안 와서 몰라요."

지난해, 전학 가는 미영이를 붙잡고 다짐하고 또 다짐해서 보냈다.

"학교는 꼭 가야 된대이. 아무리 안 해도 한 달에 한 번은 꼭 전화해래이. 전화 바뀔 때마다 전화번호도 꼭 알려 줘야 된대이. 학교는 빼먹지 마래이."

초등학교를 졸업할 때까지는 학교도 잘 다니고 가끔 전화도 주고받았는데. 새 담임선생님도 같은 초등학교 담임이라 그런지 학교로 전화해서 미영이 걱정을 하면 친절하게 이야기를 해 주기도 해서 소식은 알고 지냈다.

중학교 가서는 담임한테 연락도 잘 안 되고 옛날 담임이 뭘 그래 자꾸 전화를 하냐는 듯이 달가워하지 않는 것 같아 전화를 못 했더니, 차츰 연락이 안 됐다. 그런데 친하게 지내던 동무들하고도 연락이 끊겨 버렸단다.

학교를 안 다니면 어디서 무얼 하고 있는지. 눈앞에 있을 때도 힘이 되어 주지 못하고 애만 끓였으면서, 연락이 끊기고 나니 또 이렇게 불안하고 죄스런 마음이 든다. 그렇게 힘들고 어려운 아이를 아무 도움도 못 돼 주고 떠나보내 놓고 차마 보고 싶다는 말도 입 밖에 내지 못한다.

박선미, 부산 신평초등 (2004.12.25)

# 스승의 날 선물

스승의 날. 학교 행사를 끝내고 우리 반끼리 축하 모임을 하잔다. 자기들이 특별히 준비한 것이 있다고. 그래? 서둘러 팥빵을 수북이 쌓아 축하 케이크 모양으로 만들고 초를 꽂았다. 불을 붙이고는 불란다. 겨우 이거야? 다음이 중요하단다. 아이들이 손뼉을 소리 맞추어 치며 소리친다.

"박재형, 박재형, 박재형."

재형이는 자폐 증세가 있는 아이다. 2학년 때부터 보아 온 아이인데 한 번도 말하는 것을 듣지 못했다. 우리 반이 되고 난 뒤 나와 겨우 몇 마디 이야기를 했을 뿐이다. 하지만 무슨 말을 하는지 잘 알아들을 수 없다. 그래도 청소 시간에는 남 먼저 빗자루를 들고 골마루 구석구석을 쓸어 내는 아이다.

나는 재형이를 볼 때마다 어깨를 안아 주는 일 말고는 한 일이 없다.

우리 반 아이들은 이번 청소년 달 봉사상 받을 사람으로 재형이를 추천했다. 고마운 일이라고 칭찬해 주었다. 이런 재형이가 노래를 한단다. 스승의 날 나에게 주는 선물로.

재형이는 꿈쩍도 않을 듯이 자리에 앉았다가 천천히 일어나 앞으로 나온다. 손뼉 소리가 더욱 커졌다.

"노래, 노래, 노래!"

다시 재형이는 묵묵부답 교탁을 짚고 엉거주춤 서 있다. 한참을 지나도 아이들의 고함은 끊이지 않는다. 재형이가 어렵겠구나 싶어 내가 어깨를 싸안았다. 어깨가 바들바들 떨리고 있다. 꼭 싸안았다. 아! 그러는데 재형이 입이 조금 열렸다.

"스으승에 으으네는……."

내가 얼른 손가락을 입에 갖다 댔다. 아이들은 일시에 고함을 멈추고 죽은 듯이 노래를 듣는다.

조용한 교실에 재형이 노랫소리가 조금씩 퍼져 나간다. 음정도 발음도 맞지 않은 재형이 노래는 끊일 듯 끊일 듯하면서도 끝까지 이어졌다. 코끝이 아려 왔다. 짝지 성재는 눈시울이 붉어진다. 노래가 끝나자 다시 "해냈다 박재형, 해냈다 박재형!" 하며 손뼉을 쳐 대었다.

재형이를 안았다. 손을 늘어뜨리고 내 품에 몸을 맡긴 재형이 귀에 대고 속삭였다.

"재형아, 나를 안아 봐. 어서."

팔이 슬며시 들리더니 내 허리를 감는다.

"내 목을 안아 줘야지. 재형아, 내 목을 감아."

다시 속삭였다. 팔이 내 목을 감는다. 아이들은 더욱더 큰 소리로 재형이를 외치며 손뼉을 쳤다.

샴페인이 터지고 아이들은 우르르 몰려나와 우리 둘에게 올라타기 시작했다.

이상석, 부산 부산진고 (2001.5.15)

벽 앞에서

# 나 같은 건 태어나지 말았어야 했어요

"에이, 시발 개 같은 년, 재수 없는 년, 좆 같은 년……"

교실 청소하고 있는데 복도 끝에서 우리 호민이 욕 소리가 쩌렁쩌렁 울린다. 땡 하면 가방 들고 눈 깜짝할 새 나가는 애가 지금까지 학교에 왜 있으며 도대체 누구한테 욕을 퍼붓나.

"호민아."

복도로 나가 호민이를 불렀지만 호민이는 나 들으라는 듯 더 큰 소리로 욕하며 계단을 획 내려갔다. 복도 끝에는 3반 선생님이 눈을 동그랗게 뜨고 얼굴이 벌건 채 서 있다. 아, 이런.

"너무 황당해서 말이 안 나와요. 아이들이 마치고 집으로 가려고 교실 문을 열었는데 선생님 반 진관이가 교실 문 앞에 있는 거예요. 근데 우리 동영이가 다짜고짜 문 앞에 서 있는 진관이 배를 마구 때리는 거예요. 동영이를 야단치려는데 호민이가 우리 교실 문 앞에 붙어 서서 동영이를 자꾸 불러요. 그래서 제가 동영이는 나하고 이야기하고 가야 되니까 먼저 내려가라 했거든요. 그랬더니 안 가고 문에 붙어서 자꾸 창문하고 문을 덜컥거려요. 그래서 한 번 더 먼저 내려가라 했어요. 그 랬더니 뭐 어쩌라고 하면서 고함을 빽 지르더만 저래 욕을 막 퍼붓고 내려가는 거예요."

착하고 여린 3반 선생님이 사정을 이야기하다 그만 눈물을 뚜루룩 흘린다. 이야기를 듣는 나도 심장이 벌렁거린다. 3반 선생님 등을 토닥이고 있지만 머릿속이 하얘진다. 이 일을 어찌 풀어야 하나.

올해 이 학교에 와서 6학년 담임을 맡자 모두 걱정해 주었다. 지난해에 이 아이들이 별나서 연세 드신 담임선생님은 학교를 그만뒀고 임시 강사 선생님도 한 달을 못 견디고 떠났다. 새 선생님이 왔을 때도 교감 선생님이 늘 몽둥이를 들고 함께 수업했단다. 한 해에 담임을 세 번 바꿀 만큼 별난 아이들이라며 몇몇 아이 이름을 가리키면서 조심하라고 일러 주었다. 교감이 필요하면 언제든지 불러 달라고 할 때도 귓등으로 흘려들었다. 자기한테 몽둥이가 있으니 부르기만 하면 달려오겠다 할 때도 그런 일 없을 거라며 자신에 넘쳐 있었다.

호민이는 우리 학교 짱이었다. 교감이 명단에서 짚어 줄 때도 그 이름은 가리키지 않았다. 아이들에게 절대 지존의 존재였는데 정작 학교에서는 몰랐다. 청소 안 하고 내려가는 호민이 이름을 부를라치면 지나가던 옆 반 아이가 "선생님, 아직도 소문 못 들으셨어요? 쟤 정말 성질 더럽거든요. 아마 선생님이 직접 찾으러 내려가는 게 더 나을걸요" 할 정도였다.

화장실에 아이를 가둬 놓고 자기 보는 앞에서 바지 내리고 똥 싸야 교실로 보내 주었다. 지나가다 누군가 살짝 건드리기만 해도 땅바닥에 눕혀 놓고 지근지근 밟았다. 책가방은 옆 반 아이가 들어 주고 비가 조금만 내려도 멀대 같은 우리 반 선우가 우산을 갖다 바쳤다. 교실에선 어떤 활동도 하지 않고 청소는 물론 급식 당번도 하지 않았다.

그동안 어르고 달래고 설득하고 싸우기를 여러 번 한 끝에 이제는 가방도 자기가 들고 다니고 청소 당번이 되면 청소기도 돌린다. 급식 당번이 되면 앞치마도 입고 음식을 나눠 주기도 한다. 《수학 익힘》 책에 문제도 풀어서 내기도 하고, 모르는 문제는 물어보기도 한다. 우리 학교는 다달이 시험을 치는데 성적이 많이 올라 내게 선물을 받기도 했다. 공 차다 아이들하고 부딪치면 미안하다는 말도 하게 되었다. 살얼음판 위를 걷듯 조심조심 지내고 있었는데 3반 선생님한테 욕을 퍼붓는 일이 생긴 것이다.

다음 날 호민이는 첫째 시간이 다 끝날 무렵 학교에 왔다. 오자마자 책상에 엎드려 잔다. 그때 호민이 할머니한테 전화가 왔다. 호민이 학교 왔느냐고. 호민이 때문에 나를 한번 만나고 싶은데 지금 학교 올라가도 되겠느냐 하신다. 나도 할머니를 만나고 싶은 참에 잘됐다. 아이들이 과학실에 공부하러 간 동안 할머니와 이야기를 나누었다. 생활기록부랑 가정환경 조사서만 보고 막연히 호민이가 힘들겠구나 여기고 있는데 집안 형편을 제대로 알아야겠다 싶어 좀 자세히 물었다.

"선생님, 우리 저거 참 불쌍합니더. 아 어마이가 저거 세 살 때 심장 마비로 죽었어예. 자고 일어나니 죽었는기라예. 그기 제 무남독녀 외동

딸이었습니다. 저거 아버지가 저거 형하고 둘을 못 키우니 친할매 집에
맡겼는데 할매가 키우기 힘들어 놓으니 큰거는 할매가 키우고 작은놈
은 고모 집에 맡겼어예. 고모 집에 사촌들이 아래위로 한 살 터울로 있
었는데, 그래 호민이를 구박했던 모양입니다. 저거 외할아버지가 죽은
딸이 보고 싶어 저것들이라도 보자 싶어 찾아갔더만 할아버지, 불고기
한 번만 사 주세요 하더랍니다. 고기를 허겁지겁 먹는 거 보고 불쌍해
서 그길로 우리 집에 데리고 와서 키우고 있습니더. 외할아버지마저 재
작년에 세상을 버리고 저거 아버지는 새장가 가서 살고예. 저거 아버지
가 지금 키울 형편도 못 됩니더. 그렇다고 제가 이래 나이가 일흔이 넘
어가 감당하기도 힘듭니다. 어떨 때는 저도 자가 무서울 때가 있어예.
우짜까예, 마 저거 아버지한테 보내 뿌까예. 뉴스에서만 있는 이야기인
줄 알았는데 우리 호민이가 선생님한테 욕을 했다니까 놀래겠습니다.
아이고, 저래가 제가 중학교까지 키우겠습니까. 저러다 깡패라도 되면
우짭니까."
　　할머니는 남은 자기 삶에 호민이가 어떤 짐이 될까 싶어 부담스러워
하고 있었다. 호민이가 늘 가시 세운 고슴도치 같더니만 사촌들 틈에서
살아남기 위해 그랬구나. 교장 선생님, 형, 아저씨, 지나가는 아줌마한
테도 욕을 해 대더니 자기를 버린 어른들에게 분노가 쌓여 있어 그랬
구나.
　　할머니는 호민이를 데리고 3반 선생님께 찾아가 무릎 꿇고 사과했
다. 호민이도 할머니 호령에 어쩔 수 없이 무릎 꿇고 사과했다. 3반 선
생님도 함께 무릎 꿇고 굽실거리며 겨우 할머니를 달래 보냈다. 할머니

가 가시고 나자 호민이는 화장실로 달려가 문을 있는 대로 쾅쾅 닫으며 화풀이를 해 댔다.

그다음 날도 호민이는 늦게 왔다. 첫 시간이 끝나고 둘째 시간 공부를 한참 하고 있을 때 왔다. 역시나 가방을 사물함에 던져 넣고는 엎드려 잔다. 호민이를 상담실로 데리고 갔다.

"호민아, 왜 늦었어. 형이 학교 갈 때 너 깨워 주고 가기로 했는데 안 깨워 줬어? 못 일어나면 내가 너희 집에 들러 함께 학교 온다 했잖아. 내일부터 데리러 갈까?"

"신경 끄세요. 상관하지 마세요. 그냥 내버려 두세요."

"그럼 신경 안 쓰게 니가 행동해. 늦게 오고 교실에서 공부 안 하고 자는데 어째 신경을 안 쓰냐. 그래 호민이 힘든 거 알아. 그렇지만 어쩌겠어. 이겨 내야지. 니가 잘하는 말 있잖아. 찌질이. 니가 우리 학교에서 가장 찌질이다. 니 힘든 것 온 세상 사람들한테 다 알리고 있네."

"아, 씨바, 그래 내 찌질이다. 어쩔래. 그래서 어쩌라고. 내버려 두라 안 하나."

갑자기 주먹을 불끈 쥐고 책상을 콱 내리치더니 고함을 빽 지른다. 주먹을 부들부들 떤다.

"왜 갑자기 욕을 하냐. 그리고 왜 반말하냐?"

"와 씨발년아, 나는 위아래도 없다. 나는 찌질이라서 위아래도 없어서 그렇다. 와 씨발, 진짜 재수 없다."

어제 할머니 왔다 간 뒤로 마무리 잘해서 어째 좀 잘해 보려다 더 망치고 있다. 아, 손발에 힘이 빠진다. 호민이는 씩씩거리며 나를 째려본다. 콧구멍도 벌름벌름하고 주먹을 꽉 움켜쥐고 있다. 기가 차니 헛웃음이 나온다.

"와 쪼개노?"

"왜, 나도 내 마음이다. 벌써 주먹에 힘 빠지냐? 주먹을 더 꽉 쥐지. 힘도 없냐. 날마다 늦잠 잔다고 아침도 안 먹는데 힘이나 있겠냐."

"내 힘 안 뺐다. 니가 내 마음 다 아나."

목에 핏발 세워 가며 호민이가 소리를 지른다.

"니 마음 다 알지."

"말해 봐라. 내 마음 다 안대매. 말해 봐라. 내 마음이 뭔지."

"알지. 니는 내 좋아한다."

"지랄하네. 솔직히 말해 주까. 니 진짜 재수 없다. 3월에 처음 볼 때부터 니 싫더라. 니 얼굴 볼 때부터 토할라 하더라."

나를 째려보며 욕을 해 대지만 호민이는 울고 있었다. 독하기로 유명한 호민이가 내게 욕을 퍼부으며 울부짖고 있었다. 주먹을 꽉 쥐고 있지만 주먹이 슬그머니 풀린 채 눈물 콧물 범벅이 되어 내게 억지를 부리고 있었다. 이런 호민이를 보고 있는 게 너무 가슴 아팠다.

"호민아, 이제 좀 시원하나."

함께 고함 빽빽 지르며 똑같이 싸워 대다가 내가 목소리를 낮춰 부드럽게 물었다.

"나 같은 건 이 세상에 태어나지 말았어야 했어요."

욕을 해 대던 호민이가 주먹을 풀더니 눈물을 닦으며 어깨를 들썩이며 운다. 호민이가 너무 서럽게 우니까 나도 눈물이 줄줄 흘렀다. 목이 메어 말이 잘 나오지 않았다.

"아니, 호민아, 너 잘 태어났어. 너는 이다음에 꼭 성공할 거야. 내 말 믿어."

"난 공부도 못하잖아요. 머리도 나쁘고요. 그런데 어떻게 성공하겠어요."

"야, 니가 손재주가 얼마나 좋은데. 목공예 할 때도 니가 우리 반에서 가장 톱질도 잘했고 가장 빨리 만들었잖아. 그리고 니가 마음만 먹고 하면 뭐든지 잘하잖아. 어제 헌재 수정테이프도 니가 5분 만에 고쳤잖아. 근데 그게 잘 안된 건 니가 반대로 감아서 그래."

"보세요. 그것만 봐도 내 머리가 안 좋다는 거잖아요. 머리가 좋다면 그걸 바로 고쳤어야죠."

"아니야, 그거 한 번 만에 고치는 사람 아무도 없어. 그 정도면 아주 잘한 거야. 니가 관찰력이 뛰어나서 그걸 고친 거야."

한 번도 자기 마음을 열어 보인 적 없는 호민이가 마음을 열고 내게 자기 이야기를 하고 있다. 아기처럼 온갖 투정을 부리고 있다. 아, 이제야 우리 호민이가 마음을 여는구나. 자기는 아무 능력도 없다고, 잘하는 것 없다고 넋두리 늘어놓는 호민이를 보며 눈물 콧물 범벅이 되었지만 내 마음은 행복했다.

"야 이놈아, 니 자꾸 이래 할래? 이제 나는 니 못 키우겠다. 너거 아버지한테 가라."

난데없는 고함 소리에 놀라 고개 들고 보니 어느새 호민이 할머니가 와 있다.

78

"할머니, 아니 학교 왜 오셨어요?"

"선생님, 인제 저도 저 애 못 키우겠습니다. 오늘은 학교를 잘 갔나 볼라고 살째기 학교에 올라와 봤어예. 교실에서 공부 잘하고 있는가 싶어 와 봤더니 여기에 있네예. 이제 저거 아버지한테 보낼랍니다. 니 가방 싸라. 대연동 가자."

"그래, 간다. 가면 될 거 아이가. 아버지한테 보내라. 간다 안 하나. 내 같은 거 보기도 싫은데 꺼져 주께. 대연동 간다 안 하나."

호민이는 다시 책상을 쾅 치며 의자를 휙 던지고는 교실로 달려가 가방 챙겨 교문 밖으로 휭하니 나가 버렸다. 머리를 감싸 쥐고는 할머니한테 왜 학교 오셨냐고 원망스레 말씀드리지만 무슨 소용 있나. 이제 막 호민이가 마음 열려고 하는데 왜 하필 이때 오셨냐고요. 왜 하필 지금이냐고요.

이 일을 어떻게 해결하나 한참 고민하다 할머니한테 전화를 걸었다. 할머니는 가게에 있고 호민이는 어디로 갔는지 모른단다. 집에 전화해도 안 받는단다.

"할머니, 호민이 아버지가 아이들 키울 수 없어서 친할머니 집에 맡겼고, 친할머니도 못 키워서 고모 집에 맡겼고, 호민이는 고모 집에 살수 없어 외할머니한테 왔는데 그런 아이보고 아버지한테 가라 하면 길거리로 나가라는 소리와 같잖아요. 그건 죽으라는 소리와 같은 거예요. 지금 빨리 집으로 가서 무조건 할머니가 잘못했다 하세요. 앞으로 할머니 죽는 날까지 형하고 셋이 똘똘 뭉쳐 잘 살자고 하세요. 그리고 전학 가면 지금 이런 선생님 못 만난다고 말해 주세요. 그러니 무조건 지금 학교로 다시 가라고 하세요. 오늘 학교 오면 제가 친구들 모르게 아무 일도 없었던 것처럼 할 테니 체육 할 때 슬쩍 오라고 하세요. 꼭 보내 주세요."

넷째 시간이 끝나도 호민이는 오지 않았다. 점심시간에도 오지 않았다. 아이들은 그 누구도 내게 호민이 어디 갔냐고 묻지도 않았다.

점심시간에 공 차는 아이들 틈에 호민이가 있을까 싶어 내내 창밖을 내다봤다. 다섯째 시간이 끝날 무렵 호민이가 뒷문 열고 고개 숙이고 들어왔다. 아침에 그랬듯 다시 책상에 엎드린다.

고맙다. 와 줘서 고맙다.

다음 날 나는 끙끙 앓았다. 한 주 결근했다. 학교 가면 호민이한테 "니 내 보고 싶었제?" 말해야지. 그러면 어떤 표정 지을지 그려 보며 혼자 빙그레 웃었다.

학교에 가니 호민이가 없다. 내가 결근한 다음 날부터 호민이도 일주일째 결석하고 있었다. 집으로 전화를 걸었다.

"야, 니 내가 그래 좋나. 내가 아프니까 니도 따라 아프네."

혼자 너스레 떨다 끊었다.

호민이는 여전히 학교에 늦게 온다. 한 시간 끝나고 올 때도 있고 둘째 시간 중간쯤에 오기도 한다. 가만히 내버려 둔다. 어제는 9시 다 되어서 왔다. 오늘은 8시 50분에 왔다. 하지만 내일 또 둘째 시간 지나고 올 수도 있다. 아침에 오자마자 엎드릴 때도 있고 수학책을 갈기갈기 뜯을 때도 있다. 하루 내내 칼로 책상에 구멍을 뚫을 때도 있고 연필을 깎아 껍질을 훅훅 불어 날릴 때도 있다. 뒤돌아보며 친구 필통을 가져다 만지다가 부수기도 한다. 어쩌다 자기도 모르게 공부하다 나하고 눈이 마주치기도 한다. 그럴 땐 화들짝 놀라며 고개를 팍 숙인다.

우리 둘은 서로 다치지 않을 만큼 거리를 두고 지내고 있다.

김은주, 부산 서곡초등 (2009.11.21)

# 부끄러운 이야기

**조그마한 내 꿈 하나**

우리 반에 성두라는 아이가 있다. 덩치는 크고 행동이 거칠어 처음부터 눈에 들어왔다. 그런데 어느 날 자세히 보니, 성두는 글을 읽지 못한다. "가나다라……"조차 끝까지 쓰지를 못한다. 어디가 크게 모자란 것 같지도 않은데 말이다. 다른 아이들과 어울려 장난치고 노는 것을 보면 아주 멀쩡하다. 선생 노릇한 지 10년 만에 처음 겪는 일이다.

내게 주어진 숙제려니 하고, 우리 아들 진솔이가 여섯 살 때 배우던 〈신기한 한글나라〉 자료 가운데 문장 카드란 걸 꺼냈다. 점심을 먹고 난 뒤에 교무실에서 마주 앉아 카드 하나씩 꺼내 공부를 한다.

지금 성두는 "병원에 갑니다" "눈이 하얗습니다" "신발이 큽니다" 같은 문장을 되풀이하여 읽고 쓴다. "병원에 갑니다"를 배우면 "학교에 갑니다" "집에 갑니다"를 같이 써 보고, "눈이 하얗습니다"를 배우면 "구름이 하얗습니다"도 같이 쓰고 읽어 보게 한다. 학교나 구름이란 낱말 위에 꼭 그림을 그려 놓고 잊지 않게 한다.

처음에는 글자 배우러 오면서 딴짓을 많이 하더니 이제는 제법 열심히 한다. 그러다 한번은 점심밥을 먹자마자 형에게서 온 편지를 보여 주더니 답장을 써야 한다며 공부를 못 하겠단다. 다른 동무들하고 같이 답장을 써야 한다나. 그래서 "빨리 글자 배워서 네 손으로 직접 써야지, 언제까지 동무들 손을 빌릴 거야" 야단을 치고 당장 교무실로 오라 해서 공부를 했다.

중학교 2학년이 될 때까지 많은 선생님들이 성두에게 글자를 가르치려 했을 거다. 성두 처지로 보면 나도 글자를 가르친다고 귀찮게 괴롭히는 선생 가운데 하나일 테지. 이런 생각이 들면 그만두고 싶은 마음이 커진다. 이 아이에게는 차라리 글을 모르는 것이 더 나은 게 아닐까 하는 생각도 났다. 때로는 우리 반에 글을 모르는 아이가 있는 게 다 내 책임 같아 보인다. 어찌 보면 성두보다는 내 편하자고 하는 짓 같다.

그래도 선생으로 어디 그럴 수 있나. 글자를 아는 것이 훨씬 사는 데 편하겠지 하고 생각을 고쳐먹는다. 이런 작은 일에 매달려 애쓰는 것이 바로 선생이 할 일이다 싶은 마음이 들어 내가 잘하고 있는 것 같다. 성두가 형에게 지 마음을 가득 담아 쓰는 편지를 상상하면 정말 즐겁다. 언젠가는 내게도 그런 편지를 쓰겠지 싶다.

지금 성두와 같이 글자 공부를 하며 생각해 본 조그마한 내 꿈 하나다. (2000년 4월 7일)

학교 소식지에 이 글을 쓰고 나서 얼마나 부끄러웠는지 모른다. 내가 대단한 선생으로 자랑을 잔뜩 늘어놓은 듯해서 영 마음이 편하지 않았다. 게다가 1학기가 끝나기도 전에 성두와 같이 공부하는 일을 그만두었다. 글자를 다 익혀서 그런 것이 아니다. 성두가 이 핑계 저 핑계로 교무실 오는 것을 꺼려 했고 나도 다른 일에 바빠 성두를 만나는 것이 부담스러웠다. 그런 형편이니 성두 생각만 하면 정말 목에 걸린 가시만큼 답답했다.

2학기에 들어서면서 성두는 야단맞으러 교무실에 자주 올라왔다. 담배 피우다 걸려서, 선생님에게 대들어서, 공부 시간에 돌아다니거나 책상 위에 누워 자다가 끌려왔다. 내가 있는 곳이 학생 생활부인데 여기저기에서 벌서고 혼나는 아이들 틈에 성두가 자주 보였다. 야단을 치고 회초리도 들고 달래도 보았다. 그러면 성두는 "선생님, 잘못했어요. 한 번만!" 하면서 온갖 아양을 다 떤다. 야단을 치다가도 웃음이 나와 버린다. 그런 성두가 그리 밉지 않았다. 성두에게 진 빚이 마음에 걸려 오히려 미안했다. 그러면서도 이런저런 일로 자꾸 선생님들 입에 오르내리니 여간 신경 쓰이는 게 아니었다.

어찌 보면 성두 처지가 참 딱했다. 성두는 글자를 모르니 공부하는 게 재미없을 테다. 오직 학교 와서 친구들과 장난하고 노는 것밖에 달리 할 것이 없다. 새아버지는 배를 타고 어머니는 대포 횟집에 나가신다. 새아버지는 성두에게 무척 무섭게 대하고 어머니는 성두가 하는 공부에는 관심이 없고 성두가 달라는 대로 돈만 주고 만다. 형이 둘인데 형들도 고등학교를 다니다 말았고 둘째 형은 폭행죄로 감옥에 가 있다.

성두는 몸이 아플 때만 빼고 학교에 빠지지 않고 다닌다. 한번은 친구를 혼내 주려고 벼른 적이 있는데 그 까닭이 그 친구가 학교에 나오지 않으려고 해서란다. 그때 성두는 "저는 학교 안 나오는 게 가장 싫어요" 했다. 그때는 정말 성두가 괜찮은 놈이라 생각했다.

그러다 일이 터졌다. 우리 반 도덕 시간에 모둠별로 준비물을 잘 가져왔는지 살펴보고 있는데 성두네 모둠 아이들이 아무것도 가져오지 않았다. 수업 준비가 안 된 모둠은 그 시간에 아무것도 할 게 없었다.

"어째, 우리 반은 이 모양이냐. 너희들 담임이라고 그렇게 만만하게 보는 거냐. 아무 준비도 없이 오면 어떡해!"

약이 올라 야단을 치고 꿀밤을 한 대씩 먹였다. 성두가 꿀밤을 한 대 맞더니, 갑자기 고개를 돌리며 "씨팔!" 했다. "너 뭐라 그랬어?" 성두는 고개를 숙이고 말이 없다. 너무 화가 나서 성두 멱살을 잡아끌고 교무실로 올라오는데 부들부들 떨렸다.

"너, 뭐라 그랬는지 다시 말해 봐."

"……."

계속 다그쳐도 아무 말이 없다.

"선생님에게 씨팔이 뭐야? 내가 너한테 그런 말을 들어야 하니?"

"전 안 그랬어요."

"내 귀로 똑똑히 들었는데 뭐가 안 그랬어?"

"……."

"너, 선생님한테 한번 맞아 볼래?"

"선생님들은 나만 갖고 그래!"

성두가 뭐가 분한지 악을 쓴다. 더 이상 성두하고 이야기가 되지 않았다. 답답하고 떨리고 어찌해야 할지 모르겠다.

"내 힘으로는 안 되겠다. 어머니를 학교에 오시라 해야겠다."

기껏 생각한 게 성두 어머니에게 전화하는 것이라니. 그러면 성두가 조금 수그러들 것도 같고 성두 문제로 한번쯤 부모님과 이야기를 나누고 싶었다. 어머니가 일하는 횟집으로 전화를 했더니 성두가 또 무슨 사고를 쳤느냐고 깜짝 놀라신다. 그동안 성두가 아무리 말썽을 부려도 성두 어머니에게는 전화를 하지 않았는데 짐작하시는 눈치다. 어머니하고 할 이야기가 있으니 바쁘더라도 학교에 오시라고 했다. 횟집에 나가야 하니 바빠서 안 되겠다며 성두 아버지를 보내겠단다. 그리고는 전화를 끊었다. 그러자 갑자기 성두가 "에이, 씨팔. 나 이제 학교 안 다녀!" 하더니 교무실을 박차고 나간다.

"이성두, 너 거기 안 서!"

나도 소리를 지르며 성두를 불러 세웠다. 성두는 교실에 들어가 가방을 들고 복도로 뛰어나왔다.

"야, 인마! 너 안 서!"

복도가 울리도록 소리를 치고 쫓아 뛰어갔다. 순식간에 일어난 일이라 아이들이 술렁거렸다. 다른 반에서는 모두 공부를 하고 있는데 염치고 뭐고 없었다. 무슨 난리가 났나 하고 밖으로 내다보는 선생님도 있었다. 부리나케 성두를 붙잡아 교무실로 다시 끌고 왔다. 대체 이 아이를 어찌할 것인가. 일이 왜 이리 커져 버렸나.

"너 대체 왜 그러니?"

"아버지가 알면 난 죽는단 말이에요."

씩씩대는 성두에게 무슨 말이냐고 물었다.

"요즘 매일 맞는단 말이에요."

그러면서 눈물을 흘린다. 흥분했던 내 마음이 척 가라앉았다. 성두를 앉혀 놓고 이야기를 들었다. 요즘 아버지가 공부도 못하는 게 학교 다니면 뭐 하냐며 학교 그만 다니라고 소리를 친다 했다. 그래도 학교 다니겠다고 하면 대든다고 자꾸 때린단다. 그래서 학교 다닐 맛도 안 나는데 학교에 오면 선생님들이 수업 태도가 형편없다며 자꾸 야단을 친단다. 이래저래 마음이 편하지 않았단다. 그러면서 자기도 모르게 욕이 나왔는데 나한테 한 것은 아니라 한다. 성두 이야기를 들으며 나도 그만 눈물이 났다. 그러다 성두를 붙잡고 울어 버렸다.

"성두야, 니 마음도 모르고 야단을 쳤으니 정말 미안하다. ……니가 아무리 말썽 피워도 나는 너를 미워한 적이 없어. 너도 괜찮은 놈이야. 글자를 모르면 어떻고 공부를 못하면 어떠냐, 학교에 빠지지 않고 나오려는 네 마음이 너무 고마웠단 말이야. 그래 너 혼낼 일이 있어도 많이 참았다. 어찌하던지 널 이해하려 애썼거든……. 그런데 그런 너한테 욕이나 듣게 되니 너무 화가 나더라. 너에게 고작 이런 대접을 받아야 하는 게 너무 속상했어. 그래도 선생님한테 해서는 안 될 말이 있는 거야. 나도 미안하다. 성두 너 얘기 들어 보지 않고 소리친 건……."

어머니가 학교에 오는 건 그만두라 하고 서로 잘해 보자며 손을 잡았더니 마음이 풀렸는지 성두가 "선생님, 내일부터 글자 배우러 올게요" 한다.

성두를 내려 보내고 담배를 피우는데 씁쓸했다. 이런 못난 선생이 어디 있나 싶다. 이야기를 차분하게 들어 보기도 전에 애를 다그치고 길길이 날뛰었으니 어떤 아이가 마음을 열고 이야기할까. 성두를 이해 하려고 애썼다는 말도 다 헛것이다. 말썽 피우는 성두에게 미운 마음이 더 컸던 거지. 그러니 성두가 잠깐 실수한 것을 놓치지 않고 그리 난리 를 쳤지. 한심스럽기 짝이 없다.

이상석 선생님이 아이들은 꽃으로도 때려서는 안 된다고 하셨는데. 나는 이런 형편없는 선생 노릇을 언제까지 하려는지. 부끄러운 일이다.

김상기, 속초 속초중 (2001.2)

# 자꾸만 마음이 굳어집니다

아이들과 함께 지낸 일을 쓰려고 하니 성준이가 가장 먼저 생각이 납니다. 마음으로 부담스럽게 여긴 아이이기 때문입니다. 부끄러운 일이지만 성준이가 수두에 걸려 일주일 넘게 학교에 오지 않았을 때 내 마음이 얼마나 홀가분했는지 모릅니다. 지금은 덜하지만 이 아이가 내 숨통을 누른다는 생각. '이 아이가 내 업이지' 하는 말도 안 되는 생각도 했습니다. 성준이한테 드리워진 불안과 어두운 그림자가 나한테 옮겨 올 것 같았습니다. 내가 왜 이러나 할 만큼 아이를 대하는 마음이 딱딱하게 굳고 같이 있는 것조차 힘들었습니다. 미안해하면서도 어쩌지 못했습니다.

우리 반 성준이는 아버지와 형이랑 삽니다. 엄마는 집을 나갔고 아버지는 늘 술에 절어 있고, 형은 중3인데 자기 앞가림도 못하니 동생을 돌봐 줄 형편이 아닙니다. 성준이는 더듬더듬 글을 읽고 쓰며 더하기,

빼기를 겨우 합니다. 어떤 일에든 의욕도 자신도 없고 늘 처져 있습니다. 모든 것을 포기한 아이 같습니다. 아이들은 모든 일에 성준이를 제껴 놓았습니다.

"선생님, 성준이는 늦게 학교에 왔다가 점심 먹고 청소하고 집에 갔어요. 쟤는 아무것도 안 해요."

내가 공부할 거리를 내 주면 "선생님 성준이도 줘요?" 하고 묻곤 했습니다.

성준이는 학년 초에 결석을 자주 했습니다. 작년에는 한 달 동안이나 오지 않았답니다. 비가 오면 학교에 오지 않았습니다.

"선생님, 성준이 비 오면 원래 학교 안 와요."

아이들은 당연하다는 듯이 말했습니다. 그럴 때마다 전화를 하고 집으로 찾아갔습니다. 벽 미장을 하지 않아 블록이 거칠게 그대로 드러난 집에 가 보면 아비는 술이 덜 깨어 얼굴이 벌겋고 성준이는 발 디딜 틈 없이 어질러진 방 안에서 속이 삐져나온 이불을 덮은 채 텔레비전을 보고 있습니다.

"성준이 아버지, 애를 학교에 보내야지 그냥 놔두면 어떻게 해요?"

"아, 내가 가라고 해도 지가 아프다고 하잖아요."

"아픈 게 아니라는 걸 잘 아시잖아요. 제가 이렇게 성준이 데리러 오면 다른 아이들은 선생 없이 공부해야 하는데 앞으로 이런 일 없게 해 주세요."

나도 모르게 목소리가 쌀쌀해집니다. 아이를 태우고 오는데 내 마음이 싸늘하게 굳은 것을 느낍니다. 그럴 거면 데리러 가지나 말지. 그런 내가 너무 기가 차서 억지로 성준이한테 말을 걸곤 했습니다.

그런 내 마음 때문일까요. 퇴근길에 성준이를 보면 그냥 지나칩니다. 같은 동네니까 태우면 좋겠지만 차 속에 같이 있는 게 부담스럽기 때문이지요. 그러고 나면 마음이 더 불편해져 머리 뒤꼭지가 막 당기는 느낌이 듭니다. 내 몸이 딱딱하게 되는 것 같습니다. 아이가 내 차를 보고 있는지 거울로 살핍니다. 원망 어린 눈빛으로 쏘아보고 있을 것 같아서 빨리 차를 몰아서 벗어나야겠다는 생각을 합니다. '괜찮아, 안 태울 수도 있지 뭘 그래' 말해 보지만 마음이 편하지 않습니다.

성준이는 9시가 훨씬 넘어서 학교에 옵니다. 전화 걸어 빨리 오라는 말에 마지못해 "네" 해 놓고는 11시가 다 되어 온 적도 있습니다. 발끝으로 돌을 툭툭 차면서 어깨를 축 늘어뜨리고 한없이 느적거려 교문에서 교실까지 10분은 걸립니다. 선생님들이 "성준이 좀 봐라, 아이고! 저놈 저거" 하며 혀를 찹니다. 그 모습에 가슴이 답답해져 당장 뛰어가서 막 흔들어 대고 싶어집니다.

교실에 들어온 걸 보면 세수를 하지 않아 얼굴이 꼬질꼬질합니다. 참지 못하고 한바탕 퍼붓습니다. 어떻게 6학년씩이나 되어서 세수를 하지 않느냐, 니가 그렇게 하면 너를 좋아할 사람이 누가 있느냐고 쌀쌀맞게 소리칩니다. 성준이를 얼마나 차갑게 대하는지 느끼면서 내 마음이 더 굳어집니다.

하루는 강냉이 튀밥을 사서 아이들 책상 위에 부어 주고는 교무실에 갔다 오니 아이들이 "선생님, 성준이가 안 먹어요" 합니다. 성준이는 먹고 싶지 않다고 하는데, 나는 성준이가 책상 한가운데로 팔을 뻗어서 튀밥을 움켜쥐지 못할지도 모른다는 생각이 퍼뜩 들었습니다. 슬쩍 데리고 나가 물어보니 내 생각대로였습니다.

동무들 틈에서 손 내밀 자신이 없어 먹고 싶은 마음을 누를 만큼 아이는 마음이 그렇게 쭈그러들어 있습니다. 그런 아이가 안쓰럽기보다 답답하고 자꾸 화가 났습니다. 막 소리를 지르고 싶었습니다. 애원하듯이 제발 그렇게 하지 말라고 했습니다.

얼마 뒤에는 노래를 제대로 부르지 못한다는 것도 알았습니다. 아이들한테 성준이 노래를 들어 본 적이 있냐고 했더니 고개를 갸웃거립니다. 입속으로 우물우물, 동무들 앞에서 제대로 소리 내어 노래를 한 적이 거의 없었던 겁니다.

성준이는 아이들과 어울리지 않고 늘 혼자 지내는 편입니다. 운동장에서도 동무들과 조금 떨어져 혼자 놀거나 꼬마들하고 놉니다. 늘 혼자서 뭐라고 뭐라고 중얼거립니다. 공부 시간에도 웅얼거리는 소리가 나서 보면 성준이가 혼자 이야기하고 있습니다. 자기만의 세계에서 지내는 것 같습니다. 몸은 교실에 있지만 눈빛은 다른 생각을 하고 다른 곳을 헤매고 있습니다.

성준이는 자꾸만 내 둘레를 맴돕니다. 일을 하다가 고개를 들면 성준이가 나를 보고 있습니다. 다른 아이들은 다 나가 노는데 혼자 교실에 남아서 서성거립니다. "너는 왜 또 혼자 있어. 너도 나가서 같이 놀아" 하고 떠밉니다. 나는 아무 꿈도 없는 듯한 멍한 눈빛과 마주치면 왠지 마음이 서늘해집니다. 가슴이 꽉 막히고 몸이 옥죄어지는 듯합니다. 그 속에 무언지 모를 간절한 바람, 언제 터질지 모르는 원망이 들어 있는 듯 느껴지기 때문입니다.

성준이는 다른 아이들과 잘 어울리지도 않지만 남이 싫어하는 일을 하지 않습니다. 까불거리고 장난치고 나쁜 일 하다 걸려 야단을 치게 되면 내 마음이 조금 가벼워질까요? 제 할 일을 안 해서 자꾸 야단을 치게 되니까 마음이 편치 않습니다. 내가 성준이에 대해서 너무 예민하게 생각하는 것 같습니다. 엄마의 정이 그리운 아이, 안타깝고 불쌍한 아이, 내가 따뜻하게 품어 주고 살갑게 해 주어야 할 아이인데 오히려 부담스러워하니 그런 내가 또 싫습니다.

2학기 들어 성준이를 생각하며 108배를 했습니다. 결국은 나를 위해 하는 거지요. 아이가 마음이 편해지면 내가 편해질 테니까요. 성준이가 조금은 바뀌었습니다. 학교에 일찍 오고 까닭 없이 결석하지도 않습니다. 준비물도 챙기고 자기 할 일을 조금씩 합니다.

얼마 전에 결석을 했는데 전화가 끊겨 연락이 되지 않았습니다. 11시쯤에 아버지와 함께 왔습니다. 형이랑 수원에 있는 엄마한테 가려다가 버스 정류장에서 아버지한테 잡힌 것입니다. 10월 하순인데 슬리퍼에 두꺼운 누비 잠바를 입고 있었습니다. 성준이 아버지가 아이 데려온 이야기를 자꾸 되풀이하길래 "성준이가 엄마 보고 싶어 하는 걸 막을 수는 없잖아요" 하고는 성준이한테 교실에 들어가라고 했습니다.

점심 무렵부터 날이 꾸물꾸물하더니 아이들이 집에 갈 무렵에는 비가 쏟아졌습니다. 성준이한테 우산을 주었습니다. 우산이 하나 있는데 형이 쓴다고 했습니다. 보름 전쯤에 비가 왔을 때 성준이는 비닐을 길게 하여 망토처럼 두르고 왔습니다. 바람이 불어 비닐이 뒤로 날려서 고스란히 비에 젖었습니다. 비 오는 날이면 학교에 아예 오지 않으려 하던 성준이가 비닐을 뒤집어쓰고 30분 넘게 걸어 학교에 왔다는 생각을 하니 성준이한테 정말 미안합니다. 운동장에서 성준이를 보았을 때 마음속에서 무언가 쿵 하고 내려앉았습니다. 그리고 부끄럽지만 '아이고, 쟤는 왜 저렇게 하고 와서 나를 고통스럽게 하나' 이런 생각을 했습니다.

아이를 학교에 억지로 데리고 와서 뭐가 크게 달라질 것이라는 생각은 하지 않았습니다. 그렇지만 그냥 두고 집에서 텔레비전이나 보게 할 수는 없고, 제때에 학교에 오고 가고, 다른 아이들이 하는 것은 자기도 해야 한다는 마음을 갖게 해야겠다고 생각했습니다. 또 학교에 오면 점심밥이라도 제대로 먹을 수 있겠다 싶었지요.

나도 조금 변했습니다. 힘이 생기는지 마음이 조금씩 풀리는 것을 느낍니다. 유독 성준이한테는 잘 못하던 우스갯소리도 건넵니다. 학교에 일찍 온 성준이한테 말했습니다.

"성준아, 너 순간 이동해 왔지?"

성준이가 웃습니다.

김광견, 양양 회룡초등 (2000.10.25)

# 나도 불편한 벽이었다

같은 학년 선생님 말이 2학년 아이가 6학년 어떤 언니한테 돈을 뺏겼단다. 학부모님이 매우 화가 났으니 6학년 아이들에게 설문 조사를 하라고 했다. 우리 반 아이들한테 설문지를 돌렸다. 쓰라고 하는 김에 답답하거나 걱정되는 일 있으면 솔직하게 다 쓰라고 했다.

아니나 다를까 아이들이 써낸 종이에는 정연이 이야기가 많았다. 정연이가 2학년 아이한테 돈을 뺏은 건 아니다. 다만 친구들한테 돈 좀 빌려 달라 해서 중학교 언니들한테 준다, 화장하고 다닌다, 돈을 뺏는다, 욕을 한다, 마음에 안 들면 장난으로 몸을 콕콕 찌른다, 5학년 애들한테 깍듯이 인사하라고 시킨다는 이야기들을 쏟아 냈다. 다른 반에서도 정연이 이야기가 나올 정도였다. 화가 났다. 굳은 얼굴로 정연이만 따로 불러서 공부 끝나고 남으라고 했다.

전담 시간에 교실에 앉아서 아이들이 써낸 글을 읽고, 또 읽었다. 마음이 자꾸만 엉키고, 답답하고, 머리가 지끈거렸다. 감기 때문에 몸이 좋지 않아서 더 힘들었다. 할 일도 많은데 아무것도 손에 잡히지 않아 짜증이 나기 시작했다. 이 녀석 오늘 두고 보자. 좀 나아진 듯싶더니 뭐야, 이게. 지 입으로 다 불 때까지 놔주나 봐라.

자꾸 화가 솟아오르기만 했다. 1학기에는 친구들 따돌리고 괴롭히더니만. 중학교 애들이랑 선후배 사이를 걸었다는 둥 어쨌다는 둥 문제를 일으키고. 안 그러겠다고 해 놓고. 어쩐지 요즘 표정이 이상하다 했어. 잘 웃는 녀석이 요즘엔 내 눈도 피하고. 마음을 정리하지도 못했는데 아이들이 "선생님, 오늘 단소 시험 봤어요!" 하면서 교실로 들어온다. 아, 수업을 해야 한다.

오후에는 글짓기 대회에 낼 작품들을 빨리 우편으로 보내야 해서 어쩔 수 없이 외출 신청을 했다.

"정연아, 너는 찔린 거 있으면 다 써 놓고 있어라."

차가운 말투로 종이 한 장, 연필 하나 주고 밖으로 나왔다. 20분이면 후딱 갔다 올 수 있어서 바쁘게 걷고 있는데 행정실에서 전화가 왔다.

"선생님 반에 정연이라는 학생 있어요? 지금 어떤 학부모님이 전화해서 정연이란 학생이 핸드폰을 훔쳤다며 화가 많이 나 있어요. 경찰서에 가서 절도죄로 신고할까 하다가 전화했다네요."

머리가 띵. 엎친 데 덮친 격이라더니. 학부모님께 전화해서 죄송하다고 몇 번을 말하며 화를 겨우 가라앉히고 전화를 끊었다.

정연아……. 너 무슨 일이니. 맥이 탁 풀렸다. 정연이가 왜 그랬을까. 아무래도 이런 마음으로 정연이를 봤다가는 화만 낼 것 같았다. 그러면 안 된다. 정연이가 튕겨 나갈 수도 있다. 글쓰기 모임을 같이 하는 홍성애 선생님한테 전화를 했다.

"쌤, 나 어쩌지. 정연이 잘못만 보고 무섭게 따지면서 몰아붙이지 말아야 하는데. 정연이 알지? 전에 '할매가 뿔났어'랑 '아빠'라는 시를 쓴 애."

"어이, 알지. 쌤, 전에 내가 이야기한 거 있잖아. 아이와 잘못을 따로 두고 봐야 한다고."

선생님과 통화하면서 내 마음을 가라앉혔다. 정연이 마음을 들여다 봐야지. 그래야지.

4월쯤 처음으로 시 쓰기를 했을 때 정연이는 시를 두 편 썼다. 발표해도 되는 시, 나한테만 보여 주는 시. 시 한 편 후딱 쓰더니 "쌤, 하나 더 써도 돼요?" "그래." 평소 공부 시간에는 집중도 안 하더니만 뭔 일로 열심이래. 홋. 긴 머리카락을 만지작거리다가 손톱을 물어뜯고 다리를 덜덜 떨면서 쓴다. 몸을 한쪽으로 틀고 공책을 가리면서. 교실 한 바퀴 돌면서 다 쓴 아이들 시를 읽었다. 정연이 자리로 가니 두 번째 시도 다 썼네. 궁금해서 공책을 보려고 하니, "쌤만 보세요" 한다.


아빠


가족 정보 쓰기.
새 학기가 찾아왔다.
가족 얘기가 나온다.

전화번호, 직업, 생일

엄마, 이모, 할머니, 할아버지
다른 사람은, 내 친구들은
다 들어갈 이름
아빠

난, 없어. 아빠란 거.
그냥 가족은 많아.
난 몰라. 아빠 전화번호.
난 몰라. 아빠 직업.
난 몰라. 아빠 생일.
난 몰라. 아빠 사랑.

정연이가 처음으로 보여 준 마음이었다. 그날, 나를 보며 수줍게 씩
웃던 정연이 표정이 생생하다. 정연이는 아빠가 없다. 정연이가 애기
때 외국으로 일하러 갔다는 얘기만 들었단다. 지금은 그게 거짓말이라
고 눈치는 채고 있다. 하지만 식구들한테 대놓고 물어보지 못한다.
　교실에 오니 정연이가 없다. 가 버렸나. 아, 이 녀석. 정연이 전화번호
를 찾아서 통화 단추를 누르니 꺼져 있다. 정연이 엄마한테 전화하려고
하니 복도 끝에 있는 정연이가 보인다.
　"다 썼어요."

써 놓은 걸 보니, 점심시간에 몰래 화장실에서 알던 오빠랑 통화한 얘기, 친구들한테 천 원 빌려서 중학교 언니한테 준 이야기, 현장 학습 때 친구랑 싸운 이야기가 전부다.

"더 쓸 게 있을 텐데."

더 썼다. 계속 썼다. 정연이가 쓰는 동안 나는 무슨 얘기를 해야 할지 생각했다.

"더 쓸 게 없어요."

"그래. 근데 정연아, 아까 엄마가 오시기로 했는데 지금은 통화가 안 되네. 무슨 일이지? 잠깐만."

통화 버튼을 또 누르고 기다리고 있으니까

"엄마가요, 직장에서 통화할 때는 조심스러워해요. 저랑 통화할 때도 조용히 얘기하라 그러고, 나중에 전화하라고 해요. 엄마 직장 사람들은 제가 있는 거 몰라요……."

말을 끝내지 못하고 운다.

"그게 무슨 말이야?"

"결혼한 거, 딸 있는 거 알면 안 된대요."

아차, 싶었다. 그랬구나. 나도 왈칵 눈물이 나와서 얼굴을 돌렸다. 무슨 말을 해야 할지도 모르겠고, 머릿속에 떠오르는 그 어떤 위로의 말도 꺼낼 수가 없었다. 그냥 같이 울었다. 아빠가 없는 자리만 아픈 게 아니었다. 엄마가 사람들한테 딸을 숨겼으니 그 아픔을 상상이나 할 수 있을까. 미안했다. 그 마음 어루만져 주지 못해서 미안했다.

"정연아, 니가 여기 쓴 거 다 잘못한 거 알지."

고개를 끄덕인다.

"나는 이것 가지고 혼내진 않을란다. 니가 다 아니까."

"……."

"근데 있잖아. 뭐가 너를 그렇게 흔들고 있는지 모르겠다. 마음을 못 잡게 하는 게 뭐냐. 그게 마음 아파. 정연이 니가 자신을 내버려 두는 모습이 싫어. 너는 너고, 잘못은 잘못이지. 니가 잘못을 저질렀다고 너를 싫어하진 않아. 너 알잖아. 내가 니를 얼마나 좋아하는지. 니가 좀 마음 중심을 잡고 살았으면 좋겠어."

정연이는 또 울기 시작했다. 뭐가 너를 그렇게 흔들고 있는지 모르겠다고 하니 또 눈물을 쏟는다.

옆 반 선생님이 '문장 완성하기'를 준 게 있어서 정연이한테 주었다. 내가 가장 행복할 때는, 우리 엄마는, 나는 때때로, 나를 가장 슬프게 하는 것은, 이렇게 시작하는 문장을 완성하는 것이다. 문장은 스무 개쯤 된다. 정연이의 솔직한 생각이 궁금하다고, 니 마음을 조금이나마 알고 싶다고 하며 내밀었다. 곰곰이 생각하더니 조용히 쓴다. 어느 문장에서는 한참 고민하다가 쓰고, 어느 문장에서는 망설임 없이 쓱쓱.

"선생님, 다 썼어요."

"그래, 배고프지. 밥 먹으러 가자."

종이를 받아 들고 가방을 쌌다.

바깥은 그새 어두워졌다. 분식집에서 우동, 순두부찌개, 떡볶이, 계란덮밥을 시켜서 싹싹 긁어 먹었다. 몇 년 만에 식구들이랑 여름에 여행 가서 고기 먹었던 얘기, 집에서 할머니랑 이모들 잔소리 때문에 힘들다는 얘기, 나더러는 지금 결혼 안 하고 자유로워서 좋겠다는 둥 이런저런 얘기를 하며 먹었다. 다 먹고 정연이 집까지 걸어가면서 중학교 얘기, 우리 반 해찬이가 남자들 가운데 가장 편하다는 얘기를 하며 키득키득 웃기도 했다.

"주말 잘 보내고."

"네. 쌤! 일요일에 학교에 와요?"

"아니, 왜?"

"그냥요."

정연이를 집으로 들여보내고 '문장 완성하기'를 꺼내서 봤다.

> 우리 엄마는, 불편하다.
> 내가 꾼 꿈 중 가장 무서운 꿈은, 엄마가 도망가고 새엄마랑 사는 꿈.
> 내가 가장 무서워하는 것은 가족들의 잔소리.

정연이는 엄마가 불편하다. 엄마만 불편할까. 같이 사는 할머니, 이모들 모두 불편하다. 학교도 선생도 불편하다. 어디 마음을 줄 데가 없다. 친구들 만나면서 늦게까지 밖에 돌아다니는 게 좋고 마음이 편할 뿐이다. 그래도 엄마가 도망갈까 봐 무섭다. 엄마가 자기 존재를 숨기는 게 아프다.

불편하다는 말이 머리에서 떠나지 않는다. 정연이가 벽을 세우고 사는 것이 아니라 정연이가 원하지 않았는데도 이미 차가운 벽들이 오랜

시간 동안 정연이 주위에 세워져 있었던 거다. 불편하고 차가운 벽을 허물기엔 정연이는 아직 어리다. 지금은 친구들과 지내는 게 더 좋은 거다.

어른들은 상처를 주는 사람들이고, 불편한 존재다. 불편하면 하고 싶은 말을 못 한다. 말을 못 하면 속에 쌓인다. 썩는다. 병이 된다. 어른도 그러는데, 아이는 더하지. 그래도 어딘가에는 풀어야 사는데, 어디다가 풀겠나. 친구들과 시내에 몰려다니면서 풀기도 하고, 욕하면서 풀기도 하고, 전화기로 문자 주고받으면서 풀기도 하고, 미니홈피에 가서 풀기도 하고, 맛있는 거 먹으면서 풀기도 하고, 좋아하는 남자 친구 만나면서 풀기도 한다. 얼굴에 뽀얗게 화장도 하고, 요즘 유행하는 짧은 반바지도 입고, 머리카락을 동글동글 말면서도 풀겠지. 어른들 눈에는 밉상이겠지만 말이다.

나도 불편한 벽이었다. 정연이 마음을 있는 그대로 보지 않고, 눈에 보이는 행동만으로 잔소리를 늘어놓았던 불편한 벽이었다.

학부모 공개 수업을 한 날, 정연이 어머니가 오셨다. 일이 있고 난 며칠 뒤 정연이랑 둘이 오랜만에 이야기를 나누었단다. 정연이가 엄마는 불편하다고, 선생님이 더 편하다고 했단다. 그렇게 말씀하시곤 우셨다.

운동장에서는 동네 걷기 대회를 한답시고 시끌시끌하다. 창문을 닫고, 화장지를 드렸다. 정연이가 이렇게 자기 마음을 드러내니 다행이라고, 앞으로 천천히 정연이와 편한 관계를 맺기 위해 애써 보자고 했다.

"나의 좋은 점은, 웃음이 많다."

정연이가 쓴 문장이다. 아이들이 하는 말을 그대로 옮기자면 정연이는 정말이지 방정맞게 웃는다. 옆 반 선생님은 "거, 잘 웃는 애 있잖아"
한다. 방정맞게 웃는 정연이를 자주 보고 싶다. 그리고 정연이 세상이
좀 더 편해졌으면 좋겠다. 나도 좀 더 편한 사람이 되고 싶다. 정말 그
러고 싶다.

신경혜, 원주 교동초등 (2010.10.20)

# 몹쓸 짓

교사 된 지 올해로 8년째인데 2학년은 처음 맡아 봤다. 아이들과 어떻게 지낼지도 걱정이 됐지만 더 걱정스러운 것은 학부모하고 어떻게 관계를 가져야 하는 거였다. 젊은 교사가 담임이 되면 나이가 어려서 깔보고 무시한다는 얘기를 많이 들었다. 그리고 아무래도 어머니들이 학교에 자주 오게 되는데 그때 학교나 교사와 관련된 뒷얘기들도 많이 한다고 했다. 그게 싫어서 학부모 총회 할 때 대놓고 말씀드렸다. 꼭 필요한 경우가 아니면 전화로 이야기하는 게 더 좋겠다고. 그랬더니 정말 어머니들 발길이 뚝 끊겼다.

그런데 며칠 전 영준이 어머니가 연락도 없이 학교에 찾아오셨다.

"선생님, 부탁드릴 게 있어서요. 우리 영준이가 눈이 안 좋아서 앞에 앉도록 하면 안 될까요?"

영준이는 요즘 많이 혼났다. 공부 시간에 친구랑 말하거나 혼자 딴

짓을 해서, 알림장을 제대로 안 써서, 할 일을 끝내지도 않고 놀아서.

"어머님, 영준이가 원래 눈이 안 좋았나요?"

"아이가 요즘 부쩍 텔레비전을 앞에서 봐서 야단만 쳤는데 이상해서 병원에 갔더니 2월 검사 때 0.8이었던 시력이 0.2로 떨어졌대요."

이 말을 하면서 울먹울먹하더니 결국 울음을 터트리셨다. 당황스러웠다.

"어머님, 한 달 만에 시력이 그래 많이 떨어질 수도 있어요? 영준이가 몸이 안 좋아져서 그런 거예요?"

영준이는 신장에 문제가 있어서 약을 챙겨 먹고 한 달에 한 번 검진을 받으러 간다. 그래서 그 병 때문에 그런가 싶었다. 어머니가 주저하다가 얘기를 꺼낸다.

"병 때문은 아니구요. 선생님, 사실 영준이가 요즘 이상해요. 활기차고 얘기도 잘하고 밥도 많이 먹는 아인데 요즘은 힘이 하나도 없어요. 밥도 잘 안 먹어서 한 달 사이에 3킬로그램이나 빠졌어요. 영준이가 학교에서 오면 오늘 학교에서 어땠냐고 물어보는데, 그럴 때마다 얘기는 안 하고 눈물을 뚝뚝 흘려요. 학교에 적응하는 게 힘들어서 그런가 보다 싶어, 다니던 학원도 다 끊고 스트레스 풀라고 태권도에만 보내는데 태권도 사범도 영준이가 운동할 때에도 많이 기가 죽어 있다고 그래요."

이 말을 하면서도 계속 우시는데 그게 민망해서 어쩔 줄 몰라 한다. 한 달 사이 아이는 너무 많이 변했고 그런 아이를 지켜보는 어머니 마음이 정말 아픈 듯했다. 억지로 감추려고 하는 어머니의 아픈 마음이

고스란히 나에게 와 닿았다. 아무리 생각해도 원인은 나인 것 같다.

사실 3월 한 달밖에 안 지났는데 하루하루 너무 지치고 힘들었다. 특히 같은 말을 끝없이 반복해야 하는 건 정말 싫다. 뭘 해 보자 할 때 적어도 세 번 넘게 설명한 뒤 "자, 이제 해 보자" 하면 아이들은 이렇게 말한다.

"선생님, 모르겠어요."

그래 한 번은 참을 수 있다. 한 아이에게 가서 일러 주고 나면 다른 아이가 또 이런다.

"선생님, 뭐 해요?"

나도 사람이라 인내심에 한계가 있다. 아이들이 눈치도 없어서 내가 화를 내고 있어도 짝이랑 얘기하면서 키득거린다. 그러면 나는 약이 올라 더 화가 난다. 게다가 좋게 말하면 활발하고 나쁘게 말하면 별난 녀석들이 너무 많다. 내가 보기에 우리 반 남자아이 열다섯 가운데 열 명은 너무 활발하다. 그냥 활발한 게 아니라 너무 활발하다.

그런데 문제는 내 성격은 정반대라는 거다. 그러다 보니 아이들과 계속 부딪히게 된다. 성격이 맞지 않고 마음이 맞지 않는 사람은 서로 이해도 잘 안 되고 갈등도 더 많이 겪듯이, 교사와 학생도 사람과 사람이 만나다 보니 똑같은 것 같다.

지금 생각해 보면 예전에 같이 지내기 힘들었던 녀석들도 대부분 나랑 성격이 정반대였다. 이건 아이가 이상해서도 내가 이상해서도 아니다. 그냥 서로 성격이 맞지 않을 뿐이다. 나랑 맞지 않는 아이들이 반 가까이 되니 나는 너무 힘들다.

아무리 힘들어도 시간이 지나면 적응할 만도 하건만 참 시간이 무섭다. 7년 동안이나 고학년에게 길든 몸이, 마음이, 생각이 하루가 지나고 또 지나도 저학년에게 맞춰지지 않는다. 그러다 보니 계속 스트레스만 쌓인다. 그 스트레스를 나는 야단칠 기회만 노렸다가 아이에게 모두 다 퍼부었다. 교실이 떠나갈 정도로 소리치면서 아이가 마치 큰 죄라도 진 것처럼 몰아세우고 얼굴에 고스란히 짜증 나고 미워하는 표정을 드러냈다. 그 상대 가운데 한 아이가 영준이였다. 그러니 내가 그 아이를 그렇게 만든 게 맞다.

"어머님, 제가 자주 영준이를 야단쳤어요. 근데 영준이가 그렇게 힘들 거라고는 생각 못 했어요. 아이를 잘 지도해 보려고 그런 거였는데."

나도 속이 상해 눈물이 났다.

"어머님, 당분간 영준이 절대 야단치지 않고 좋은 말, 칭찬 많이 할게요. 어머니도, 저도 영준이한테 마음을 더 쓰면서 조금만 더 지켜봐요."

영준이 어머니를 보내고 나서 자리에 앉았는데 계속 눈물이 났다. 잘못한 아이에게 꾸지람할 수는 있는 거다. 하지만 나는 그게 아니었다. 짜증 나고 화나고 싫은 내 마음을 아이에게 다 퍼부었고, 아이는 그걸 알았던 거다. 그 작은 아이가 얼마나 힘들었을까.

어머니가 돌아가신 뒤 이틀은 영준이를 조심스럽게 지켜보기만 했다. 미안하기도 하고 창피하기도 하고 선뜻 아이랑 이야기를 할 수가 없었다. 그런데 집에서 영준이 어머니가 영준이에게 뭔가 얘기를 잘했나 보다. 영준이 얼굴이 조금은 밝아진 느낌이다.

사흘째 되는 날 쉬는 시간에 영준이를 불렀다. 나랑 눈도 잘 마주치지 않고 계속 눈을 이리저리 움직였다.

"영준아, 내가 그동안 영준이 혼내고 야단쳐서 많이 힘들었어요?"

이 말밖에 안 했는데 아이 눈에 눈물이 왈칵 올라오는 게 보인다. 영준이는 고개를 끄덕거렸다.

"영준아, 나는 니가 그렇게 힘들 거라고는 생각 못 했다, 정말로. 그러면 엄마한테라도 선생님이 이렇게 해서 싫어요, 말하지 그랬노. 영준이한테 진짜 미안하대이. 나는 니가 조금만 더 잘했으면 하는 마음에서 그랬는데, 그게 영준이를 너무 괴롭혔구나."

미안하다고 말하면서 아이를 꽉 안아 주는데 내가 정말 몹쓸 짓을 한 게 맞구나 싶다.

양정아, 부산 반산초등 (2011.6)

108

미안해

미안해

# 너무 늦어 버린 것일까

호식이가 학교로 돌아왔다. 다행이다. 그동안 학교에 오지 않아서 마음을 졸였다. 심지어 아침 부산 뉴스를 볼 정도였다. 혹시 무슨 일 있을까 해서. 예전에는 애가 학교에 오지 않는다고 이렇게 마음 졸인 일이 없었다. 왜일까. 호식이는 어머니가 안 계신다. 누나는 서울에 돈 벌러 갔다는 것 말고는 아는 것이 없다. 사실 호식이보다는 호식이 아버지가 학교에서 더 유명하다. 이 학교 온 지 얼마 안 되어, 학부모 한 분이 술에 취해서 나를 찾아 교무실로 왔다. 호식이 아버님이었다.

"사람이 왔으면 물이라도 한잔 주이소."

나에게 하셨던 첫 말씀이다. 당황스럽고 불쾌했다. 용건도 없었다. 그때는 몰랐다. 그것이 술주정인 것을. 툭하면 술을 드시고 아무 까닭도 없이 학교로 오곤 했다.

중학교 1학년 호식이는 1학기 부반장이었다. 국어 시간에 호식이를 칭찬했던 적이 있다. 여자들은 호식이 같은 남자를 잡아야 한다고. 중학교 1학년 국어책에 '어린 날의 초상'이란 수필이 있는데 내용은 이렇다. 초등학생 시절 글쓴이는 아버지가 없었다. 어머니도 일 때문에 동생 소풍을 따라가지 못한다. 결국 글쓴이는 자기 소풍도 가지 못하고 학부형 노릇을 하며 동생 소풍을 따라간다. 그러다 어린 마음에 소나무 뒤에서 눈물을 흘린다. 학습활동에 "글쓴이는 왜 눈물을 흘렸을까?" 하는 질문이 있었는데 호식이는 이렇게 답을 했다.

"동생 앞에서 울면 동생이 마음 편히 못 놀까 봐 동생 잘 놀게 하려구요."

모든 자습서에는 원망, 후회, 서러움, 슬픔 따위가 답이었다. 호식이 대답이 너무 가슴 벅차서, 반 아이들 듣는 자리에서 그렇게 칭찬을 했던 것이다. 그 칭찬 때문인지 며칠 뒤 선거에서 호식이는 부반장으로 뽑혔다. 호식이는 입학할 때 성적이 아주 좋지 않았다. 이런 신도시에서 그렇게 안 좋은 성적으로 부반장이 되는 경우는 아주 드물다. 그래서 난 더욱 기분이 좋았다.

하지만 여기는 신도시이고, 호식이는 결국 애다. 형편이 좋은 이곳 아이들과 견주면 호식이는 가난했다. 돈을 벌어야 할 아버지는 늘 술만 먹었다. 부반장인데 반에서 성적도 안 좋았다. 호식이는 아버지에게 어머니가 돌아가신 것을 담임인 나에게 절대로 비밀로 하라고 할 정도로 자존심도 강한 아이였다. 자존심은 강한데, 형편이 이러니 자꾸 자존심이 상했을 것이다. 언제부턴가 지적을 받는 일이 늘어났다. 바닥인 성적도 좀처럼 오를 기미가 보이지 않았다. 어머니 사랑은 여전히 그리웠을 테고, 술을 먹는 아버지에게도 자주 맞았을 것이다.

1학기 때 우리 반은 학습 분위기가 좋지 않았다. 진지할 때는 진지해야 하는데, 공부 시간에 산통 다 깰 때가 있다. 다른 반하고 평균이 10점쯤 차이 나는 과목이 3분의 2가 넘자, 도덕 선생님은 아이들에게 바이러스 반성문을 받으셨다. 자기가 반에서 떠듦 바이러스라고 생각되면 손을 들라는 도덕 선생님 말에 호식이도 손을 들었다. 도덕 선생님은 바이러스들에게 반성과 다짐을 함께 써 오는 숙제를 내 주셨다. 1,000자쯤 써 오라고 분량도 정해서. 다른 아이들은 모두 해 왔다, 호식이만 빼고. 호식이는 도덕 선생님이 무서운 걸 알기에, 학교에서 반성문을 급히 썼는데 쓸 시간이 없었는지 글 절반이 "ㅋㅋㅋ"였다. 화가난 도덕 선생님은 호식이를 공개적으로 크게 혼내셨고, 나 역시도 크게 나무랐다. 그땐 몰랐다. 호식이가 무너져 가고 있는지를. 그렇게 시간이 흐르는 동안, 여전히 호식이는 남의 물건을 허락 없이 자주 써서 욕을 먹고, 떠들어서 지적을 받았다. 그리고 아버지는 술을 먹고는 가끔 학교에 와서 행패를 부렸다.

2학기 들어서 호식이 상태는 더욱 심해졌다. 부반장도 바뀌었다. 그러다 2학기 시작할 때쯤 자전거 절도 사건으로 학생부로 넘어가게 되었다. 아파트 CCTV에 걸린 것이다. 학생부에서는 사과 편지를 써서 담임에게 내라는 벌을 주었는데, 나는 그 편지를 받아 보지 못했다. 왜냐하면 편지 내용을 확인한 학생부 선생님이 성의가 없다고 편지를 찢어버린 것이다. 1학기 반성문 "ㅋㅋㅋㅋ"가 생각났다. 확실히 그랬다. 호식이 눈에는 반성하는 빛이 없었다.

"타고 난 뒤에 가져다 놓으면 되잖아요."

이게 호식이 말이었다. 그 일이 있은 뒤에도 다시 지적을 몇 번 받았고, 급기야 호식이가 가출을 했던 것이다. 휴대전화 요금이 많이 나와서 아버지에게 뺨을 맞은 모양이었다. 베란다에 매달려 아버지에게 대들며 이렇게 말했다 한다.

"내 그냥 죽어 버리까!"

하지만 다행히 호식이는 학교로 돌아왔다.

얼마 뒤 호식이는 내 수업 시간에 휴대전화로 게임을 하다 뒤늦게 발각된 일이 있었다. 그날 호식이는 내게 네 번 거짓말을 했다. 혼나는 것이 무서워 그랬다고 했다. 내 도서관 수업에서 휴대전화 게임을 한 것은 녀석이 처음이었다. 그것도 다른 아이 것으로. 그때 본 호식이 눈은 많이 달라져 있었다. 눈빛에는 비굴함도 돌았고, 반항기도 보이기 시작했다. 그리고 바로 다음 날, 가게에서 담배를 훔친 것이 또 CCTV에 찍혀서 교무실에 잡혀 왔다. 징계 위원회는 다시 열릴 것이고, 술에 취한 아버지는 또 학교로 와서 선처를 호소해야 한다.

호식이는 웃으면서 복도를 뛰어다니고 있다. 나를 보며 인사하는 녀석 눈에서 나는 이제 어려운 환경에서도 웃음을 잃지 않고 밝게 인사하는 중학교 1학년 모습을 느낄 수 없다. 호식이는 아는 형들과 어울리며 용돈을 충당하기 위해 도둑질에 맛을 들였다. 나 없는 곳에서는 자기보다 약한 아이에게 제법 횡포도 부릴 줄 안다. 그런 모습을 나에게는 숨기려 한다. 그저 나한테 좋게 보이고만 싶어 비굴한 눈빛으로 거짓말을 아무렇지도 않게 한다. 그렇게 변해 버린 열네 살짜리 아이 모습을 본다.

호식이 눈빛을 보며 나는 나에게 묻는다. 나는 호식이가 이렇게 변할 때까지 무엇을 했는가. 호식이가 수십 번이나 지적을 받는 시간 동안 나는 그 아이 어려움을 헤아려 한 번이라도 따뜻한 말 한마디 건넨 적이 있었던가. 부반장이 이래서야 되겠냐고 얼마나 가혹하게 몰아붙였던가. 아버지처럼 살 거냐는 잔인한 말로 얼마나 그 아이 마음을 아프게 도려냈던가. 이제 이 아이가 옛날 모습으로 돌아가는 것은 정말 어려운 일이 된 것인가. 그리고 이렇게 얼음같이 차가운 나는 이제 녀석을 어떻게 대해야 할까. 나는 지금 한 아이의 가장 결정적인 순간에 그 아이 담임으로 있다. 나는 호식이에게 너무 늦어 버린 것일까.

징계 위원회가 열렸고, 호식이 아버님은 편찮으셔서 학교에 나오지 못했다. 징계 위원회는 꼭 재판 같다. 나는 태어나서 처음으로 징계 위원회에 참석했는데, 모두 호식이 일로 그랬다. 그나마 전에는 아버지라도 계셔서 호식이가 위로를 얻었을 텐데, 지금은 회의실에 호식이 편이 되어 줄 사람이 아무도 없었다. 징계 위원회에서 담임이 할 수 있는 것이라곤 선처해 달라고 호소하는 거 말고는 없었다.

밖에 있는 호식이를 방송실로 불렀다. 호식이하고 이야기를 해 보고 싶었다. 돌이켜 생각해 보니, 다그친 기억밖에 없다. 녀석은 여기가 반가운 장소가 아닐 것이다. 오늘은 그냥 내 이야기를 하기로 하자.

"호식아, 나는 그리 믿고 싶다. 아버지가 공공근로 하고 용돈이 부족하니까, 돈이 부족해서 훔칠라고 한 거제? 담배 훔친 거는 이게 처음이제?"

호식이가 고개를 끄덕거린다.

"샘도 5학년 때 니 지금 살고 있는 기장 옆에 더 촌구석인 일광에서 살았다. 그때가 쌤 엄마가 위암으로 돌아가시기 얼마 전이었거든. 그래서 나도 용돈이 없었어. 근데 문방구에서 파는 조립식 백 원짜리 로봇이 너무 갖고 싶은 기라. 그래서 훔쳤지. 그 가게는 우리 부모님 친구분이 하시는 거였거든. 몇 번 훔치니까 계속 훔치게 되데. 그러다가 결국 걸렸다 아이가. 마이 혼났다. 암으로 누워 계신 어머니가 도둑질했다는 소리를 들으면 어떡하나 잠도 안 오더라. 그때 쌤은 전교 부회장이었거든. 그 가게 주인이 나를 아는데도, 안 봐주더라. 가게 앞에서 무릎 꿇고 벌서고 혼나는데, 동네 지나가던 친구들이 다 보데. 진짜 부끄러워 죽고 싶더라.

니 알제, 몇 개월 있다가 샘이 해운대로 전학 왔던 이야기. 해운대로 전학 왔는데, 병원장 딸이 내 짝지였던 거. 나는 어머니 돌아가시고 해운대 전학 왔는데, 잘 씻지도 않고 다녀서 머리에서 이도 떨어지고 그랬지. 그런 내가 얼마나 지저분해 보였겠노. 근데 그 병원장 딸인 짝지가 싸 온 도시락 고기반찬이 너무 먹고 싶은 기라. 그래서 짝지 반찬이니까 먹어도 되는지 알고 하나 먹었지. 그랬더니 그 애가 뭐라 했는지 내가 얘기했제. 그 유명한 '쯧쯧쯧' 이야기……."

호식이도 고개를 끄덕였다. '어린 날의 초상'을 공부할 때 내가 애들에게 한 이야기였다.

"봐라, 그랬던 내가 나중에 커서 쌤이 될 줄 누가 알았겠노. 호식아, 난 이게 지금 니 모습이 아이라고 생각한다. 난 1학기 때 니가 국어 시간에 했던 답을 아직도 기억한다. 니는 멋진 놈인기라. 니는 그냥 환경이 어려우니까 잠깐 실수한 기라. 이번 일로 기죽지 말고, 원래 멋진 니로 돌아갈 것이라고 나는 믿는다. 알겠제? 약속하자라는 말도 안 하꾸마. 자, 나가자."

나는 쑥스럽기도 하고 호식이가 마음 편하게 갔으면 하는 마음에 뒤돌아보지도 않고 교무실로 갔다. 생각해 보면 한 번이라도 안아 줄 것을. 나는 그런 표현이 아직 서툴고 어색하다. 내 말을 듣고 호식이가 크게 변화할 거라고는 기대하지 않는다. 그저, 내가 지금이라도 너를 믿고 있다는 이 진심을 호식이가 알아줬으면 하는 작은 욕심이 있다.

성당에서 "하늘에 태양은 못 돼도, 밤하늘 달은 못 돼도, 주위를 따뜻이 비춰 주는 작은 등불 되리라" 하는 성가를 부르며 속으로 몇 번을 울었던가. 하지만 단 한 번도 실천한 기억이 없다. 정말로 가슴이 따뜻한 선생이 되고 싶은데, 글을 쓰고 있는 이 순간도 부끄러워 견딜 수가 없다.

김제식, 부산 부흥중 (2009.12)

# 나는 우는 것들을 사랑하고 싶다

나는 현숙이가 밉다. 가엾거나 안쓰러울 때, 귀여울 때도 있지만, 솔직히 현숙이를 좋아해야 할 이유보다 미워할 수밖에 없는 이유를 더 많이 댈 수 있다. 선생이 학생을 미워해서는 안 된다고 생각하면서도 현숙이를 보면 화부터 난다. 한창 미울 때는 내게 안기는 그 애를 제대로 안아 주지도 못하고, 차렷 자세로 서 있기도 했다. 그리고 이런 내 모습을 자책하며 괴로워하기도 했다. 일부러 그 애 손을 더 잡아 보고, 그 애에게 편지도 써 보고, 남겨서 여러 번 이야기도 해 봤는데, 사이가 좋아질라치면 언제나 무슨 일인가 터져서 나는 현숙이에게 소리치고 만다. 어쩌다가 나는 현숙이를 이렇게 미워하게 된 걸까?

임길택 선생님이 쓴 《나는 우는 것들을 사랑합니다》를 읽고, 우는 것들에 대해 궁금해하고, 우는 것들을 사랑하고픈 마음으로 뒤늦게 교사가 되었다. 그리고 정말로 우는 아이들을 보면 언제나 그 까닭이 궁금하고, 감싸 안아 주고 싶고, 사랑하게 될 줄 알았다. 그런데 이제 나는 잊지 않고 하루에 서너 번은 꼭꼭 우는 현숙이가 왜 우는지 별로 궁금하지 않다. 현숙이가 날마다 내게 달려와 우리 반 누구누구를 일러바친 뒤, 이 문제에 대해 상담하자며 내가 밥 다 먹기를 옆에서 기다리고 있을 때면 속이 답답해 체할 것 같기도 하다. 아이들 보내고 축 늘어져 있을 때 현숙이가 교실 문을 드르륵 열면, 가슴이 쿵 내려앉는다. 아무리 부인하려 해도, 그래 나는 현숙이를 미워하고 있다.

어느 날 아침, 현숙이가 내게 편지 세 장을 건네주었다.


김구민 선생님께
선생님 수학 식관애 저한테 화네면 좀 마음이 아파요 이현숙 너 똑바로 해. 너 버릇엄게 행동하지 마 이런 말이요. 그러면 애들은 절 처다봐요. 너무 가슴 아파요. 안영이 게세요.


선생님께
선생님 안영하세요. 저 현숙이애요. 선생님 수업시간애 발표할 때 5모둠좀 식켜주세요. 훈규, 영창이, 저. 저희들이 손들면 6모듬, 7모듬, 4, 3모듬, 2, 1 모듬만 시켜조서 기분이 나빠요. 저희 모둠도 시켜주세요. 그리고 수학 선생님만 오면 겨에게 화를 네세요. 전 너무 슬퍼요. 수학 선생님만 오면 성격이 변하세요. 선생님 저에게도 선생님께 관심바고 십퍼요. 단지 수학시간만요. 안영이게세요.

그리고 마지막 편지에는 머리에 뿔이 달린 내 모습이 그려져 있고, 내가 자주 하는 말인 "이현숙 너 똑바로 앉아" "너 버릇없게 행동하지 마. 아라써"가 말풍선 안에 있었다. 아침에 출근하자마자 뒤통수를 탁치는 편지 세 장을 받아 들고 나는 그만 주저앉았다.

처음 편지를 읽고는 그냥 미안한 마음뿐이었다. 부끄러움보다 미안함이 더 컸다. 현숙이가 내 마음을 눈치챘구나. 내가 저를 미워한 걸 알아 버렸구나. 너무 미안해서 바로 현숙이를 불렀다. 그리고 꼭 안았다. 그리고 나도 모르게 거짓말을 했다. 이 편지를 쓰기까지 힘들었을 아이 마음을 우선 달래 주고 싶어서, 나는 거짓말을 했다.

"현숙아, 나 니 미워한 적 없다. 그리고 내가 수학 시간에 니를 더 야단친 건 절대 니가 미워서가 아니야. 내가 니 얼마나 좋아하는데. 그냥 수학 선생님한테 니가 함부로 대하거나 자세가 나쁘니까 그것 때문에 수학 선생님한테 혼날 바에, 그냥 차라리 나한테 혼나라고 더 엄하게 군 거다. 내 얼굴 좀 봐봐. 내가 니 정말로 미워하는 것 같나?"

고개를 저으며 나를 껴안는 현숙이를 보며, 부끄럽고 미안했다.

'사실 널 미워했던 것 맞아. 네가 다른 선생님 앞에서 버릇없게 구는 것이 내 무능력함을 보여 주는 것 같아서 신규지만 아이들 이 정도는 잡을 수 있다를 뽐내기 위해 네게 더 엄하게 군 거야. 네 말대로 수학 시간만 되면 변했던 거 맞아. 그리고 나 너 미워한 적 많아. 너를 가슴 아프게 해서 정말 미안해. 오래 기다려 주지 못하고, 네가 왜 우는지 궁금해하지 못한 것 정말 미안해.'

가슴속으로만 솔직한 내 마음을 풀었을 뿐이다. 그리고 현숙이를 더 꼭 껴안았다. 의자에 앉으라 한 뒤 마주 보니 고새 현숙이 눈에 또 눈물이 고였다. 눈물을 그렁그렁 매단 채 나를 보는 현숙이 손을 꼭 잡았다.

"현숙아, 근데 있다 아이가. 내도 가슴 아프데이. 니가 자꾸 공부 시간에 엎드리기만 하고, 딴짓하고 있다가 질문 있는 사람 있냐고 할 때 다 모른다고 대답하면 나도 상처받는데이. 니가 아무것도 아닌 일에도 맨날 울고 짜증 내면 내도 상처받는데이. 니가 맨날 동무들 이르고, 나쁜 점만 이야기하면 나도 가슴이 답답하다. 내도 여기가 아프다. 나도 현숙이 좋은데, 솔직히 니가 자꾸 그럴 때마다 나 가끔 니가 미워질라 한다. 나는 현숙이 좋아하고 싶다. 그리고 내 니한테 관심 많다. 관심 없으면 야단도 안 치지."

무슨 소리를 하는지도 모르고 나도 가슴을 두드리며, 현숙이가 편지를 썼듯이 현숙이에게 하소연 아닌 하소연을 했다. 내 말을 제대로 알아들은 건지, 어쩐 건지 현숙이는 연신 고개를 끄덕인다.

"야, 현숙아. 오늘 니 수업 태도도 좋고, 열심히 하면 오늘 점심때 내 배드민턴 치러 운동장 나갈게. 어떻노?"

"진짜요? 좋아요, 선생님."

다시 밝아진 얼굴로 돌아서는 현숙이를 보며, 나는 진짜로 부끄러웠다. 내가 무얼 가르쳐 보겠다고 이 자리에 서 있는지. 내가 저 아이한테 참 많은 죄를 짓고 있다는 생각도 들고, 거짓된 나를 '선생님'이라 불러주는 아이 앞에 서 있는 일도 참 부끄럽다. '조금 더 노력해야지. 조금 더 좋은 사람이 되도록 노력해야지' 하고 다시 한번 마음을 굳게 다잡았다.

그리고 그날 공부 시간, 현숙이는 여전히 엎드리거나 손톱을 뜯다가 내게 혼이 났고, 나는 교감 선생님이 갑자기 불러서 점심시간 때 배드민턴을 치러 나갈 수 없었다. 급하게 우리 반 아이 편에 "현숙아, 정말 미안해. 교감 선생님께서 갑자기 할 일을 주셔서 지금 운동장에 못 나가겠어. 배드민턴 치자는 약속 못 지킨 것 정말 미안해. 다음에 다시 날 잡자"고 쓴 쪽지를 현숙이에게 보냈다. 그리고 얼마 뒤, 반 아이 가운데 한 명이 큰 소리로 외쳤다.

"선생님, 현숙이 또 울어요! 운동장에서부터 울며 들어와요."

"어? 또 울어? 현숙아, 들어와 봐. 왜 우노? 맞았나? 무슨 일이야?"

"선생님이 운동장에 안 나와서. 쪽지에 못 나온다고 적혀 있어서. 어엉 어엉 으아앙."

현숙이를 앞에 앉히고, 숨을 크게 들이쉰다. 그리고 임길택 선생님 글을 떠올렸다.

나는 누가 울 때, 왜 우는지 궁금합니다. 아이가 울 땐 더욱 그렇습니다. 아이를 울게 하는 것처럼 나쁜 일이 이 세상엔 없을 거라 여깁니다. 나는 우는 것들을 사랑합니다. 나는 우는 것들을 사랑합니다. 나는 우는 것들을 사랑합니다.

아아, 나는 정말로 우는 것들을 사랑하고 싶다. 넓고 따뜻한 가슴을 가진 선생이 되어 우는 것들을 사랑하고 싶다. 하지만 금세 나는 현숙이가 밉다. 공부 시간에 아무렇게나 행동해 놓고, 내가 그 쪽지를 보냈

다고 날 탓하며 저렇게 서럽게 우는 현숙이가 밉다. 약속을 못 지켜 미
안한 마음과 미운 마음이 뒤섞인 채 현숙이 손을 잡는다. 그리고 들썩
거리는 어깨를 안고 토닥인다. 가슴이 짠하면서도 여전히 미운 이 마음.

　나는 언제쯤 진심으로 우는 것들을 사랑할 수 있을까? 나는 우는 것
들을 사랑하고 싶다.

김구민, 평택 서정리초등 (2010.11)

124

# 선생님, 인사!

전학

우리 반은 남학생이 월등히 많다. 남학생이 많은 건 비단 우리 반만 그런 게 아니라 우리나라 거의 모든 학급이 비슷할 것이다. 남학생 스무 명에 여학생 열두 명인데, 2학기 개학하고 나서 한 명이 전학을 왔다. 여학생이면 좋겠다 하며 문을 열어 보니 남학생이었다. 한눈에 봐도 지극히 산만한 남학생이었다.

문 앞에 서 있는 동일이는 실내화도 신지 않고 맨발에 가방도 없었다. 가방이 없으니 책, 공책, 필통이 있을 리 없다. 전학 오면서 정말 맨몸으로 학교에 온 것이다. 순간 동일이 어머니께 갑갑한 마음, 짜증이 올라왔다.

"어머니, 이건 시간표이구요. 이건 주간 학습 계획입니다. 그리고 이것은 학생 기초 조사 설문지예요. 이것부터 챙기시구요. 동일이 어머니, 푸르지오아파트에 사시면 학교 바로 옆이네요. 동일이 데리고 잠시 댁으로 가셔서 실내화랑 책가방 챙겨서 보내시렵니까? 화장실에 가고 급식소에 가려면 맨발은 좀 그렇고 실내화가 있으면 좋겠어요. 오늘 아이들과 같이 공부하려면 교과서도 있으면 좋겠어요."

나도 안다. 첫인상으로 사람을 판단하려 들면 안 된다. 하지만 동일 이와 동일이 어머니의 헝클어지고 며칠 감지 않은 듯 떡 진 머리카락이 자꾸 생각난다. 맨몸으로 학교 온 것도 그렇고, 동일이가 입고 있는 옷이 정갈하지 못하고 지저분했으며 어머니도 비슷했다. 옷차림뿐만 아니라 왜 그렇게 산만한지 내가 어머니와 잠깐 이야기 나누는 그 짧은 시간에 동일이는 잠시도 가만히 있지를 못했다. 왜 이런 학생이 하필이면 우리 반으로 전학 왔는지 실망스러운 마음이 슬그머니 고개를 든다. 이왕이면 참한 여학생이 전학 오면 얼마나 좋을까.


퍼즐의 모서리 읽기

내가 동일이의 배경, 동일이를 이루는 뒤 그림을 속속들이 알 수는 없지만 언뜻언뜻 보이는 퍼즐의 모서리는 읽을 수 있을 것이다. 내가 어머니께 드린 학생 기초 조사 설문지, 1년 동안 담임에게 부탁하는 말에 동일이 어머니는 이렇게 메모했다. 동일이는 지난번 학교에서 친구가 한 명도 없었다고, 동일이가 꼭 친구를 사귀면 좋겠다고.

친구가 한 명도 없었다는 말이 날카로운 송곳 같다. 도대체 동일이가 어떤 아이기에 친구가 한 명도 없었을까? 그 말도 그렇지만 학교 생활기록부에 쓰여 있는 전학 기록이 놀라웠다. 서울에서 입학, 부산, 진

주, 김해, 김해에서도 두 번 전학했으니 지금 초등학교 2학년인 동일이
는 그 짧은 시간에 전학에 전학을 거듭했다. 내가 동일이를 불러 이사
를 많이 했냐고 물었다. "열네 번 했어요" 하고 답했다.

## 평범하다면 평범한

동일이는 머리카락이 덥수룩 쑥쑥 했으며 넓적한 얼굴에 눈꼬리가
올라가 있다. 무엇보다 친구들에게 호감을 주기에는 옷차림이 지저분
했다. 틱 장애처럼 다리를 계속 떨고 눈을 깜박거려서 마주 보고 이야
기하면 내가 정신이 없었다. 거기다가 공부 시간에는 연필 끝으로 책상
을 계속 두드리는 버릇이 있었다. 과잉 행동 장애까지는 아니더라도 꽤
심각할 정도로 산만했다.

〈즐거운 생활〉 시간에 10분짜리 그림자극을 보았다. 웬만한 아이들
은 그림자극을 보고 줄거리를 파악하는데 동일이는 10분짜리 애니메
이션을 차분하게 끝까지 보지를 못했다. 나는 창의적 체험 활동 시간
마다 아이들에게 책을 읽어 주었다. 3월부터 꾸준히 해 왔기에 우리 반
아이들은 모두 이야기 듣는 데 익숙하다. 나는 책을 읽어 줄 때마다 같
은 말을 되풀이했다.

"선생님이 재미있는 책을 읽어 줄 거예요. 책 제목은 무엇입니다. 가
장 편안한 자세로 앉으세요. 엎드려도 좋고, 옆으로 기대어도 좋고, 손
가락을 빨아도 좋아요. 가장 편안한 자세로 앉으면 돼요."

아이들은 수업의 맨 처음, 똑같이 반복하는 이 말을 좋아했다. "가장
편안한 자세로, 손가락을 빨아도 상관없어요. 이제 곧 재미있는 이야기

가 시작될 거예요." 아이들은 이 말을 듣는 순간 슬며시 웃으며 제각각 자세를 잡고 이야기에 빠질 준비를 했다.

나는 이미 알고 있다. 책을 읽기 시작할 때, 요때는 집중을 못하고 부스럭거리며 웅성웅성하지만 얼마 가지 않아 아이들은 자연스레 이야기에 빠져든다는 것, 모두 다 자기가 가진 날개를 꺼내고 상상의 날개를 펼치느라 숨소리도 안 들리게 조용해진다는 것. 그런데 동일이는 처음부터 이야기가 끝날 때까지 계속 손장난에 빠져 있었다. 산만한 아이들의 공통점, 듣기가 안 되었다. 거기에 덧붙여 수학도 읽기, 쓰기 능력도 모자라서 1학년 수준 정도였다.

눈에 보이는 사실만 모아 객관으로 이야기하면 전에 있던 초등학교에서 외톨이었다는 것도 어느 정도 이해할 수 있다. 잦은 이사와 전학으로 누군가를 진득하게 사귈 기회가 없었다는 것, 그리고 친구에게 호감을 주기에는 동일이에게도 문제가 있어 보였다.

사실을 사실 그대로 말하고 나니 왠지 기운이 빠진다. 동일이는 내가 기다리고 기대했던 학생은 아니다. 하지만 다른 시각으로 보고 싶다. 나는 어떤 말이든 찾아내어 나를 위로하고 싶다. 기운을 차리고 싶다. 말이 나왔으니 말인데 대한민국 어느 교실 문을 열든 동일이 같은 학생은 흔하게 볼 수 있지 않을까? 이 정도 산만한 아이는 흔하지 않을까? 교실의 반 정도는 될 것이다. 동일이는 평범하다면 평범하다고 우기고 싶다.


아침 인사는 이렇게

"동일아, 아침에 가방 메고 교실에 들어서면 제일 먼저 나한테 오너라. 자, 이렇게 나하고 마주 섰잖아. 그러면 같이 배꼽 위에 손을 올려. 다음, 여기서부터 중요한데 너랑 나랑 신호가 맞아야 해. 초능력으로 시간의 흐름을 읽어 내는 거지. 우리는 한순간 같은 호흡으로 동시에 고개를 숙일 거야. 고개 숙이며 '안녕하세요' 말하고 나한테 찰싹 안기면 돼. 우리 반은 날마다 이렇게 아침 인사를 하거든."

다음 날, 나는 영승이와 먼저 아침 인사를 했다. 영승이는 장난기가 많아서 아침에 인사할 때마다 웃음이 절로 난다. 안녕하세요 인사말이 끝나자마자 내가 나무 기둥인 양 펄쩍 뛰어올라 찰싹 매달린다. 그리고 나무에서 주르륵 미끄러지듯 내려와 내 발에 엉겨 붙어 떨어지지 않는다. 영승이와 인사를 하고 다음으로 동일이와 내가 마주 섰다.

가까스로 우리 둘은 동시에 고개를 숙였다. 동일이는 영승이가 장난기 넘치게 인사하는 것을 보았지만 나하고 포옹하는 인사가 어색한지 쭈뼛쭈뼛했다. 우리는 조심스레 안으며 인사했다.

"동일아, 내일이면 아침 인사에 익숙해질 거야. 그리고 너는 전학 왔으니까 수업 끝나고 집에 갈 때, 그때도 지금처럼 인사하고 가거라."


그날 아침

전학 온 지 사흘째 되는 날 아침이었다. 우리 교실은 1층이고 학교 건물이 디귿 자로 있어서 맞은편 건물에 햇빛이 가려 교실 전체가 많이 어둡다. 나는 그날 평소보다 일찍 7시 40분쯤 교실에 들어섰다.

도대체 동일이가 몇 시에 학교에 온 건지 컴컴한 교실에 혼자 앉아 있었다. 동일이 옆, 교실 바닥에 딱지 일곱 장을 일렬로 줄 맞추어 늘어놓은 게 보였다. 순간, 전에 학교에서 동일이가 친구를 하나도 사귀지 못했다는 말이 생각났다. 아마 오늘 동일이는 새벽같이 학교로 왔을 것이다. 교실 문을 열자마자 교실 바닥에 딱지 일곱 장을 일렬로 줄 세웠을 것이다. 준비가 끝나자 그때부터 지금까지 오로지 영승이가 오기를 기다리고 있는 것이리라.

영승이는 위에 형이 고등학교 2학년인데 입시 준비하는 형이랑 같이 밥 먹고 집을 나서기에 8시 전에 학교에 온다. 첫 번째로 학교에 오는 영승이하고 딱지치기하고 싶은 마음에 동일이도 새벽같이 학교로 온 거였다. 와서는 달리 할 일이 없으니까 아무것도 안 하고 우두커니 영승이 오기만을 기다리고 있는 거였다.

동일이가 나를 보더니 자리에서 벌떡 일어섰다. 그리고 내 말을 기억하는지 인사하는 순서 그대로 내 앞에 마주 섰다. 배꼽 위에 손을 올리고 초능력으로 시간의 흐름을 읽어 내고 우리는 동시에 같은 호흡으로 고개 숙여 인사했다. 동일이가 "안녕하세요?" 하며 내 품에 안기는데 나는 울컥 눈물이 떨어졌다.

아니다. 사실대로 다 말하겠다. 아까 컴컴한 교실에 혼자 앉아 있는 동일이를 보는 순간 나는 울먹했다. 동일이 옆에 일렬로 줄 세워 놓은 딱지를 발견하는 순간에도 눈가가 뜨거워졌다. 어둑어둑한 교실에서 아무것도 하지 않고 그냥 혼자 앉아서 친구만 기다리고 있었다는 걸 알게 된 순간, 아까부터 눈물이 나기 시작했다.

'동일아, 미안하다. 하필이면 우리 반으로 전학 왔는지 모르겠다며,

니 옷차림이 지저분해서 또 많이 산만해서 내심 실망하고 속상해했다. 지금 후회한다. 내가 미안하다. 진짜 미안하구나.'

아침 인사를 하고 혹 눈물을 들킬까 봐 나는 허둥지둥했다. 마음을 진정시키고 우리는 둘이 같이, 나란히, 영승이를 기다렸다.

선생님, 인사!

동일이는 이제 아침 인사하는 것에 익숙해져서 부끄러워하지 않고 찰싹 안긴다. 아침에도 그렇고 집에 갈 때도 잊지 않고 내 앞에 서서 "선생님, 인사" 한다. 선생님 인사! 그 말 들으면 참 기쁘다. 내게 안길 때, 그때마다 고맙다. 누군가 나에게 제일 듣기 좋은 말이 무엇이냐고 묻는다면 나는 0.1초도 망설이지 않고 답하겠다.

동일이가 집에 가기 전 내게 와서 "선생님, 인사" 외치는 그 말, 세상에서 제일 듣기 좋노라 아주 자신 있게 대답할 수 있다.

공정현, 김해 신명초등 (2011.10.1)

# "다른 애들 방해하지 말라고 했어, 안 했어"

수학 시간에 지은이 수학 문제를 봐주고 있는데 지은이 앞에 앉은 창훈이가 나를 빤히 쳐다보고 있었다. 짐짓 모른 체하고 계속 문제 푸는 것을 설명해 주고 있는데, 이번엔 이 녀석이 벌떡 일어나더니 내 옆에 와서는 요리조리 살피고 있다.

"와! 선생님 흰머리 있다, 흰머리."

"창훈아, 앉아."

"선생님, 흰머리 있어요."

"조창훈, 진짜야?"

"어. 진짜 여기 있잖아."

그러니 둘레 아이들이 내 머리에 있다는 흰머리를 구경하려고 몰려든다.

"어휴, 얘들아, 앉아. 다 풀었니? 창훈이 너도 얼른 앉아."

"선생님, 흰머리 뽑아도 돼요?"

"알았어. 대신 안 아프게 뽑아야 돼."

창훈이가 잠시 긴장하는 것 같더니 어느새 내 새치를 집게손가락과 엄지손가락 사이에 쥐고 웃고 있다. 정말 긴 머리카락 하나가 전부 하얗다.

"정말 하얗다! 야, 이것 봐. 선생님 머리카락이 하얘. 와, 흰 게 엄청 힘도 엄청 세다."

몸이 참 빠르기도 하다. 어느 틈에 교실 저쪽에 가서 아이들에게 내 흰머리를 구경시켜 주며 요란하게 떠들고 있다.

"조창훈! 공부 시간에 돌아다니지 말랬지!"

큰 소리로 뭐라고 하자 그제야 자리에 앉은 창훈이가 이번에는 노래를 부른다.

"선생님 머리는 할머니 머리. 선생님 머리는 하얘."


지난해 3월, 떨리는 마음으로 4학년 3반 아이들 이름이 든 봉투를 꺼내 들었을 때 눈에 띄는 이름 하나가 바로 '조창훈'이었다. 전교생이 3천 명이 넘는 우리 학교에서도 창훈이는 정말 유명한 아이였다. 3학년 때 공부 시간에 소리 지르면서 복도를 뛰어다니거나, 공부 시간에 말도 없이 학교 밖으로 사라져서 창훈이네 반 아이들이 찾으러 나간 적도 있었다. 사실은 처음에 창훈이 이름을 보고 걱정을 많이 했다.

'내가 이 아이와 함께 잘 보낼 수 있을까, 경력 많은 선생님들도 힘들어하셨는데 서로 힘들어지면 어떡하지?'

마음 단단히 먹고 시작했지만 창훈이에게 적응하느라 보통 힘이 드는 게 아니었다. 글을 모르는 창훈이가 4학년 공부를 할 수는 없지만 우리 학교에는 도움반이 없어서 늘 교실에 있어야 했다. 공부 시간에 심심하니 밖으로 나가고 싶어 하거나 교실 안에서 다른 아이들에게 장난을 걸거나 떠들었다.

아무래도 한글은 익히고 5학년에 올려 보내야겠다 싶어서 2학기부터는 도서관에서 그림책도 빌려다가 같이 읽어 보고, 서점에서 한글 공부하는 책을 사다가 함께 하기도 했다. 받침 있는 글자는 모르는 것이 훨씬 많았지만 그래도 조금씩 나아지는 것 같았다. 다행히 집안 사정이 안정이 되는지 아버지께서도 창훈이 한글 공부에 조금씩 관심을 갖는 것 같았다.

어제는 수원글쓰기 모임이 있어 나갔다. 마침 그 자리에서 2학기에 편지 쓰기 공부하면서 함께 공부하는 선생님들끼리 편지를 주고받기로 했던 이야기가 나왔다. 무심코 이야기를 듣다가 아이들과 하면 참 좋겠다는 생각이 들어서 부랴부랴 우리 반 아이들 이름을 쓴 쪽지를 만들었다. 자기가 뽑은 쪽지에 쓰여 있는 동무한테 편지를 쓰기로 하고 나도 함께 했다. 오늘 편지를 쓰면 내가 거둬 두었다가 내일 아침에 받을 사람 책상에 올려놓기로 했다.

"선생님, 창훈이도 해요?"

창훈이 모둠 아이들이 걱정이 되는지 묻는다.

"그럼, 당연하지."

아이들에게 쪽지가 든 상자를 돌리고 있는데 옆에서 누가 툭툭 친다. 창훈이다.

"선생님, 이거 누구예요? 네? 네?"

창훈이가 뽑은 아이는 정현이였다. 활발하고 힘이 넘치는 창훈이와 달리 정현이는 함묵증 치료를 받고 있는 아이다. 창훈이가 보기에 말 안 하는 정현이가 답답했던지 날마다 정현이 앞에 가서 말 한 번만 해 보라고 하던 사이였다. 편지를 받을 때까지 누가 누구한테 편지를 쓰는지 밝히지 않기로 했기 때문에 창훈이 귀에 대고 "박정현"이라고 말했다.

"근데 나 못해요."

"선생님이랑 같이 쓰자. 연필 들고 선생님 자리에 와."

아이들에게 쪽지를 뽑으라고 나누어 주고 창훈이 옆에 가 보니 편지지 위에 떡하니 박정현이라고 써 놓았다.

"뭐라고 써요?"

"정현이한테 하고 싶은 말을 쓰는 거야."

"나 하고 싶은 말 없는데⋯⋯."

"일단 인사부터 해야지."

"'안녕'이라고 써요?"

"응."

"아아 '안' 이거 맞아요?"

"응. 와 창훈이 잘하네."

"근데 '녕' 몰라요."

"'녀' 써 봐. 잘하네. 그 밑에 동그라미 붙여 봐. 그렇지!"

"그러고 나서 인제 뭐 써요?"

"또 하고 싶은 말 없어?"

"없어요."

"잘 생각해 봐."

"음 '왜 말 안 해?'"

"그럼 그렇게 써."

그렇게 모르는 글자를 배워 가며 편지를 써 내려갔다.

드디어 창훈이가 태어나서 처음으로 쓴 편지가 완성되었다.


정현이에게


정현아, 안녕

너는 왜 말 안 해

말 좀 해

안녕

2007. 2. 13. 창훈이가


"와! 다 썼다아!"

창훈이는 자기가 처음으로 쓴 편지가 신기한지 들여다보고, 또 들여다보고 한다.

"선생님한테 내야지."

"싫어요. 내가 할래."

"편지는 받는 사람한테 주는 거야. 얼른."

겨우겨우 달래서 편지를 받았더니 이번엔 신이 나서 조용히 편지를 쓰고 있는 다른 아이들에게 가서 또 시끄럽게 떠들고 장난을 치며 다닌다.

"창훈아, 얼른 앉아. 방해되잖아."

들은 체도 하지 않고 열심히 편지 쓰고 있는 분위기를 깨면서 돌아다니는 창훈이를 보니 또 슬슬 화가 나기 시작한다.

"조창훈, 앉으랬다."

"싫어요."

"너 이리 안 와! 선생님이 다른 애들 방해하지 말라고 했어, 안 했어? 여기 와서 손들고 있어."

버럭 화를 내고 나서야 내 행동을 또 후회했다. 좋은 말로 하면 될 텐데 왜 또 화를 냈을까? 연수회 다녀와서 이승희 선생님께서 말씀하신 대로 조금 떨어져서 나를 바라보자고, 특히 아이들과 함께 있을 때 그렇게 해 보자고 다짐했건만 울컥하는 마음이 들면 도로아미타불이 되어 버린다.

못난 선생에게 창훈이가 와서 먼저 손을 내민다. 언제 혼이 났냐는 듯 웃으며 다가온다.

"선생님, 가위바위보 해요."

임기연, 안산 호동초등 (2007.2.14)

# 우리 반 민경이

민경이가 울어요.
쉴 새 없이 조잘거리던
내 짝꿍 민경이가
한 시간도 넘게 서럽게 울어요.

그러니까
요전 날 우리 모두
가정환경조사서 한 장씩 받았어요.

하루 지나고
또 몇 며칠이 지나도
민경이 혼자만 가져오지 않았어요.

민경이는 엄마 아빠 없이
글 모르는 할머니 할아버지하고 사는데
그것도 모르고 글쎄, 선생님은
왜 너만 안 가져오냐고 꾸중했어요.

아, 그런데
고개 푹 숙였던 민경이가
그냥요, 그딴 거 그냥 하기 싫어요, 하니까
우리 선생님 그게 하도 얄미웠던지
야, 넌 엄마 아빠도 없니? 했지 뭐예요.

그러니 민경이
서럽게 울지 않고 어쩌겠어요.
눈이 퉁퉁 붓도록
민경이가 울고 또 울어요.

이무완, 동해 남호초등 (2002.3.17)

# 아니야, 그게 아니야. 미안해

가을비가 끝없이 온다.

유리창에 물방울이 또록또록 맺혔다.

산 아래 개울까지 내려온 단풍도 춥다.

내 마음도, 아이들 마음도 춥다.

공부 시간에 왜 이런 문제도 모르냐고 나는 딱딱한 얼굴로, 사랑 없이 말했고 아이는 한숨을 쉬었다. 책가방 메며 내 곁에 와서 작은 소리로 "선생님, 이제 수학 잘할게요" 겨우 그 말을 하고 꾸벅 인사하고 밖으로 나가는 여자아이.

아니야, 그게 아니야. 미안해.

나는 창가에 두 팔을 짚고 서서 추덕추덕 내리는 빗속을 걸어가는 아이 뒷모습을 바라보았다.

탁동철, 양양 오색초등 (2001.11)

천천히,

천천히

# 수민아! 이제 친구들하고 놀아

수민이는 오늘도 나보다 먼저 학교에 와서 내 책상에 붙어 있다. 책상 위에 있는 물건을 이것저것 만져 보고 내가 자리에 앉기도 전에 이야기를 한다. 한쪽 가슴을 만지면서.

"나 여기 아파요."

"어디, 여기? 찌찌 생기려고 그러는 거야."

눈을 크게 뜨더니 이내 화 웃는다.

"좋겠네, 우리 수민이도 다 컸어."

"그런데 이쪽은 안 아파요."

"짝째기인가 본데? 자, 이제 수민이도 공부할 준비해야지."

자리에 가는가 싶더니 거울 앞에서 가슴에 손을 넣더니 온갖 폼을 잡아 보고는 자리에 가 앉는다. 수학, 국어 시간이 되면 개별 지도반에 가서 공부하고 오는 수민이는 늘 이렇게 궁금한 게 많다.

우리 반 아이들과 만난 지 이틀째 되는 날, 정신없이 걸레질을 하고 있는데 수민이가 슬그머니 내 손을 잡고는 조그만 목소리로 말한다.

"선생님, 나 있잖아요. 아빠가 일하러 오래 있다가 와서 고모 집에 있었는데요. 1학년 때 고모가 박애원에 두고 갔어요. 처음에는 싫었는데요. 지금은 좋아요."

"그래? 다행이구나. 아까 편지 쓰는 시간에 이런 이야기 썼어?"

"아니요."

"왜?"

"그냥요."

"……."

"근데, 칠판 닦는 거 나 주면 안 돼요?"

"왜? 이런 칠판 집에 있어? 나도 주고 싶은데 수민이 주고 나면 우리 교실 거는 뭘로 닦지?"

"그렇네요. 그냥 놔둘게요."

부산 억양이 아닌 특유의 말씨로 수민이는 내 곁에 왔다. 키도 작고 마음도 목소리도 어려서 아기 같았다. 어쩌다 숙제해 온 날은 내가 교실에 들어서기 무섭게 자랑을 한다.

"선생님, 나 숙제했어요. 학원에 갔다 와서 바빴는데 바로 했어요."

분홍색 티셔츠에 붉은 주황 바지를 입고 와서는 느닷없이 내 앞에서 뺑 돌더니 이런다.

"선생님 있잖아요, 이렇게 입으니까 어울려요?"

"응, 그래 예뻐!"

"내가 오늘 색깔 맞춰 입고 왔어요."

밥 먹다가도 내게 온다.

"선생님, 나 4학년 때 어떻게 했는 줄 알아요? 깍두기 먹기 싫어서 맨날 화장실에 가서 버렸어요."

"그러면 되나?"

"근데 이제 맛있어졌어요. 그래서 안 버려요. 오늘 일곱 개나 먹었어요. 요새는 맨날 다섯 개 먹어요."

"잘했다. 맛있지?"

"예. 근데요…… 선생님, 있잖아요. 버섯도 시간 지나면 맛있어지겠죠?"

"그럼, 왜 맛없어서 안 먹었나?"

"예."

"버섯 맛있는데."

"한 개 먹어 볼게요."

공부 시간이고 쉬는 시간이고 운동장에서도 내 손을 잡고, 내 옆에만 있으려고 했다.

"선생님, 오늘 이쁘네요."

"근데, 왜 오늘 안경 쓰고 왔어요?"

"선생님, 종 쳤어요. 빨리 가야지요."

나하고 이야기하지 않을 때는 혼자 교실을 왔다 갔다 하고 청소 시간에 청소도 안 하고 여기저기 기웃거리는 수민이를 우리 반 아이들은 당연하게 받아들였다.

4월 12일. 그날이 수민이 날이었다.

"오늘은 수민이 날입니다."

아이들이 손뼉을 치자 수민이가 앞으로 나왔다.

"먼저 수민이 이야기를 들어 보겠습니다."

수민이가 가만히 있다. 바닥만 내려다보고. 우리 반 아이들도 당연하다는 듯이 하라고 시키지도 않고 가만히 있다.

"수민아, 얘기해. 아무 이야기라도 괜찮아. 나한테 말 잘하잖아. 응?"

"......"

수민이는 용기를 내어 기어들어 가는 목소리로 아이들 앞에서 이야기를 했다. 가슴 적시며 듣고 있던 아이들이 수민이에게 하나둘 물어보는 동안 수민이 목소리가 조금씩 커졌다.


수민이의 날

오늘은 수민이의 날이었다. 처음에는 싱글싱글 웃었는데 갑자기 수민이의 웃던 얼굴이 울상이 되어 버렸다. 선생님께서는 "수민아, 빨리 해 봐" 하고 말씀하셨다. 수민이는 한동안 가만히 서 있다가 "저는 엄마가 돌아가시고 아빠랑 살다가 고모한테 맡겼는데 고모가 내가 있으면 장사가 안 된다고 박애원에 놔두고 가셨어요."

그때 "흐흑 엉엉" 우는 소리가 들렸다. 예리가 울고 있었다. 그러고 보니 몇몇 아이가 울고 있었다. 처음에는 수민이가 하는 말이 잘 안 들렸다. 선생님께서 "수민이한테 물어볼 거 있으면 오늘 다

하세요" 하고 말씀하셨다. 혜린이가 손을 들고 "가장 슬펐을 때는 언제였는데?" 하고 물었다 그러자 수민이는 "엄마가 돌아가셨을 때 제일……" 그제서야 나는 코끝이 찡해지고 눈물이 볼을 타고 주르륵 흘러 내렸다. 정민이도 손을 들고 "제일 기쁠 때는?" 수민이는 한동안 가만히 있었다.

"우리 아빠 오실 때……" 나는 다시 눈물이 또 났다.

나는 이제까지 수민이에게 따뜻하게 대해 준 기억이 단 한 번도 없었다. 수민이에게 잘못한 생각이 났다. 이제까지 수민이 생각을 한 적이 한 번도 없는데…… 수민이에게 잘해 주고 싶다.

(4월 12일 김예린)

## 수민이의 날

오늘은 심수민의 날이다. 종이 치자 수민이는 앞으로 나갔다. 나는 수민이랑 4학년 때 같은 반이었는데 4학년 때 앞에 서면 아무 말도 못하고 그냥 서 있었다. 그래서 이번에도 아무 말 못하고 서 있을 것이라고 생각했다. 그런데 선생님께서 뭐라고 하니까 아무 망설임도 없이 이야기를 시작했다. 처음에는 수민이가 너무 작게 말해서 답답했다. 이야기를 들어보니 어머니와 아버지의 이야기였다. 어머니는 자기가 어렸을 때 돌아가셨고 아버지는 부산에 계시지만 만나지 못한다고 했다. 나랑 비교해 보니까 수민이가 너무 불쌍했다. 아이들이 수민이보고 제일 듣기 싫은 말이 무엇이냐고 물어보았다. 수민이는 잘못했다고 친구들이 큰소리치는 것이라고 했다. 평소에 수민이가 잘못하면 나는 짜증만 냈다. 나는 수민이의 이야기를 듣고 이때까지 수민이에게 했던 행동이 후회됐다. 수민이가 많이 잘못했던 것도 아닌데……
수민이에게 너무 미안하다. (4월 12일 이미림)

수민이
오늘 수민이가 앞에 나가서 힘없이 얘기하였다. 엄마는 어렸을 때 돌아가시고 아빠는 자주 못 본다고 한다. 나는 엄마 아빠가 있는데.
질문할 때 나는 좋아하는 가수나 연예인은 누구인데 하고 묻고 싶었지만 하지 못했다. 어떤 애는 울기까지 했다. 나는 울지 못했다. 내 마음은 아픈데 말이다. 승권이가 엄마는 어떻게 돌아가셨는데 했을 때, 수민이가 마음이 얼마나 아팠을까?
나는 걱정이 없는데 수민이보다 못하다. (4월12일 곽호민)

우리 반 아이들은 수민이가 자기 이야기를 마음 터놓고 이야기하는 걸 신기해하고 놀라워했다. 눈물 많은 완이와 얼마 전에 어머니가 돌아가신 우리 예리는 엎드려서 한참을 울었다.

그날 아이들이 수민이 곁에 몰려들었고 수민이 얼굴을 어루만지고 어깨동무를 하고 안아 주었다. 수민이는 내내 수줍은 얼굴로 행복하게 웃고 있었다.

'아! 난 이 맛에 선생 노릇을 하는 거지.'

수민이는 이제 아이들 속으로 들어갔다. 아이들하고 공기놀이를 하고, 집에 같이 가려고 친구들이 기다린다. 내 옆에 있을 때보다 훨씬 이쁘다.

'수민아! 이제 친구들하고 놀아.'

김숙미, 부산 강동초등 (2000.6.10)

# "선생님, 나 오늘 진짜 시 잘 썼죠"

《슬기로운 생활》과 쓰기 공부를 함께 하려고 밖으로 나갔다. 봄이 오는 것을 어디서 알 수 있는지 느껴 보고 봄을 찾았으면 그림도 그리고, 그 곁에 떠오르는 생각이나 느낌을 써 보자 했다. 아이들은 민들레 싹 앞에 앉아 싹을 보기도 하고 동백꽃 앞에 앉아서 장미라고 우기기도 한다. 나는 주은이 곁에 앉아 주은이가 민들레 싹 그리는 것을 보고 있었다.

"아이, 추워. 나 감기 걸렸는데 자꾸 바람이 오네. 아이, 바람 싫어."

나는 겉옷으로 머리를 싸며 작은 주은이 품속으로 파고들었다. 주은이가 나를 보더니 눈을 껌뻑이며 말한다.

"바람은 싫다고 하면 더 불어와요. 바람 좋다아아고 하면 바람이 안 불어와요. 봐 보세요. 이제 바람이 안 오잖아요. 진짜 안 불어오죠."

"와, 우리 주은이 말이 바로 시다, 시. 주은아, 니가 방금 한 말 그걸 그대로 쓰면 되겠네."

"나, 못 써요."

"그럼 주은이가 말한 것, 내가 여기다 써 줄까?"

"예, 써 주세요. 여기에요."

나는 주은이 그림 한쪽에 주은이 말을 받아썼다.


바람 (금샘초등 2학년 5반 강주은)


바람은 싫다고 하면

더 불어와요.

바람 좋다고 하면

바람이 안 불어와요.

봐 보세요.

이제 바람이 안 오잖아요.

진짜 안 불어오죠. (3월 24일)


주은이는 첫날 우리 교실에 올 때부터 지각했다. 아이들 말로는 늘 지각한다고 했다. 출석 번호를 정해 주고 난 뒤 한 사람씩 자기 번호와 이름을 말했다. 주은이 차례가 되었다. 주은이는 입을 벙긋거리는데 목소리는 하나도 들리지 않았다. 아이들이 큰 소리로 말했다.

"쟤는 원래 말 못해요. 1학년 때도 말 한 번도 안 했어요."

"어어, 우리 반에는 말 못하는 사람은 없는데. 말 못하는 사람은 우리 학교에 다닐 수 없거든. 우리 학교에 다닌다는 말은 말을 할 수 있다는 뜻인데, 조용히 하고 다시 들어 보자."

"2번 강주은입니다."

목소리가 겨우 들렸다. 그날부터 주은이는 말할 때마다 여러 번 일어섰다 앉았다 하며 크게 발표하는 연습을 했다.

수학 시간이었다. 세 자리 수를 배우는데 주은이가 321을 "300 20 1" 이렇게 썼다. 주은이를 붙들고 321 쓰기와 "삼백이십일" 읽기를 가르쳤다. 세 자리 수 쓰기와 읽기가 어느 정도 되었다 싶으면 다시 벽에 부딪쳤다. 302를 읽지 못했다. 다시 연습하고 발표시키기를 여러 번.

주은이가 세 자리 수를 정확하게 읽을 수 있게 되자 아이들이 손뼉을 크게 쳐 주었다. 내가 손뼉 쳐 주자고 말하지 않았는데도 말이다.

이렇게 주은이가 우리 반 학생으로 자리를 잡아 가고 있는 이때에 시를 썼으니 아이들한테는 대단한 일이었고, 우리 주은이한테는 아주 큰 자랑이었다.

"주은아, 니가 읽어 봐라."

"바 얌, 바 얌 은 싯 따 고 하 먼……."

주은이는 한 자 한 자 천천히 읽었다.

"캬, 참 좋네. 다시 들어도 좋다. 아이고, 내 새끼, 우찌 이리 시를 잘 썼을꼬. 뽀뽀해 주고 싶은데 내 감기 옮을까 봐 못 하겠네. 주은이가 뽀뽀해 줘."

내가 주은이 엉덩이를 토닥이자 주은이는 내 볼에 뽀뽀를 해 줬다.

바람이 다시 불어왔다.

"야, 바람아, 니 좋다, 바람 좋다. 어서 온나."

등 뒤에 기대는 나를 숨겨 주며 손으로 바람을 휘휘 저어 주었다.

"아이, 참, 바람, 좋다니까. 그러니 그만 와."

주은이는 나를 바람한테서 지켜 주었다.

스케치북을 들고 교실로 들어오는데 스케치북에 그린 그림과 시가 다 보이도록 자랑하며 들고 와서는 내 책상 위에 가장 먼저 올려놓았다. 아이들도 모두 놀라며 "야, 강주은" "주은이 시 잘 썼제" 말했다.

수업 마치고 아이들이 가고 난 뒤 주은이는 남아서 나하고 수학 공부를 했다. 주은이 손등에 분홍색 사인펜으로 그려 놓은 줄무늬가 두 개 있었고, 손톱도 분홍색 사인펜으로 칠해져 있었다.

"우리 예쁜 아가씨 손등이 왜 이래요? 깜짝 놀랐네. 주은이 손 꿰맨 줄 알았다 아이가. 주은아, 이러면 보기 싫잖아."

"아니에요. 이렇게 손에 사인펜으로 뭘 그려 놓잖아요, 그러면 애들이 나한테 와 가지고요, 뭔데 뭔데 하면서 나한테 말 걸고 보잖아요. 그러니 좋아요."

이 말을 듣는데 코끝이 짜리했다. 늘 지각하고 입 주위에 반찬이 묻어 있고, 공부도 못하고 발표시켜도 말 한마디 못 하는 주은이를 아이들이 분명히 따돌렸을 것이다. 주은이가 참 외로웠겠지.

"주은아, 봐봐. 지금 운동장 놀이터에서 규섭이가 함께 놀자고 기다리고 있잖아. 이제 이렇게 하지 않아도 친구들이 주은이 좋아해. 그러니 이렇게 안 해도 돼. 그 대신 빨리 글자 공부해서 발표도 더 잘하자. 다음엔 주은이가 시를 직접 쓸 수 있게."

주은이는 글 읽는 연습을 하고 가면서 마지막으로 한마디 한다.

"선생님, 나 오늘 진짜 시 잘 썼죠."

김은주, 부산 금샘초등 (2007.3.26)

# 우리는 함께 배우고 있는 중이다

상수와 함께 지낸 지 넉 달이 다 되어 간다. 상수와 함께 하면서 내가 어디까지 해 줄 수 있는지, 무엇을 얼마만큼 가르쳐야 하는지 아직도 잘 모른다. 그냥 교실 일기를 쓰면서 상수의 행동과 상수와 함께 지내는 우리 반 아이들의 행동을 그대로 지켜보고 있다.

상수는 2학년 남자아이이며 얼마 전 다니던 병원에서 정밀 검사 결과 중증 자폐아로 진단을 받았다. 처음 상수를 만났을 때 중증 자폐로 보이지는 않았다. 1학년 때 담임 이야기로는 말을 하면 잘 알아듣고 머리가 아주 영리한 편이며, 때때로 공격성이 있어 아이들을 물거나 때린다고 했다. 말을 하면 알아듣고 눈까지 맞출 줄 안다고 하니 우선 마음이 놓였다.

상수를 보지 않고 얘기만 들었을 때부터 나는 마음속으로 몇 가지 원칙을 정해 두었다. 내가 뭘 변화시킬 수 있다고 욕심내지 말기. 상수를 있는 그대로 보고 사랑해 주기.

상수를 만나다

처음 몇 주, 상수는 그런 대로 새 학급에 잘 적응하고 동무들하고도 잘 지냈다. 가끔 내 물건이나 다른 동무 물건을 그냥 꺼내 쓰는 게 마음에 걸렸다. 워낙 글씨도 빨리 쓰고 이해력도 뛰어나서 금방 해 버리고 남은 시간은 그림을 그리거나 책을 읽었다. 이렇게 지내면 아무 문제가 없겠다 싶다.

꼭 해야 할 일이나 하지 말아야 할 일은 엄마하고 규칙을 정해 적어 와서 책상 위에 붙여 놓는다. 무슨 일이든 되풀이해서 일러 주지 않으면 금방 잊어버린다고 한다. 아침에 오면 상수하고 그 쪽지를 같이 읽으며 규칙을 잘 지키자고 이야기했다.

상수 엄마는 조금 엄하게 다루어서라도 상수가 또래 아이들이 하는 행동 정도는 하기를 바라는 것 같았다. 공부 시간에 돌아다니지 않고 자리에 앉아 공부하는 일, 청소 같이 하는 일, 급식 도우미 하는 일 같은 것들.

하지만 상수는 다른 사람 감정과 행동에 별로 영향을 받지 않는다. 자기 마음이 가는 일이 생기면 좋아서 팔짝팔짝 뛰며 흥분한다. 몸 상태에 따라 공부 시간에 참여하는 것도 다르다.

상수 엄마가 원하는 대로 하려면 상수와 싸우는 날이 많을 거다. 나는 상수하고 마음을 깨뜨리면서까지 행동을 고칠 수는 없다고 했다. 벌을 준다든지, 아무것도 하지 못하도록 세워 둔다든지 해서 상수 행동을 부정적으로 통제할 수는 없다고 분명히 말해 두었다. 상수를 있는 그대로 보는 일, 상수 마음을 알 수 있는 틈새가 생긴다면 그 속으로 아이들과 함께 들어가 보는 일은 해 보겠다고 했다.

### 상수 마음 알아 가기

상수는 감정이라는 걸 학습으로 배우고 있다고 했다. 다른 사람을 배려하거나 용서하는 마음, 사랑하는 것을 가슴으로 느끼는 게 아니라 머리로 배우고 있다니. 조금 놀랐다.

아침에 아이들이 '말할 게 있어요' 공책에 이야기를 쓰고 있으면 상수도 쓴다. 겪은 일을 아주 간단하게 써 버린다. 곁에서 내가 더 물어보고 마음을 건드려 보는데 기분이 괜찮을 때는 아주 가끔 자기 마음을 쓰기도 한다. 그리고 상수가 내게 하는 말을 적어 두었다가 아이들에게 읽어 주기도 한다. 상수 마음이 드러난 글을 아이들과 함께 읽고 이야기 나누면서 아이들이 상수 마음을 좀 더 깊이 이해하고 가까운 친구로 받아들이고 있다.

> "날씨는 흐린데 내 마음은 개였어요. 내 머리가 점점 개이니까 내 마음이 점점 개이는 거예요. 선생님은 흐리는 법이 좋아요? 개이는 법이 좋아요?"
> "흐리는 법이 뭔데?"
> "흐리는 법은 기분이 안 좋아지는 거예요."
> "개이는 법이 좋아."

"흐린 법은 왜 싫어하세요?"

"기분이 안 좋아지니까."

"흐린 날씨는 언젠가 개이는 법."

(3월 15일 상수가 아침에 학교 와서 내게 했던 말)


튤립을 보니 기쁜 마음이 들었어요. 꽃아, 꽃아, 평화 받고 살아.

넌 색깔이 두 개야.

그 색깔이 예뻐. (4월 5일 '나무 심는 날 꽃 보는 날' 김상수 )


상수가 저번에는 종이를 앞에 섰으면 뒤에를 안 쓰고 바로 넘겨

가서 쓰는데 이제 뒷면도 써요. 그리고 상수가 종이를 아무데나

버렸는데 이제 쓰레기통에 버려요. 상수는 이제 스스로 잘해요.

(4월 6일 '상수' 이선이)


비가 오는데 방사능비라서 우산을 썼어요. 쑥도 죽고 냉이 죽을

텐데……. 나무들이 걱정돼. (4월 7일 '방사능 비' 김상수)


노랗던 장다리꽃이 하얗게 변색되었어요. 노란 게 더 예뻐요. 그

래서 조금 슬펐어요. (4월 22일 '꽃' 김상수)


상수와 처음엔 같은 모둠이였죠. 그땐 짜증을 많이 냈지만 선생님

과 친구들 덕분에 나아지기 시작했어요. 지금은 가끔 짜증을 내고

그래요. 선생님이 칭찬할 땐 나도 기분이 좋아요. 내랑 친구들이 그렇게 만든 거니까요. (4월 20일 '상수' 장은혁)

꽃나라에 전쟁이 일어났어요. 그래서 조경사가 꽃을 잘라서 3.8도 선이 꽃에게도 만들어졌어요.
(4월 28일 '꽃나라에 6.25가 일어난 날' 김상수)

오늘 상수 손잡고 같이 밖에 나가 개미를 보았어요. 처음에 혼자 갔는데 나중에 개미가 줄줄이 오는 거예요. 그런데 상수가 "개미가 줄줄이 온다." 했어요. 개미가 큰 것을 들려고 개미가 줄줄이 오는 것 같아요. (5월 7일 '개미' 이시온)

돋보기로 상수를 보았더니 콧구멍이 크고 눈이 동글동글했다. 상수는 무엇을 하는걸 봐도 개속 달란다. (5월 11일 '상수' 신재원)

내 마음이 두 동강 나 버렸어요. 백창우가 붙인 아이들 노래를 조금만 불러서 갈라진 것이에요. (6월 8일 '내 마음' 김상수)

나는 시온이가 예쁜 느낌이 드는데 안 놀아주어요. 사랑한다고 송이버섯이라 했는데도요. 시온이는 독버섯이라 해요.
(6월 18일 김상수)

## 노래가 좋아요

상수는 노래를 무척 좋아한다. 악보도 읽을 줄 알고 자기 혼자 음표 따라 노래를 부른다. 음 길이도 대강 맞추고 음정도 맞춰 가며 몇 번씩 흥얼거려 보다 노래를 부른다. 백창우가 아이들 시로 만든 노래는 음이랑 노랫말이 재미가 있는지 한번 불러 보고는 금방 다 외워 버린다. 그 가운데 '감홍시'는 얼마나 좋아하는지 그 노래를 익히고 난 뒤는 날마다 부르고 시디를 틀어 달라고 한다.

우리 반에서는 날마다 돌아가며 한 아이가 주인공이 되어 자기 이야기도 하고 심부름도 한다. '상수 날'에 상수가 아이들 앞에서 '딱지치기'를 몸짓과 함께 얼마나 신나게 부르든지 아이들이 다 놀랐다. '연필'도 불렀다. 좀 천천히 부르는 두 번째 부분은 나보고 부르란다. 상수가 첫 단락을 부르고 내가 두 번째 단락을 불렀다. 아이들이 부러운 눈으로 보고 있다.

악보를 뒤척거리더니 이제는 '사탕' 노래를 익혀 왔다. "이 볼때기 볼록 저 볼때기 볼록" 얼굴에 재미가 넘쳐 난다. 상수가 노래 부를 때 내가 오른쪽 볼때기를 볼록, 왼쪽 볼때기를 볼록해 주니 내 볼때기를 만지며 까르르 넘어간다. 그러다 자연스레 상수가 나를 꼭 안았다. 내 머리를 만지고 지 볼을 내 볼에 대고 머리카락을 지 코에다 댄다. 둘이서 그렇게 놀고 있으니 쓱 보고 지나가던 예은이가 묻는다.

"상수는 선생님이 좋아? 엄마가 좋아?"

"엄마."

쉬는 시간, 상윤이가 상수 옆에서 노래를 따라 부르고 있다. 상수가 짚어 주는 악보를 보고 상수가 부르는 노랫소리를 들으며 따라 부르고 있다. 그래! 그렇게 상수와 함께 노래를 배우며 친해지거라.

"선생님, 정한이 전염됐어요, 상수처럼 자꾸 노래 불러요."

재덕이가 나한테 와서 이야기할 때도 상수가 그렇게 노래를 좋아하는지 몰랐다. 상수가 나한테 좋은 공부거리를 던져 주었다. 아이들과 아이들 시에 붙인 노래를 부르며 노래도 배우고 시도 배우고 상수하고도 친하게 지내고.

상수가 마음이 틀어져서 나도 감당이 안 될 때가 있다.

"선생님, 빨리 상수한테 노래 틀어 주세요."

아이들은 나보다 그 상황을 풀어 나가는 방법을 먼저 알아냈다.

(3월 18일)


내 날이잖아요

상수 날. 아침에 급하게 복사할 거리가 생겼다. 다른 아이를 부르려고 하는데 상수가 심부름을 하겠다고 했다. "내 날이잖아요" 하며. 상수는 지 혼자 그림 그리고 색종이 접으면서도 내가 하는 이야기를 놓치지 않는 듯했다. 자기 날일 때 아침 인사도 하고 이야기도 하고 심부름도 한다는 걸 다 기억하고 있었다. 어이구나 싶어 상수한테 메모지 붙인 종이를 들려 교무실로 보냈다. 걱정이 되어 동윤이를 같이 보냈다. 나중에 교무실에 있던 교무부장에게 이런 이야기를 들었다.

"상수 심부름 보냈지요? 복사기 앞에서 이건 뭐야 하면서 확대, 축소, 진하게, 연하게 다 눌러 보는 거예요. 그래서 하지 말라고 야단을 치려니 그 옆에 있던 녀석이 나한테 눈짓을 막 하는 거예요. '야단치지 마세요. 애는 우리하고 조금 달라요' 그러면서 자기가 미안해 어쩔 줄 몰라 하는 모습이 얼마나 예쁜지. 똑같은 2학년인데 어쩜 그리 의젓한 지. 감동했습니다."

상수가 있어 우리 어른들도 배우고 우리 반도 함께 자라고 있다.

(3월 25일)


기다릴 수 있어요

상수 밥 먹는 문제는 어떻게 하지를 못하겠다. 어쩌다 마음에 드는 반찬이라도 있으면 먼저 먹으려 들고 먹기 싫은 건 절대 안 먹으려 한 다. 줄 서는 걸 안 한다. 아이들 급식 받는 통로에서 드러누워 버리기도 한다. 아무리 꼬셔도 안 된다. 집에 갈 때 내일은 줄을 서 보자고 이야 기를 했다. 못한다고 떼를 쓴다.

"우리 상수는 할 수 있는데."

"못하면?"

"잘할 수 있다고 생각하기."

"그래도 못하면?"

"세 번 더 생각하기."

"그래도 못하면?"

"열 번 생각하기."

"백 번, 만 번도 안 되면?"

"그러면 의사 선생님께 물어보기."

"그래도 안 되면?"

"그러면 상수 생각은?"

"총으로 선생님을 팡 하고 쏜다."

"으악, 큰일 났다. 나 죽네."

"아니, 아니 사랑의 총으로 쏘면 사랑이 나온다."

묻고 답하기를 좋아하는 상수하고 이야기를 하다 보면 엉뚱한 데로 가기 일쑤다. 그런데 이렇게 상황을 수습도 할 줄 아는구나. 총에서 사랑이 나와서 다행이라며 상수를 꼭 안아 주고 헤어졌다.

다음 날 집에서 엄마하고 줄 서기 공부를 좀 했다고 했다. 그래도 먼저 받으려고 떼를 쓰다가 잠시 아이들 뒤편으로 갔는데 그사이에 아이들에게 호들갑을 떨며 소리쳤다.

"우아, 드디어 상수가 줄을 섰어. 상수야, 잘했어."

친구들도 따라 외친다.

"상수야, 잘했어."

엉겁결에 줄을 선 상수는 얌전히 밥 받아서 자기 자리에 앉았다. 이때부터 급식 시간에 차례를 기다리는 횟수가 조금 많아졌다. (4월 1일)


상수가 딱지 좋아하거든요

상수가 컴퓨터실에서 나오지 않겠다고 억지를 부린다. 뭔가에 꽂히면 그만두지를 못한다. 오늘은 컴퓨터에 꽂혔다. 컴퓨터실을 나가지 않겠다고 자판을 두드리고 나까지 꼬집고 때린다. 부장 선생이 상수한테 고함도 치고 협박도 했지만 상수는 더 심하게 으르렁거린다. 아예 바닥에 드러누워 발버둥을 친다. 이런 모습은 처음이다. 복도까지 겨우 데리고 나왔는데 거기서도 울고 뒹군다. 큰소리쳐 봐야 소용이 없어 달래기만 하고 있는데 민재가 내게 온다.

"선생님, 이거 주세요. 상수가 딱지 좋아하거든요."

지가 그렇게 아끼던 딱지 일곱 장을 내 손에 쥐어 주고 간다.

(4월 19일)


마음을 바꿨어요

학년 릴레이를 하는 날, 상수는 그 전날 저녁 엄마하고 운동장 뛰는 연습까지 했는데 뛰지 않겠다며 온갖 핑계를 댄다.

"나 꼴찌 할래요. 다른 사람을 위해서 꼴찌 할 거야."

"최선을 다해 뛰어야지."

"하느님이 몸을 낮춰야 한다고 했어요."

"잘난 척 안 하는 게 몸을 낮추는 거야. 열심히 하는 거하고는 달라."

상수는 아이들하고 경쟁하는 것을 두려워한다. 모든 아이들이 다 뛸 때까지 앉아 있었는데, 끝날 때쯤 내게 왔다.

"선생님, 마음을 바꿨어요. 뛸게요."

상수가 뛰는 모습을 보며 아이들이 함께 뛰어 주었다. 끝까지 달린 상수를 붙잡고 아이들은 정말 함께 기뻐했다.

"상수야, 잘했어, 잘했어. 정말 잘했어."

은혁이가 내게 오더니 "선생님, 상수가 우리가 열심히 하는 걸 보면 따라 하고 싶은가 봐요" 한다. (6월 17일)

내가 읽을 거야

앤서니 브라운의 《고릴라》를 읽어 주려고 책을 들었다. 상수가 갑자기 달려오더니 그 책을 뺏어 자기가 읽겠다고 떼를 쓴다.

이 책을 읽어 주고 아이들과 아버지 이야기를 하려고 했다. 내 말을 들어 주지 않는 아버지, 함께 잘 놀아 주지 않는 아버지, 일하느라 내 얼굴도 제대로 못 보는 아버지, 그런 우리 아이들 아버지 이야기를 나누고 아버지께 부탁하고 싶은 글도 써 보려고 계획을 세웠는데 상수가 떼를 쓴다.

"상수야, 조금만 기다려. 다 읽고 너 줄게."

"상수야, 선생님하고 같이 읽으면 더 재미있잖아. 너도 여기 앉아."

"예쁜 색종이 줄까?"

아이들도 참고 나도 참으면서 이 상황을 바꿔 보려고 애썼지만 상수는 바닥에 드러누워 책을 발로 차고 오르간을 두들겨서 도저히 책을 읽어 줄 수 없는 지경이 되었다. 상수 엄마는 이럴 때 꼭 전화를 하라고 했지만 그동안 전화할 생각은 하지 않았다. 전화할 정도까지 상수가 버티는 일이 없었기 때문이다.

전화를 했다. 상수에게 어떤 변화가 생길까. 상수에게 전화기를 주니 귀를 막고 더 큰 소리로 고함을 쳤다.

"싫어, 내가 책을 읽어 줄 거야."

내 책상에 와서 펼쳐 놓은 책을 자기가 읽겠다고 큰 소리로 읽었다. 그냥 내버려 두고 교과서에 있는 동화를 아이들과 함께 소리 내어 읽었다. 상수 목소리는 아이들 목소리에 파묻혔다. 아이들과 이야기를 나누는 사이 상수 목소리가 잦아들었다. 다 읽었는지 뒤쪽 책 목록을 유심히 보더니 자기 자리로 갔다. 보통 이럴 땐 상수가 마음을 바꿀 수 있게 도와주어서 문제를 해결했는데 오늘은 어쩔 수 없었다.

상수 엄마가 왔다. 놀란 상수가 풀이 죽어 나를 쳐다본다.

"한번만 봐주세요."

"상수가 마음을 바꾸지 못해서 엄마가 이렇게 땀을 뻘뻘 흘리며 교실까지 왔구나."

"나 가슴이 아파서 그랬어요."

"가슴 아픈 거 다 알아. 하지만 친구들하고 함께 동화책 먼저 읽고 상수가 좋아하는 뒷이야기 할 수도 있었는데. 상수가 조금만 참으면 되는 건데."

"네."

"오르간 치고 책상 두드리는 일도 참을 수 있지 않았을까?"

"네."

"엄마랑 친구들 공부하는 거 방해한 일에 대해 이야기 나눠라. 남은 세 시간 친구들하고 공부할 수 있는지 생각해 보고 나한테 다시 이야기하러 와."

상수를 엄마와 함께 2학년 연구실로 보내고 아이들과 남은 공부를 했다.

상수가 풀 죽은 얼굴로 나한테 와서 잘못했다고 했다. 지 마음을 지가 다스릴 수 없는 아인데. 그게 지 병인데. 측은하다.

"선생님, 상수가 바닥에 드러누워 떼를 쓰고 있는 모습을 상상하고 왔는데 자리에 앉아 있어서 깜짝 놀랐어요. 처음엔 집에 가서 쉬어야겠다고 하더니 마음을 바꿨다며 나머지 공부를 다하고 가겠다고 했어요. 상수가 마음을 쉽게 바꿔서 놀랐어요. 이런 일이 생기면 더 악을 쓰고 난리를 치는데. 저도 오늘 선생님처럼 조용히 이야기해서 그런 것 같아요."

상수 엄마 눈가가 빨개진다.

"이런 일이 다시는 일어나지 않으면 좋겠지만 또 일어난다고 해도 그렇게 놀라지 말고 차분히 또 타이르고 그럽시다. 학교에 보냈으면 내가 어떻게 해서라도 해결할 수 있으면 좋았을 텐데. 이런 일로 어머니를 다시 학교에 오게 해서 미안합니다."

"아입니다, 선생님."

"이 더운 날씨에 달려오느라 땀이 범벅이 된 엄마 얼굴을 보고 상수도 미안하고 죄송한 마음이 조금은 들지 않았을까 싶네요. 그런 마음은 알겠지요?"

상수는 나머지 세 시간은 아주 순한 아이로 잘 보냈다. 마지막 시간 알림장을 쓰고 가방을 정리하고 청소하는 일도 아이들하고 같이 해서 참 보기 좋았다. 상수는 스스로 마음을 고쳐먹으면 잘하는구나.

하지만 난 오늘 상수 어머니에게 전화한 일이 과연 옳은 행동이었을까 깊이 생각해 본다. 내가 계획했던 수업을 포기하고 상수 마음을 깨트리지 않고 상수가 하는 대로 하는 게 나았을까? 엄마에게 전화해서라도 상수 행동을 고쳐 줘야 할까?

사실 상수는 다른 사람들의 감정 상태를 알아채는 것까지는 하는 것 같다. 하지만 자신의 관심사가 지나치게 앞서서 그 상황을 생각하고 받아들이지는 못한다. 내 행동이나 감정이 다른 사람들에게 기쁨을 주거나 화를 내게 할 수도 있다는 걸 어떻게 해야 알 수 있을까. 되풀이해서 연습하면 고칠 수 있는 걸까.

상수도 점점 자랄 것이고 앞으로 상수와 함께 지낼 아이들도 자랄 것이다. 상수의 이런 행동을 같은 반 아이들이 참아 내는 일도 점점 어려워지지 않을까. 앞으로 상수는 또 다른 좌절을 느낄 거다. 그럴 때마다 이런 상황을 만들까 솔직히 걱정된다. 다른 사람과 어울리며 살아가는 최소한의 삶의 태도는 배워야 하는데 내가 제대로 그런 교육을 하고 있는지 걱정이 된다. (6월 21일)


상수는 뭘 그리고 오리고 만들고 하는 걸 좋아한다. 거의 하루 종일 이런 일을 하는 듯하다. 해야 할 일을 먼저 하라고 이 일을 못 하게 하면 이런 말을 잘한다.

"찢을 거죠? 뺏을 거죠? 찢어 버리는 게 낫겠어요. 찢으세요. 누가 가장 나쁜 아이죠? 우리 반에서 제일 나쁜 사람은 누구예요?"

"난 상수가 만든 거 절대 찢지 않아. 아무도 뺏어 가지 않아. 나쁜 아이 없어. 지금 할 일을 안 해서 먼저 하라고 말하는 것뿐이야."

문득 상수가 하는 말과 행동을 보면서 집에서나 둘레 어른들이 상수가 이런 행동을 할 때마다 찢어 버리거나 나쁜 아이라고 한 건 아닌지, 그 모습이 투영되어 아이 입으로, 행동으로 나타나는 건 아닌지 걱정스럽다.

상수는 호기심을 자극하는 물건 앞에서는 참지 못한다. 하고 싶은 말이 있으면 막무가내로 앞으로 나와서 수업을 깨어 버리는 때도 많다.

나와 우리 반 아이들이 상수가 원하는 대로 해 주면 모든 게 쉽다. 상수는 좌절하지도 않을 것이고 자기가 하고 싶은 일을 계속하면 된다. 하지만 상수는 다른 사람과 더불어 살아가는 법을 배워야 한다. 반복해서 익힐 수 있는 일이라면 조금 힘들더라도 함께 배우고 가르쳐야지 싶다.

우리 반 아이들도 조금씩 자랄 것이다. 우리 아이들도 다음 해, 아니면 먼 미래에 또 다른 상수를 만날 수 있다. 그때는 다른 사람보다 쉽게 손 내밀 수 있을 거고 함께 어울리는 방법도 쉽게 찾을 거다. 그런 커다란 싹을 상수를 통해 키우고 있다. 우리는 함께 배우고 있는 중이다.

김숙미, 부산 반산초등 (2011.6.27)

# 선생님, 우리 세희랑 같이 밥 먹었어요

3월이 되기 전 세희 이름을 알았다. 교장 선생님이 6학년 올라가는 아이들 가운데 문제 있는 아이들 이름을 쓴 종이를 6학년 선생님들이 반을 추첨하기 전에 보여 주었다. 그 속에 세희가 있었다.

문제를 일으키는 아이들 이름이 적혀 있고 맨 아래에 5학년 때 아이들에게 집단 따돌림을 받았던 아이 셋에 대해 이렇게 쓰여 있었다.

"홍세희, 이영희, 최은미 : 특수반 낙인과 친하게 지낸다는 이유로 지속적 따돌림."

특수반 아이들과 친하게 지낸다고 5학년 아이들 모두에게 따돌림을 받아 왔다는 것이다.

3월 처음 교실에 들어갔을 때 세희는 혼자 앉아 있었다. 고개를 푹 숙이고 눈에는 빛이 없었다. 머리는 언제 감았는지 알 수 없을 만큼 수세미처럼 엉켜 있고, 시커먼 패딩 잠바에 누리끼리한 골덴 바지를 입었다. 얼굴에 표정이 없고 아무하고도 눈을 마주치지 않고 책상 위만 내려다보며 앉아 있다. 키 순서대로 자리를 정해 주었다. 동민이가 짝이 되었다. 동민이는 첫날은 아무렇지 않게 세희 옆에 앉더니 둘째 날부터 책상을 세희 책상 바로 옆에 붙이지 않고 두 뼘 정도 떼 놓고 비스듬하게 앉아 있다. 책상을 바르게 붙이라고 해도 말할 때만 붙였다가 조금 뒤에는 다시 떼 놓았다. 동민이를 따로 불러 물어보았다.

"동민아, 왜 책상을 딱 바로 붙이지 않지?"

"세희한테 이 있어요."

"아닌데? 지금은 없던데? 작년에 세희 동생한테 이가 있었는데 다 치료했다더라. 이 억쑤로 잘 옮는데 이 없애는 샴푸로 두 번만 감으니까 싹 없어지더라. 나도 10년쯤 전에 학교 보건실에 조금 누워 있다가 머리에 이 옮아서 치료했던 일 있다. 이제는 하나도 없다."

그 뒤로도 동민이는 짝지 언제 바꾸냐고 시도 때도 없이 내게 물었다. 다시 따로 만나 물었다.

"동민아, 왜 자꾸 자리 언제 바꾸냐고 물어보노?"

"자리 바꾸면 좋겠어요."

"세희랑 앉았다고 혹시 아이들이 놀리나?"

"예. 그리고 엄마도 내가 세희 짝지 되었다고 하니 에프킬라를 뿌려 줬어요. 이 옮을지 모른다고요."

동민이 어머니가 세희랑 짝이 되었다는 말만 듣고도 에프킬라를 뿌려 줬다는 말 듣고 놀랐다. 이 동네 사람 모두가 세희를 이 옮기는 더러운 아이라고 생각하고 있단 말인가?

3월 초 세희는 하루 종일 말 한마디 하지 않았다. 아이들은 세희를 그림자나 투명인간처럼 대했다. 내가 안 볼 때는 무시하고 놀리는 것 같았다. 왜 이렇게 되었는지 이 학교에 오래 계신 특수학급 선생님께 여쭤 보았다.

"작년에 세희 동생 세라 머리에 이가 있어서 그 학년 전체에 이를 옮겨 발칵 뒤집힌 적이 있어요. 애가 잘 씻지를 않나 봐요. 그 뒤로 아이들이 세희까지 따돌리게 됐어요. 세희는 아무 죄도 없이 그렇게 된 거예요."

그런 일이 있었구나.

아이들이 아무도 세희 옆에서 밥을 먹지 않으니 둘째 날부터 내가 세희랑 같이 밥을 먹었다. 울적한 얼굴로 말없이 밥 먹고 있는 세희를 바라보며 씨익 웃었다. 내가 웃으니 세희는 따라 웃어야 하나 어떻게 해야 하나 어리둥절한 얼굴로 마주 본다.

"세희야, 세희도 동생 셋이제? 나도 동생 셋인데. 그리고 언니도 둘이나 있데? 다 모이면 식구들 엄청 많겠네."

"예."

"세희 동생은 몇 살, 몇 살이고?"

"세라는 5학년이고요. 세찬이는 세 살, 세훈이는 한 살이에요."

"에구! 세찬이 세훈이가 어려서 집에서 세희가 엄청 바쁘겠네. 나도 막냇동생이 내보다 열 살 어려서 내가 똥 기저귀 다 갈아 주면서 키웠다 아이가. 세희도 동생 봐준다고 일 많이 하제?"

"예, 맞아요."

그제야 세희가 조금 웃는다.

청소 당번 아이들 몇 명이 교실에 따로 남아 있을 때 세희 이야기를 살짝 물어봤다.

"세희가 학교에서 아무하고도 말을 안 하고 하루 종일 있다 가던데. 어떻게 된 건지 아나?"

가빈이가 자세하게 말해 줬다.

"세희 5학년 때도 왕따였어요. 세희가 복도에 지나가면 애들이 더럽다 더럽다 하면서 복도 벽에 붙어서 지나가고, 어떤 애는 더럽다 꺼지라 하면서 침도 뱉고 그랬어요. 첫날에 선생님 아직 안 왔을 때, 현진이가 '우웩, 홍세희다. 옆에 앉지 마라' 했어요."

"그런 일이 있었구나."

정말 마음이 아팠다. 세희는 5학년 3반이었는데 아이들 이야기를 들어 보니 지난해 담임선생님이 아이들을 견디지 못해 나중에는 병가를 내셨다고 한다. 어떤 아이가 샤프로 선생님 손등을 찍기까지 했다고 한다. 너무도 마음이 여리고 착한 선생님이었는데 드센 아이들을 감당하지 못했던 거다. 그 어지러운 속에서 세희는 철저하게 따돌림을 당하고 내팽개쳐져 있었던 것이다.

3월 5일 일이다. 교실 앞 액자에 넣을 학급 단체 사진을 찍는다고 교실 뒤 게시판을 배경으로 차례로 줄을 지어 앉으라고 했다. 세희가 앉아 있으니 그 옆에 진한이가 앉으려고 하지 않아 이빨 빠진 것처럼 사이가 벌어졌다.

"딱 바로 붙어 앉아라."

그래도 진한이는 쭈뼛쭈뼛하기만 할 뿐 세희 옆에 붙어 앉으려 하지 않았다.

'아, 너무도 심각하구나. 이 일을 우짜꼬? 남학생, 여학생 할 것 없이 다들 세희를 따돌리니.'

세희가 그동안 처절하게 따돌림당하면서 얼마나 외롭고 슬펐을까 생각하니 너무도 마음이 아팠다. 집에서도 어머니랑 아버지는 일용직 노동자로 일하며 하루하루 품을 팔아 생활하느라 아이들을 거의 돌보지 못한다. 세희 언니 둘은 고등학생이라 둘 다 늦게 들어온다. 집안일은 거의 다 세희 차지다. 세희는 동생들 셋을 돌보며 꿋꿋이 지내고 있다. 학교에서 그렇게 따돌림당하게 된 것도, 세희가 따돌림당하는 특수 학급 친구들과 친하기 때문이다. 아무리 생각해도 세희가 따돌림당할 아무런 까닭이 없다.

그동안 세희에게 일어났던 일을 하나하나 알게 되니 세희의 슬픔이 내 슬픔이 되었다. 내 마음 깊은 곳에서 세희를 향한 사랑이 샘솟는 것을 느꼈다. 어떻게 하면 세희를 환하게 웃게 할 수 있을까? 온종일 그 생각이 내 머릿속을 가득 채웠다. 세희가 그동안 겪은 고통과 외로움을 사악 씻어 내고 행복하고 즐겁게 학교에서 지낼 수 있도록 내가 힘을 다해야지 마음먹었다.

여러 방법을 고민해 보았다. 왕따 문제를 다룬 〈지식채널e〉를 보여 주면서 따돌림당하는 것이 얼마나 끔찍한 일인지 느껴 보자고 할까? 《까마귀 소년》이나 《모르는 척》 같은 그림책을 읽어 주고 다 함께 이야기 나눌까? 너무 서두르지 말고 내가 먼저 세희를 사랑하고 친해지면서 천천히 마음을 열게 해야지 생각했다.

세희랑 나는 같이 밥 먹고 이야기 나누면서 조금씩 친해졌다. 이야기 나눠 보니 세희는 참 속이 깊다. 밥 먹고 나서 함께 식당을 나서는데 세희가 혼자 2층으로 올라간다.

"세희야, 운동장에서 친구들이랑 같이 안 노나? 오데 가노?"

"저 도서관 가요."

"아하, 밥 먹고 나면 세희는 날마다 도서관 가는구나. 책 많이 읽겠네?"

"예."

친구들이 놀리고 괴롭히니 점심시간에는 늘 혼자 조용히 도서관에 가 있었구나. 계단을 올라가는 세희의 구부정한 뒷모습을 한참 바라보다가 문득 울고 싶어졌다.

3월 7일쯤 일이다. 아침에 교문에서 세희가 어떤 아이랑 팔짱을 끼고 들어온다. 세희도 친구가 있네!

"어머나! 세희야, 친한 친구랑 팔짱 끼고 오네!"

반가워서 말했더니 세희가 웃으면서 대답한다.

"제 동생 세라예요."

"안녕하세요? 저 세희 언니 동생 세라예요."

생긋 웃으며 인사를 하는데 세라는 참 밝고 명랑하구나 싶다. 유심히 보니 얼굴을 깨끗이 씻지 않았는지 입 옆에 침 흘린 자국이 그대로 보인다. 세수를 대충 한 거다.

세희가 언니가 아빠랑 싸운 이야기를 일기에 써 왔길래 점심 먹으면서 언니 이야기를 물었다.

"언니가 사춘기인가 보네. 아버지한테 막 덤볐나 봐?"

"예, 막 싸웠어요."

"어이구, 분위기 안 좋았겠네."

"예, 무서워서 세라랑 세찬이 세훈이랑 방에 꼭 숨어 있었어요."

내가 세희랑 신나게 이야기하고 있으니 옆에 앉아 있던 가빈이랑 상경이, 예지도 귀를 쫑긋하고 듣고 있다. 이때다 싶어 슬쩍 다른 아이들도 이야기에 끼어들게 했다.

"세희 언니가 어제 아버지하고 싸웠다네. 예지 언니는 아버지랑 사이좋나?"

"아뇨, 둘이 서로 말 안 해요."

"어머나, 말을 안 한다고? 언니가 몇 살인데."

"고1인데 학교 자퇴했거든요. 맨날 아빠랑 싸워요."

"에구, 그렇구나."

이렇게 하루하루 조금씩 세희가 다른 아이들 틈에서 이야기를 나눌 수 있게 다리를 놓아 줬다.

3월 4일에 세희가 써 온 일기를 3월 7일 아침에 아이들에게 읽어 주었다.


내 어릴 적

내가 어릴 적에는 세훈이, 세찬이가 없었다. 단지 어린 세라 하나뿐.
엄마는 2008년에 세찬이를, 2010년에 세훈이를 낳았다. 그 뒤 난

호산나를 졸업하고 1학년이 된다.

난 할머니가 돌아가신 뒤 성격이 차가워진다. 할머니가 계속 살아 계셨다면 내 성격이 활발해졌을지도 모른다. 할머니가 사 오시던 수박이 그립다. 할머니, 사랑하는 할머니. 언제나 고마워요. 하늘 나라에 계셔도 사랑할게요. (3월 4일 금요일)

일기를 읽고 난 다음 이렇게 말했다.

"세희가 아무 말 없이 있지만 마음속에는 이렇게 생각이 많고 할머니를 그리워하고 있었구나 느꼈습니다."

세희가 한마디 말없이 풍경처럼 조용히 있으면서 겉으로 표현을 하지 않지만 보통 아이들과 똑같이 감정도 있고 생각이 깊다는 것을 아이들이 느꼈으면 하는 마음에 그런 말을 했다. 아이들은 내가 다른 아이들 글과 함께 잘 쓴 일기로 세희 글을 읽어 주니 조금 당황하면서도 세희라는 존재가 우리 교실에 있다는 것을 느끼는 듯했다.

세희는 아주 조금씩 달라져 갔다. 머리도 부비고 끌어안아 보면 좋은 향기가 났다. 처음에는 머리도 안 감고 오는 듯했는데 하루가 다르게 달라졌다. 얼굴이 피어난다고나 할까?

"세희한테 좋은 향기 나네."

수학 시간에 옆에 가서 가르쳐 주다가 살짝 귀에 대고 말하니 얼굴이 빨개져 웃는다. 너무 표 나지 않게 가끔씩 세희를 칭찬하고 밥 먹을 때도 자주 옆에 앉아 다른 아이들과 함께 이야기할 수 있게 했다.

3월 중순쯤 유진이가 옆에 오더니 이렇게 말했다.

"선생님, 저희들 수학여행 가서 세희랑 한방에 잘게요."

그 말이 반가워서 유진이한테 내 솔직한 마음을 털어놓았다.

"사실 그동안 아이들이 세희를 따돌리는 것 같아서 내 마음이 참 힘들었거든. 어떻게 하면 세희랑 아이들이 잘 어울리게 할까 고민을 많이 했다. 유진아, 수학여행 때 세희랑 한방에 자겠다고 말해 줘서 참 고맙다. 세희가 따돌림받을 까닭이 아무것도 없는데 5학년 때 애들이 왜 그랬을꼬? 궁금하더라. 혹시 니는 아나?"

"저는 세희랑 다른 반이어서 잘은 모르는데, 아이들 이야기 들어 보니까 세희가 따돌림 많이 당했더라구요. 남학생들 가운데 몇 명이 아직도 세희한테 똥세희라 부르고 더럽다 꺼져라 이런 말 하는데 너무하다 싶어요."

"우리 반 아이들이 아직 그런단 말이가?"

"아뇨, 우리 반 아이들은 이제 안 그러는데 점심시간에 다른 반 남학생들이 세희한테 그래요."

"그랬구나. 난 우리 반 아이들이 세희랑 이야기도 안 하고 그러니까 마음이 슬프다. 무슨 좋은 방법이 없을까?"

유진이는 생각에 잠기는 얼굴이다.

그날 세희는 이런 일기를 써 왔다.

……친구들이 날 좋아해 주는 것 같다. 유진이가 나에게 이렇게 말해 주었다. "세희야, 너 수학여행 때 같이 잘래?" 그렇게 말해 준 유진이가 참 고마웠다. 그런데 이상한 기분이 들기도 했다. 여

태까지 날 피하다가 왜 갑자기 좋아하지? 라는 생각도 들기까지 한다. 그래도 난 그런 아이들이 정말 고맙다.

아이들 일기에도 조금씩 세희 이야기가 나오기 시작했다. 세희에게 관심을 갖기 시작했다는 것이 기뻤다. 하경이 일기다.

### 세희

난 5학년 때 반 배정을 받고 난 뒤에 친구들이 "마반에 홍세희 있다고 하더라. 불쌍하다"라고 수근거렸다. 난 전학을 와서 홍세희라는 애가 누군지 몰랐다. 6학년 올라와서 알게 되었는데 친구들이 계속 피하고 "더럽다. 더럽다." 하니 난 진짜 더러운 줄 알았다. 난 만약 내가 세희의 입장이 되었다면 정말 힘들고 쓸쓸했을 것 같다. 나는 세희의 축 늘어진 어깨를 보면 불쌍하다. 그리고 난 목소리조차 듣지 못했지만 오늘 읽기 책을 돌아가며 읽을 때 세희 목소리를 들었는데 내가 생각했던 목소리보다 꽤 예뻤다. 애들이 세희한테 그럴수록 세희는 자신감이 없어지고 우울해질 것이다. 수학여행 때 같이 장기자랑을 하는 친구와 친구들이 피하니까 우리가 세희와 함께 자고 싶고 에버랜드에서 돈을 모아 세희의 생일 선물을 사 주자는 의견을 유진이가 냈는데 나도 찬성했다. 유진이가 숙소를 생각하고 세희에 대한 것을 생각해 주니까 유진이가 반장답다는 생각이 들었다. 난 세희가 머리숱도 치고 스트레이트를 하고 옷도 칙칙한 것만 안 입고 그리고 친구들에게 한 걸음

나서는 자신감이 있으면 다른 친구들처럼 즐거운 생활을 할 수 있을 것 같다. 난 아직 세희랑 이야기를 하나도 안 했지만 수학여행을 갔다 오면 친해질 거라고 믿는다.

(3월 17일 목요일 구름 한 점 없는 날)


3월 18일 점심시간에 놀라운 일이 일어났다. 아이들이 셋째, 넷째 시간에 미술 전담실 가서 미술 하고 바로 그 건물 1층에 있는 식당으로 밥 먹으러 갔다. 난 교실에서 임원 수련회 준비하느라 밥 먹으러 가지도 못하고 일하고 있었다. 여학생들이 우르르 한꺼번에 들어오는데 유진이랑 상경이가 세희랑 팔짱을 끼고 들어온다. 깜짝 놀라 바라보니 다들 앞으로 나와 웃으면서 말한다.

"선생님, 우리 세희랑 같이 밥 먹었어요. 이야기도 많이 했어요."

"어머나, 어머나! 기뻐라."

내가 벌떡 일어나 두 팔을 쫘악 벌리며 아이들한테 걸어갔다. 아이들도 와락 내게 와서 안긴다. 세희, 유진이, 상경이, 가현이, 은혜 모두 함께 얼싸안고 폴짝폴짝 뛰었다. 그리고 한 아이씩 뺨에 뽀뽀를 했다.

"우하하, 기분 좋다."

그날 영운이가 쓴 일기다.


세희의 환한 웃음

아침에 학교에 갔는데 평소와 다른 광경이 교실에서 펼쳐지고 있었다. 언제나 세희를 피하던 여자 아이들이 "세희야, 좋은 아침!"

이러고 함께 다정하게 이야기를 나누고 있었다. 나는 세희를 놀리려고 그러는 줄 알았는데 그게 아니었다. 점심시간에는 세희와 함께 점심을 먹고 함께 놀며 같이 안기까지 했다. 그 광경이 너무 감동적이어서 눈물이 날 뻔했다.

그때 선생님도 기뻐하며 여자 아이들을 모두 꺼안아 주셨는데 이때까지 내가 한 행동을 되돌아보며 반성했다. 2학년 때도 난 세희와 같은 반이었는데 그때 세희는 교통사고를 당해 깁스를 하고 다녔다. 그런데 아무도 세희를 도와주지 않았다. 아이들이 "더럽다. 더럽다. 홍세희는 더럽다." 이런 말을 하며 세희를 따돌려서 나도 이렇게 세희를 무시한 것 같다. 6학년이 된 어느 날 나는 엄마에게 세희가 더럽다는 소리를 했는데 엄마는 매우 혼을 내며 이렇게 말씀하셨다.

"엄마가 세희를 따로 만나 보았는데 참 순수하고 착한 아이였어. 그런 아이를 놀리면 되나?" 그 이후 나는 할머니가 보고 싶다는 세희의 일기를 듣고 감동을 받았다. 말도 하지 않고 앉아만 있는 세희에게 이런 상처가 있었다니……. 그리고 오늘 나는 세희의 웃음을 처음 보았다. 정말, 얼마나 외로웠을까? 그리고 마지막 시간에 현진이가 세희를 비웃는 듯한 "우휴!" 하는 소리를 냈다. 선생님은 또 현진이의 나쁜 태도를 고치기 위해 현진이를 따로 남겼고 나는 또 다시 생각했다. 세희는 알아차리지 못했지만 과연 그 행동이 옳은가? 그러나 다행히도 여자아이들이 세희에게 전화번호를 물어봐 주고 끝까지 다정하게 하여 세희를 웃음 지을 수 있도록 하였다. 나는 세희가 그렇게 밝게 웃는 모습을 처음 보았다.

"세희야, 힘내!"

(3월 18일 금요일 꽤나 추운 날씨다. 아침에 잠바를 챙겨 입지 않은 것이 후회되었다.)


3월 18일에 세희는 이런 일기를 썼다.


### 친구들과 함께

오늘은 우리 반 아이들이 너무 고마웠다. 난 왠지 이런 말이 생각났다. 그건 어떤 날 할머니를 도와 드렸더니 "너는 참 착하구나. 이 말을 기억하렴. 참으면 복이 있을 거야"라고 하시던 말씀이 생각났다. 난 그 순간 멍하게 서 있었다. 정말, 참으면 복이 있을까? 지금 그게 참 착하고 예의바르게 행동하게 해 준 할머니의 한마디. 나 정말 잘 할 수 있을까? 난 마음속으로 이런 친구들을 둔 게 정말 고맙고 가현이, 민경이, 가현이, 유진이, 하경이, 성연이, 가빈이…… 고마운 나의 친구들. 앞으로 친하게 지내자.

(3월 18일 금요일 화창한 봄날)


3월 19일 토요일. 학부모 공개 수업하는 날이었다. 아침에 아이들 일기를 읽고 있는데 아이들이 나를 불러서 무심코 고개를 들었다. 세희가 교실에 들어왔는데, 어머나! 머리를 예쁘게 자르고 온 거다.

"선생님, 세희 예쁘죠!"

아이들이 함께 기뻐하고 세희는 얼굴이 빨개져서 웃고 있다.

"어머나, 어머나, 세희야, 예쁘다! 어느 미용실에서 잘랐노? 나도 그렇게 산뜻하게 커트하고 싶던데. 잘 어울린다야!"

세희의 새로워진 모습에 우리 반 모두 놀라고 기뻤다. 그날 미래의 내 꿈을 한 사람씩 앞에 나와 발표하는 수업을 했는데 세희는 아주 씩씩하게 큰 목소리로 또박또박 말을 잘했다. 세희가 얼마나 용기를 내려고 마음을 먹었는지 알 수 있었다.

"저는 다음에 119 응급 구조대원이 되고 싶습니다. 저는 응급처치에 관한 책을 읽고 그 일에 아주 흥미가 생겼습니다. 갑자기 다치거나 아픈 사람을 돕는 일을 하고 싶습니다."

"세희는 일기장에 응급처치 공부한 것을 아주 자세히 써 왔어요. 이번에 수학여행 가서 누가 갑자기 다치더라도 세희가 응급 처치를 해 주겠다고 일기에 썼던데, 부탁해도 될까요?"

"예."

세희는 수줍게 웃으며 들어갔다. 아이들이 크게 손뼉을 쳤다. 참 뿌듯하고, 용기를 내서 당당하게 발표해 준 세희가 고마웠다. 학부모 총회를 마치고 유진이 어머니랑 잠시 이야기 나누다가 몰랐던 사실을 알게 되었다. 바로 다음 날 일요일에 여학생 몇 명이 세희랑 경성대학교 앞에 놀러 가기로 했다는 것이다. 그 말을 듣고 어찌나 반갑던지! 유진이 어머니한테 듣지 않았으면 몰랐을 거다. 나에게 보여 주려고 한 일도 아니고 여학생들이 스스로 그렇게 의논하고 세희랑 놀러 가기로 약속까지 했다니 참 고마웠다. 마침 유진이를 복도에서 만났다.

"유진아, 내일 세희랑 경성대 앞에 놀러 가기로 했다면서? 그래, 잘했다. 내가 만 원밖에 없어서, 더 많이 주고 싶은데 이것밖에 못 주겠네. 내일 뭐 사 먹을 때 이것 보태 써라."

"고맙습니다."

월요일에 물어보니 바로 다음 날은 비가 와서 약속을 취소했단다. 아쉬웠다. 그러고는 잊고 있었는데 그다음 주 일요일에 아이들은 세희와 한 약속을 지켰다. 월요일에 아이들 일기를 보니, 여학생들 여섯 명이 세희랑 만나 함께 버스 타고 경성대학교 앞에 가서 놀고 왔다. 선물 가게에 가서 세희한테 필통이랑 필기구도 사 주고 서점에 가서는 문제집도 사 주고 미용실에도 함께 갔다. 세희 스타일을 확 바꿔 주고 싶었단다. 미용실에서는 조금 다듬어 주면서 단발로 자라면 매직스트레이트를 하면 좋겠다고 하더란다. 그리고 다 같이 유진이 집에 가서 놀았다고 한다. 기쁘기도 하고 신기했다. 3월 초만 해도 세희에게 이런 날들이 오리라고 생각하지 못했다. 기쁘고 놀라운 일들은 마치 기적처럼 이어져 갔다.

4월 5일에 수학여행을 다녀왔다. 수학여행 가기 전, 차에서 같이 앉는 짝 정할 때 마음속으로 조금 걱정했다. 아무도 세희랑 앉지 않으려고 하면 어떻게 하지? 같이 앉고 싶은 사람끼리 손잡아 보라고 했더니 소영이가 선뜻 세희한테 달려가 둘이 같이 손을 잡고 폴짝 뛴다. 어머나, 다행이다. 소영이가 세희 손을 잡아 줘서 참 기뻤다.

그 전날 소영이 일기장에 내가 쓴 글이 떠올랐다.

"소영아, 세희에게 친절하게 대해 줘서 고마워. 사랑해."

세희 일기에 아이들이랑 친하게 된 것이 참 고맙고 그 가운데 상경이랑 소영이가 가장 고맙다고 쓰여 있길래 나도 모르게 기뻐서 소영이 일기에 그렇게 썼다. 수학여행 가서도 세희는 아이들과 잘 어울려 놀았다. 밤늦게 여학생들 방에 가 보니 세희랑 아이들이 얼굴이 뻘겋게 되어 땀을 뻘뻘 흘리면서 베개 싸움을 하고 놀고 있었다. 세희가 아이들이랑 함께 웃고 있는 모습을 보니 내가 정말 행복했다.

세희는 하루가 다르게 자신감이 자라고 얼굴이 밝아졌다. 내 자리 정리하는 것을 3월 초부터 세희한테 부탁했다. 처음에는 교실 앞에 나오는 것도 두려워하더니 지금은 쉬는 시간마다 내 자리로 와서 내가 책 넣는 것을 도와준다. 조용히 다가와 내 귀에 대고 속삭인다.

"선생님, 칠판도 지울까요?"

"에구, 고맙지."

세희가 칠판을 지우면 다른 아이들 몇이 나와서 함께 지운다. 우리 반에서 가장 거친 예지도 이제는 세희랑 곧잘 장난을 친다. 세희를 쿡 찌르거나 간질이고는 달아난다. 그러면 세희는 히히 웃으며 예지를 잡으러 간다. 그런 장면도 흐뭇하다. 이제는 "장난 그만!"이라고 말해야 할 정도가 되었다. 우리 학교 짱인 현진이가 남아서 나랑 공부 시간에 다 못 한 《수학 익힘》 공부를 하고 있을 때다. 현진이랑 내가 이런저런 이야기를 주고받고 있는데 세희가 앞자리에서 수학 문제 풀고 있다가 슬쩍슬쩍 끼어든다.

"니가 전에 먼저 내 놀렸잖아."

처음에는 작은 소리로 말해서 무슨 말인가 싶었는데 귀 기울여 들어

보니 그동안 현진이한테 맺혀 있던 말을 하고 있는 거다. 현진이는 세희가 그런 말을 하는 것이 믿기 어려운지 어이없어 하며 눈만 끔벅거리고 그냥 가만히 있었다. 다른 애가 그렇게 말했으면 길길이 날뛸 아이다. 난 세희가 그렇게 현진이에게 말을 거는 것이 너무도 신기하고 통쾌했다.

하루하루 자신감을 찾아가는 세희 모습이 놀랍다. 사흘 전 일이다. 집에 갈 때 바구니에 모아 두었던 손전화를 아이들이 다시 받아 가는데 세희가 옆에 있길래 부탁했다.

"세희야, 아이들한테 휴대폰 갖고 가라 말해 줄래?"

세희가 큰 소리로 아이들에게 외친다.

"휴대폰 가져가라!"

세희가 그렇게 큰 소리로 외치니 내 속이 다 후련하다. 어찌나 기분이 좋은지 세희가 옆에 있을 때면 세희랑 이마를 마주 대고 머리를 살살 돌리며 장난을 친다. 세희가 웃으면 내 마음은 천국이 된다. 용기를 가지니 세희 얼굴에 빛이 난다. 이제 세희는 공부 시간에도 고개 숙이지 않는다. 어느 누구보다도 눈을 빛내며 나를 바라보고 있다.

사회 시간에 공부하다가 내가 책꽂이에서 〈녹색평론〉을 한 권 꺼내 들고 이야기를 잠시 했다. 쉬는 시간에 세희가 옆에 와서 말을 건다.

"선생님, 그 책 좀 빌려 가도 될까요?"

"응, 좀 어려울 건데. 한번 볼래?"

"예, 읽어 보고 싶어요."

"그러면 어려운 부분은 읽지 말고 쉬운 부분만 찾아 읽어래이."

세희는 다음 날 그 책을 다시 가져왔다.

"세희야, 읽어 봤나? 어떻더노?"

말없이 수줍게 웃는다.

"세희야, 이 책은 내가 참 아끼는 책인데 세희 빌려 줄까?"

"예."

이희재가 만화로 그린 《나의 라임 오렌지나무》를 빌려 줬다. 세희는 다음 날 그 책에 대해 이렇게 일기에 써 왔다.

"제제에게 뽀르뚜까 아저씨가 나타난 것이 참 기쁘다."

세희에게도 뽀르뚜까 아저씨 같은 좋은 동무가 생기면 얼마나 좋을까! 이제 세희는 내 옆에 있기보다는 조금씩 친구들과 장난도 치고 책도 읽고 공부도 하며 지내고 있다. 수학 시간에 모르는 것은 나한테도 묻고 친구들한테도 묻는다. 나는 세희를 특별하게 대하지는 않았다. 그냥 다른 아이들과 똑같이 이야기 나누고 장난치고 칭찬하고 했을 뿐이다. 왕따라는 낱말을 쓰지도 않았고 아이들 전체에게 특별히 부탁하거나 따로 이야기하지도 않았다. 다만 마음속으로 절실하게 세희가 다른 아이들과 잘 어울리기를 바라며 내가 세희랑 잘 지냈을 뿐인데 신기하게도 그동안 많은 것이 달라졌다. 세희는 이제 고개를 숙이고 있지 않다. 뭐 하다가도 눈이 마주치면 함께 씨익 웃는다.

세희야, 고마워. 스스로 마음먹고 용기를 내 줘서. 세희야, 힘을 내! 흔하고 흔한 말이지만 우리 모두에게 꼭 필요한 말이지. 이 말을 세희에게 하고 싶다. 그리고 사랑해.

김경해, 부산 용호초등 (2011.5)

# 달팽이

검은 민달팽이 한 마리가 길 위에 나와 있다. 문득 달팽이가 느리다거나 내가 빠르다는 건 진실과 거리가 있다는 생각이 든다. 모든 것엔 자기만의 속도가 있기 때문이다. 달팽아 너는 네 속도로, 나는 내 속도로 가자.

그럼 우린 잘 가는 거다. 《순진한 걸음》에서)

반 아이 열여섯 가운데 달팽이 속도로 살아가는 아이가 둘 있다. 이 둘에 견주면 나머지 아이들 대부분은 속도가 너무나 빠르다. 아이들이 한 시간에 《수학》 두 바닥과 《수학 익힘》 두 바닥을 다 푸는 사이 달팽이를 닮은 한 아이는 딱 두 문제 풀었다. 한 시간 동안 나눗셈 두 문제 푼 아이는 속도만 느린 게 아니라 답도 오락가락한다. 자신감도 없다.

내가 곁에 서서 보고 있으면 맞는 답도 틀렸을까 봐 슬며시 지우개를 갖다 댄다. 지울까, 말까.

다 푼 아이들이 떠들고 있다. 명랑 쾌활하게 웃고 떠든다. 이 아이들은 대부분 학원을 다니거나 집에서 학습지를 공부한다. 피아노 대회, 미술 대회는 빠짐없이 챙겨 나가기도 한다.

나눗셈을 공부하던 수학 시간, 달팽이 속도로 가고 있는 한 아이가 나눗셈 한 문제를 놓고 열심히 구구단을 찾아 곱하고, 곱한 다음 빼고, 나머지를 찾고 있었다. 벌써 문제 다 푼 아이들은 여유 있게 떠들고 있다. 그 모습을 보자 나도 모르게 소리가 터져 나왔다.

"너희들이 너무 빠르다. 나는 지은이 속도로 갈래!"

나는 빨리 가는 아이들한테 화가 나서 소리쳤는데, 다음 날 지은이 일기를 보니 저 때문에 내가 화난 것으로 알아차리고 있었다.

수학시간 (산외초등 4학년 이지은)

둘째 시간에 수학을 하였다. '또 수학이야.' 이번에는 세 자리 수에다가 몫도 두 자리 수가 되었다. 나는 너무 어려워서 선생님 말이 무슨 뜻인지도 몰랐다. 선생님이 옆에서 가르쳐 주시는데도 나는 몰랐다. 선생님이 나 때문에 화나셨다. 선생님이 아이들에게 "수학을 왜 이리 빨리 하노, 지은이 속도에 맞춰라. 밥 먹으러 가라"고 소리를 지르셨다. 나는 점심시간에 시무룩한 표정으로 점심을 먹었다. (4월 13일 먹구름이 많았다.)

마음으로는 다 알아차리고 있었구나. 다른 사람과 견주어지는 일에만 달팽이 속도로 가는 거지.

달팽이를 닮은 또 한 아이는 공부에서는 지은이보다는 빠른데 나머지는 더 느리다. 말하는 것도 느리고, 준비하는 것도 느리고, 느리다 보니 아이들 속에 쏙 끼어들지 못하고 늘 바깥에서 어슬렁거린다. 그런데 가만히 보니 느린 그 아이가 중요한 걸 더 잘 챙기고 있었다. 빨리 가는 아이들은 흘깃 보고 지나가는 일을 이 아이는 느릿느릿 가면서 하나하나 제 마음속에 주워 담고 있었다.

며칠 이어지던 초겨울 같은 바람과 추위에 장독가 수선화도, 울타리에 핀 조팝나무 꽃도 따뜻한 봄볕이 그리웠을 어느 날, 이 아이가 일기장에 봄볕을 담아 왔다.

냉이꽃 (산외초등 4학년 김희경)

피아노 학원을 마치고 막에 가는데 길가에 냉이꽃이 있네. 냉이꽃이 엄청나게 많이 있다. 그러고 보면 주위에 먹을 수 있는 게 많이 있네. 그런데 우리가 그냥 놔두었구나. 냉이는 사람이 심지도 않았는데 지가 알아서 나오나? 나는 궁금하다. 그 주위에는 다른 게 있었다. 광대나물, 씀바귀, 겨울사리, 개불알풀 등 있었다. 정말 많다. 만약 내가 풀이었다면 어떻게 되었을까? 아마 그냥 무시당했을 거다. 풀을 더 많이 알면 좋은 것이겠지.

(4월 3일 화요일 바람이 불어서 추웠다. 그래서 코에서 콧물이 나왔다.)

길가에 흔해 빠진 풀들이 모두 우리가 먹을 수 있는 것이구나. 사람이 먹을 수 있다는 건 얼마나 새로운 가치 발견인가? 남들 속도에 묻혀 자기를 거의 드러내지 못하고 사는 아이가 글에서만큼은 제 모습을 뚜렷하게 드러내었다.

**통도사** (산외초등 4학년 김희경)

오늘은 통도사에 현장학습을 갔다. 거기에서 어떤 스님이 무슨 말을 하면서 부처님한테 기도를 드리는 걸 봤다. 맑고 깨끗한 물도 있었다. 우리는 물을 한 컵씩 마셨다. 그 물은 시원하고 맛있었다. 또 가보니 흰 동백나무가 있었다. 나는 그 나무가 참 예뻤다. 선생님이 "이 나무는 귀한 거다"고 하셨다. 또 걸어가 보니 굴뚝이랑 기둥이 나왔다. 나는 그 굴뚝이 탑인 줄 알았다. 선생님 집에도 그런 게 있다고 하셨다. 나무 기둥은 참 예쁘고 매끈매끈했다. 선생님이 그 기둥을 안아 보라고 하셨다. 우리는 안았다. 왠지 기분이 조금 좋았다. 진상이는 자기 사진을 찍으려고 폼을 잡았다. 나는 진상이 머리 뒤에 손가락으로 뿔처럼 만들어 갖다 댔다. 아이들이 모두 웃었다. (4월 16일 금요일 햇볕이 있어 따뜻했다.)

통도사와 통도환타지아에 현장 학습 다녀온 다음 날 아이들 일기장에는 처음부터 끝까지 놀이 기구 탄 이야기뿐이었다. 놀이공원 가기 전에 잠깐 둘러본 절은 아이들 관심을 끌지 못했다. 단 한 사람, 달팽이를 닮은 아이가 거기서 절하고 있던 스님과 약수, 흰 동백꽃을 고대로 마음에 담아 왔다. 이 일기 덕분에 한 이틀 내가 행복했다.

어제 성당에서 볼프함을 만났다고 하니까 산드라는 하루 50킬로
미터를 걷는 볼프함이랑 하루 10킬로미터 겨우 걷는 내가 지금
같은 도시에 와 있는 게 신기하지 않으냐고 물었다. 누가 조금 더
빠른가 느린가에 상관없이 우린 결국 제때에 목적지에 닿게 된다
고 산드라는 말했다. (《순진한 걸음》에서)

달팽이를 닮은 저 아이들의 목적지는 어디일까? 거기가 어딘지는 알
수 없지만 나와 함께 걷게 된 1년 동안 나는 저 두 아이 속도를 지켜 줄
란다. 속도 내라고 재촉 안 할 거다. 그건 그 아이 본질을 부정하는 것
이다. 내가 먼저 아이의 속도를 인정해 주다 보면 아이 스스로도 제 속
도를 긍정하게 되겠지. 혹시 1년 뒤에 여전히 느릿느릿 걷고 있더라도,
자신에 대한 긍정은 두터워지겠지. 그 두터운 자기 긍정이 바로 목적지
까지 가게 해 주는 힘이겠지.
　그러려면 나도 저 두 아이와 같은 속도로 걸어야 한다. 나는 벌써 저
앞에 가서는 되돌아보고 서서 아이를 기다리고 있다면, "뭐 하노, 빨리
안 오고!" 하며 재촉하는 것과 다를 거 없다. 셋이 함께 걸으며 냉이꽃
도 다시 보고, 지렁이 똥도 찾아보고, 목덜미에 와서 감기는 바람도 느
끼면서 1년을 살아가야지.
　두 아이 덕분에 나도 1년 동안 제대로 달팽이처럼 살아 보는 거다.

이승희, 밀양 산외초등 (2010.5)

네
옆에서

# 일용아……

2011년 11월 5일 토요일 밤새 비가 쏟아지다가 낮에 개었다.

어제 금요일은 가을 현장 체험 학습으로 6학년 모두가 순천만을 다녀왔다. 사람들이 갯벌 위로 걸어 다니며 갈대를 볼 수 있도록 인공으로 생태 공원을 만들어 놓았다. 갈대숲 아래 늪처럼 물이 고여 있고 짱뚱어가 뒤뚱거리며 기어 다닌다. 참 신기하다. 물 위에서는 총총 총총 달린다. 아이들과 웃으며 보다가 고개를 들어 넓게 펼쳐진 갈대밭을 바라보았다. 아름답다. 하구에 둑을 만들기 전 을숙도는 이보다 더 아름다웠다지. 오래전에 잃어버린 을숙도가 떠오른다. 슬프다.

아이들은 신나게 달리며 논다. 날이 아주 더운데 일용이는 내복 바지까지 입고 와서 땀을 빨빨 흘리며 논다.

"일용아, 안 덥나? 내복 바지 벗지?"

"괜찮아요."

놀기 바빠서 화장실 가서 내복 바지 벗을 짬도 없나 보다. 어휴, 내가
다 갑갑하네. 견디는 게 용하다.

순천만을 둘러보고 다시 관광버스를 타고 돌아왔다. 아이들은 차에
서 내리자마자 휙휙 사라진다.

"피시방 같은 데 가지 말고 집으로 바로 가래이."

"예! 걱정 마세요."

대답들은 씩씩하다. 아이들과 헤어진 뒤 부산글쓰기 모임에 갔다. 좀
늦었지만 버스와 지하철을 세 번 갈아타고 부산대학교 앞 '시간마당'
까지 열심히 달려갔다. 공부하고 집으로 돌아오니 아주 늦었다. 집 정
리하고 빨래 개고 자려고 누우니 1시가 훌쩍 넘었다. 밤부터 비가 내리
더니 점점 빗줄기가 굵어진다.

잠결에 전화벨 소리를 듣고 깼다. 도대체 뭐지? 난 한참 정신을 못
차렸다. 내 손전화 소리다. 시계를 보니 새벽 3시 반이다.

"여보세요?"

"선생님……."

"어…… 일용이가?"

"예."

"일용아, 무슨 일이고?"

"저 집에 못 들어갔어요."

"응? 어디고? 지금."

"여기 어딘지 모르겠어요."

"니 비 맞고 있나?"

"아뇨."

잠이 확 깬다.

"일용아, 거기 가만있어라. 내가 갈게."

옷을 대충 껴입고, 자고 있는 남편을 깨워 차가 어디 있는지 물었다.

"여보, 일용이가 지금 집 밖에 있대요. 아무래도 우리 집에 데려와야겠어요."

"우리 집에?"

"응."

"될 수 있으면 집에 안 데리고 오는 방향으로 문제를 풀어 봐라."

남편도 자다 깨 놓으니 정신이 없다.

"알겠어요. 일단 만나서 이야기해 보고 결정할게요."

엘리베이터 타고 내려가면서 손전화를 확인해 보니 일용이가 3시 22분에 문자를 보냈다.

"선생님나일용이대무서워요!"

3시 24분, "샘음잡흐세요무섭다고요."

'샘은 주무세요 무섭다고요' 이 말이겠지.

3시 25분, "샘 무서워요."

이렇게 문자를 보내도 내가 답을 안 하니 3시 27분에 나한테 전화를 건 거다.

"왜 더 일찍 전화 안 했노?"

"머뭇거렸어요."

"왜?"

"이번에는 맞은 것도 아니고 내가 그냥 안 들어간 거니까."

비는 계속 쏟아진다. 주차장에서 일용이에게 다시 전화했다.

"일용아, 지금 어디고? 내가 차 몰고 갈게."

"여기 어딘지 모르겠어요."

"아파트가?"

"예."

"몇 층쯤 되노?"

"낮아요."

"지금 니는 몇 층에 있노?"

"1층요."

"그러면 우편함 같은 것 있을 거다. 거기 편지 하나 찾아서 그곳이 무슨 아파트인지 알아내라."

"예, 한라아파트요."

"일용아, 조금만 기다려라."

차에 타서 내비게이션 찍으니 5분 거리다. 이기대 하수 처리장 근처까지 가니 골목골목에 작은 빌라가 촘촘히 있다. 내비게이션은 목적지 근처에 다 왔다 하더니 안내를 끝내 버린다.

밖은 캄캄하고 비는 추적추적 내리고 한라아파트는 도대체 어디 있는지 보이지 않는다. 좁은 골목을 네 바퀴쯤 돌며 헤맸다. 길에 사람도 아무도 없고 도저히 못 찾겠다. 일용이에게 다시 전화를 했다.

"일용아, 우산 있나?"

"예."

"그러면 그 아파트 밖으로 나와서 길가로 조금만 걸어 내려와 볼래? 한라아파트를 도저히 못 찾겠다. 어디쯤인지는 알겠는데 입구를 못 찾겠어."

"예."

전화 끊고 10초쯤 골목 안으로 들어가니 아주 좁은 골목에서 일용이가 걸어 내려온다. 어제 순천만 갈 때 입은 옷이랑 가방 그대로다.

"일용아, 한잠도 못 잤제?"

"예."

"무서워서 어떻게 참았노?"

"……."

"집에 왜 못 들어갔노?"

"애들이랑 놀다 보니 7시 넘었더라구요. 집에 가면 늦게 왔다고 맞을까 봐 무서워서 그냥 안 들어갔어요."

"어휴, 아무리 그래도 그렇지. 이래 밤새도록 비가 오는데 아파트 입구에 앉아 있었나? 어휴! 어머니 걱정하실 거니까 일단 전화부터 드리자."

"안 돼요."

"일용아, 지금 집으로 바로 오라고 할까 봐 무서운 거니?"

"예."

"그래도 계속 집에 안 들어갈 수는 없잖아."

"안 가고 싶어요."

"……."

"……."

"일용아, 지금은 우리 집에 가서 좀 더 자자. 아침에 생각해 보자."

"예."

집으로 일용이를 데려왔다. 아까 내가 자던 이부자리가 거실에 깔려 있었다.

"일용아, 발만 씻고 이만 닦고 바로 자자. 나는 저 방에 들어가 잘게. 옷은 젖었으니까 위에 티는 좀 크지만 우리 아들 거 입고, 바지는 안에 내복 바지 입었으니까 밖에 바지만 벗고 자면 되겠제."

"예."

일용이는 얌전하게 씻고 나오더니 거실로 들어간다. 애가 얼마나 지 쳤던지 그냥 폭삭 주저앉을 것 같다. 이불 속에 조용히 들어가더니 곧 바로 잠이 든다. 나도 옆방으로 가 다시 잠을 청했다. 일용이 어머니께 문자를 보냈다.

"일용이 어머니, 일용이 저랑 같이 있습니다. 염려 안 하셔도 됩니다. 내일 아침에 전화드릴게요."

답이 없다. 주무시나 보다.

6시 반에 잠에서 깨어났다. 남편도 일찍 일어났다.

"일용이 거실에 자고 있데."

담배 피려고 거실을 지나 베란다로 가다가 일용이를 보았나 보다. 귓속말로 소곤소곤 내게 말한다.

"일용이, 아가 억쑤로 쪼그맣네. 2학년짜리 우리 반 애들만 하다. 일 용이 내복 바지 입고 자고 있네? 내복 바지 입은 발이 이불 밖으로 살짝 나와 있는데 그거 보니까 눈물 날라 하더라. 당신 새벽에 수고 많았제? 내 먼저 출근할게."

이해해 주니 고마웠다.

된장찌개 끓이고 고등어도 굽고 겉절이 무쳐 아침 차린 뒤 일용이를 깨웠다.

"일용아, 우리 아침 먹고 학교 가자."

눈을 비비며 일어나는데 아직 눈이 안 떠지나 보다. 우리는 조용히 아침을 먹고 함께 학교로 갔다.

일용이는 아무 일도 없었던 듯이 신나게 하루를 보냈다. 토요일이라 12시 20분쯤 아이들이 모두 집으로 가고 난 뒤, 일용이랑 함께 일용이 집으로 가기로 했다.

아이들 보내고 일용이 어머니에게 전화를 하니 화가 나서 못 견디겠다는 목소리다. 그냥 일용이만 집에 보냈다가는 안 되겠다 싶어 의논도 할 겸 내가 집으로 찾아봬도 될지 물었다. 오라고 하신다. 일용이 아버지도 출근 안 하고 집에 있다 했다.

집에 가기 전에 교실에서 일용이랑 이야기를 조금 나눴다.

"일용아, 내가 어떻게 도와주면 좋겠노? 집이 그렇게 많이 힘드나?"

"예, 집에서 살기 싫어요."

"그러면 어떻게 하면 좋을까? 외할머니 댁에 가서 살고 싶나?"

"그러면 좋은데 외할머니도 늘 집에 없으니까 저를 돌볼 수는 없어요. 일주일에 한 번 정도밖에는 집에 안 들어와요. 중국에 배 타고 다니면서 뭐 사 와서 팔고 그러거든요."

"그렇구나. 외할머니 댁에 가도 일용이는 그냥 맨날 혼자 지내야겠네. 외할머니 댁도 안 되겠고 집이 그렇게 힘들면 어떻게 해야 하지? 그렇다고 부모님 안 계시는 애들 돌봐 주는 그런 곳에 가서 살 수도 없잖아."

"저 그런 곳에 벌써 가서 살아 봤어요. 아이들 많은 고아원 같은 데는 아니고요, 학원처럼 된 곳인데 그냥 집처럼 된 시설에서 살아 봤어요."

처음 듣는 이야기다. 도대체 일용이에게는 무슨 일들이 있었던 것일까?

일용이랑 함께 일용이 집으로 갔다. 집은 아주 깔끔했다. 어머니가 야무지게 살림을 사시는구나 싶었다. 일용이 어머니랑 동생만 있길래 물었다.

"일용이 아버님은예?"

"저거 아빠는 기다리다가 너무 열 받친다고 동네 한 바퀴 바람 쐬고 온다고 나갔어요."

"예, 그러셨군요."

일용이 어머니는 내가 앉자마자 일용이가 얼마나 자기를 힘들게 하는지 속사포처럼 쏟아 낸다. 일용이가 그런 말을 다 듣고 있다는 것이 마음 아팠다. 잠시 뒤 일용이 아버지가 들어왔다. 정말 눈빛이 사납다. 일어나 인사를 하는데 내 인사는 받는 둥 마는 둥 곧바로 일용이에게 소리를 질러 댄다.

"이노무 새끼! 니는 종자가 안 되는 종자야. 글러 먹었어. 그냥 나가서 니 맘대로 살아라. 니 꼬라지도 보기 싫다. 싸돌아 댕기다가 집에도 안 들어오고, 인자 너거 쌤까지 방패막이로 데꼬 왔나? 이 새끼가 어데서 머리 쓰노? 니는 진작에 틀리먹었어! 내가 이런 새끼 믹이 살릴 끼라고 이래 돈 번다고 고생할 끼가? 우리 집에는 니만 없으면 큰 소리날 일도 없어! 맨날 니 때문에 동네 남사시러버서 죽겠다!"

한바탕 퍼부을 동안 나는 일용이랑 가만히 듣고만 있을 수밖에 없었다. 한참을 끌어 붓던 아버지가 한풀 꺾였을 때 살짝 비집고 들어가 말을 걸었다.

"일용이 아버님, 일용이 때문에 어제 잠도 못 주무시고 정말 속이 많이 상하셨겠어요. 일용아, 그렇게 뻣뻣하게 가만히 있지만 말고, 얼른 아버지 잘못했습니다 하고 싹싹 빌어라!"

일용이는 눈에 눈물만 그렁해 갖고 가만히 앉아 있다. 일용이 어머니가 한마디 한다.

"자가 그런 말을 한 번도 안 합니더. 그냥 잘못했습니다 하면 넘어갈 일도 눈 딱 볼시고 쳐다보면서 말을 안 해요. 뭐라 하면 밖으로 휙 나가뿌고 밤새도록 안 들어오고 그랍니다."

"어제처럼 집에 안 들어온 날이 많았단 말입니꺼? 에구, 어짜겠노. 일용아, 그렇게 그냥 앉아 있지 말고 어서 잘못했습니다 말씀드려라."

일용이가 고개를 숙이고 말을 한다.

"잘못했습니다."

고개를 숙이자 눈물이 주르륵 흘러내린다.

"일용이는 동생 있는 방에 들어가 있으면 좋겠다. 일용아, 어머니 아버지랑 이야기 좀 할게."

일용이는 눈치를 살피더니 아버지가 고개를 끄덕이니까 방으로 들어갔다.

"일용이가 굽히지를 않고, 야단치면 나가 버리고 그러니 참 힘드셨겠어요."

"말도 못 합니다. 요기 이사 오기 전에 경기도 살 때는 딱 방범 초소도 알아 놔 가지고 밤새도록 돌아다니다가 나중에 안 되겠으면 그쪽 찾아가서 재워 달라 하고 그랬습니다. 지구대 경찰이 우리 집을 다 알았어요. 내가 남사스러버서 못 삽니다."

"일용이가 몇 학년 때부터 그렇게 집을 나가고 그랬나요?"

"억쑤로 일찍부터지예."

"그랬군요……."

어떤 일들이 있었던 걸까?

"전에 외할머니랑 살 때 그때부터 어찌나 밖에 돌아댕기면서 놀았는지, 말도 못 합니다."

"여기 이사 오기 전에 5학년 때는 어머니랑 아버지랑 일용이가 같이 살았습니꺼? 일용이가 아주 어릴 때 외할머니랑 살았다고 하던데."

"사실은…… 여기 오기 전에 2년은 일용이가 시설 같은 곳에 가 있었어요."

아까 일용이가 잠시 말을 꺼냈던 그 일이구나.

"거기 있을 때는 오히려 공부도 열심히 하고 착실하게 지냈어요. 4학년, 5학년 때 거기서 있었어요."

"돈도 내가 얼마나 많이 보냈다고요. 사설로 돌봐 주는 그런 곳이었거든요."

"사실 선생님한테 이런 이야기까지는 안 하고 싶었는데 말 나온 김에 할게요. 사실은 일용이 아버지 집에 부모님은, 내한테 일용이가 있는 줄을 모르세예."

"예? 윤희 할머니, 할아버지는 일용이가 있는 걸 모르신다고예?"

"예, 말 안 하고 재혼했거든예. 연세도 많으시고 시골에 계시고 그러니 그냥 계속 숨겼어요. 그런데 일용이 아빠가 2년 전에, 하던 일이 갑자기 안 돼서 우리 식구들이 길바닥에 나앉게 됐거든예. 할 수 없이 본가에 들어가게 돼 갖고, 일용이를 데리고 들어갈 수가 없어서 집처럼 돌봐 주는 시설에 일용이를 맡긴 거예요. 공부 열심히 하고 착하게 말 잘 듣고 있으면 2년 뒤에 집으로 데리고 온다 약속하고 보냈거든예. 그리고 내가 한 달에 한 번씩 가서 만났어예. 그래 갖고 2년 만에 약속 지켜서 데리고 나와 부산으로 이사 내려온 겁니더."

"그랬군요."

일용이는 어머니가 새아버지랑 결혼한 뒤 7년 가까운 세월 동안 시댁에는 없는 존재로 숨겨져 온 것이었다. 명절 때는 어떻게 지냈을까? 부모님과 동생 윤희는 할아버지 할머니 댁에 찾아가고 그럴 때 혼자 집에 남아 있었던 것일까? 4학년 때 혼자만 다른 곳에 또다시 맡겨졌을 때 일용이는 어떤 마음이었을까? 그동안 일용이가 겪었을 혼란과 외로움을 생각하니 가슴이 미어지는 듯했다.

"아버님, 일용이는 아버지를 참 좋아해요. 어머니보다도 아버지랑 더 이야기가 잘 통한다고 저한테 말하더라고요. 일용이가 아버지 자랑을 자주 해요."

"사실 저도, 저놈 어데 가서 기 안 죽게 할라고 일부러 옷도 좋은 거 사 입히고 신도 좋은 거 사 신기고 애 많이 씁니다. 그냥 밖에서 놀더라도 저녁 6시 전에 집에만 들어오면 혼낼 일도 없어요. 저도 점마를 이해는 합니다. 나도 별났거든요. 우리 어무이 애 많이 믹있습니더. 사고도 많이 치고. 빵에도 들락날락하고 참 애 많이 먹였어요."

아버지 어릴 때 이야기를 한참 들었다. 이러다가는 이야기가 끝이 없겠다. 난 너무 지쳐 앉은 자리에서 옆으로 쓰러질 것만 같았다.

"아버님, 일용이도 이제 오락도 줄이고, 더 잘할라고 마음먹었다 하더라고예. 학교에서는 제가 우짜든동 일용이가 공부에 마음을 붙이도록 애써 볼게요. 어제 일은 너그러이 용서해 주시고 잘 타일러 주시면 고맙겠어요. 부탁드릴게요."

앉아서 이야기 듣다 보니 한 시간이 훌쩍 흘렀고 난 너무 지쳐서 더 앉아 있을 수가 없었다. 일용이 부모님께 인사를 드리고 일어서서 나오는데 마음이 편하지 않았다. 일용이 집을 나와서 학교까지 걸어오는데 진이 다 빠져서 비척비척 겨우 걸었다. 배도 고프고 너무 지친다. 집으로 돌아와 청소하는데 집안일이 끝이 없다.

일용이는 괜찮을까? 아버지가 화가 조금은 누그러진 것 같던데. 일용이는 집에서 하루하루 버티는 것이 힘들다고 했지. 일용이가 좀 더 잘하고 혼날 일 안 하면 사는 것이 좀 나아지지 않을까? 그래, 희망이 있겠지?

2011년 11월 7일 월요일

아침에 교실에 들어선 뒤 조금 있으니 방송이 들린다.

"오늘은 운동장 조회가 있는 날입니다. 전교생은 모두 운동장으로 나와 주시기 바랍니다."

달마다 첫째 월요일은 전교생이 운동장에 모여 조회를 한다.

"얘들아, 운동장에 나가자."

복도로 나가서 아이들을 줄 세우는데 일용이가 보여 인사를 했다. 얼핏 보았는데 귀가 이상하다. 붉으죽죽한 멍이 든 것 같다. 자세히 살펴보고 싶어 불렀다.

"일용아."

일용이는 고개를 돌리더니 계단을 후다닥 내려간다.

운동장에 나가 우리 반 줄 서 있는 곳으로 갔다. 운동장 앞쪽 절반은 1, 2, 3학년이 서고 뒤쪽 절반은 4, 5, 6학년이 선다. 천 명이 넘는 아이들이 운동장에 빼곡히 선다. 국기에 대한 경례를 하고 애국가를 부를 때 우리 반 아이들 쪽으로 뒤돌아서서 줄 맨 앞에 서 있는 일용이 얼굴을 자세히 보았다. 그때까지 고개를 숙이고 있던 일용이가 고개를 들었다. 세상에나! 양쪽 귀 모두 피멍이 들어 있다. 얼굴에도 온통 맞은 멍 자국과 긁힌 흉이 가득하다.

"일용아, 맞았나?"

"내가 집에 가면 맞는다 했잖아요."

일용이는 내 눈을 피해 고개를 돌리며 짧게 말했다.

아, 난 아무 말도 못 하고 그냥 눈물만 흘리며 서 있었다. 앞으로 돌아서면 1, 2, 3학년 선생님들과 얼굴을 마주 보게 되고, 뒤로 돌아서면 6학년 아이들 모두가 내가 우는 것을 보게 된다. 그만 울어야 하는데 눈물이 멎지를 않네. 교장 선생님이 이야기하는 내내 고개를 옆으로 숙인 채 그냥 한참 소리 없이 울었다.

나중에 쉬는 시간에 일용이 이야기를 들어 보니 토요일에 내가 가자마자 바로 아버지가 때렸다고 한다.

"이제 선생님한테 전화하지도 말래요."

아동 학대 상담 센터에 연락할까? 아버지를 가두면 일용이 식구들 생계는 어떻게 하나? 아직 동생 윤희가 어리니 어머니는 아버지랑 헤어지기도 힘들 텐데. 온갖 생각을 해 본다. 내가 할 수 있는 일은 기도밖에 없나? 슬프다.

동민이가 어제 넘어져서 다쳤다며 얼굴에 멍이 들어 왔다. 동민이가 쉬는 시간에 일용이 얼굴을 보더니 물었다.

"일용아, 니도 넘어졌나?"

일용이는 너무도 아무렇지 않게 웃으며 고개를 옆으로 돌리더니 말한다.

"으응. 난 아버지한테 뒤지게 처맞았어. 히히히."

옆에서 그 모습을 보다가 나도 모르게 일용이 뺨을 두 손으로 감싸 쥐고 어루만졌다.

"일용아, 니 진짜……."

막 웃음이 나오는데 동시에 막 울고 싶기도 했다.

일용이는 오늘 하루도 아주 명랑했다.

집에 갈 때 일용이가 내게 편지를 쑥 내밀었다.

"어제 하루 종일 반성문 썼는데, 선생님한테도 썼어요. 보여 줄까요?"

스프링 공책 찢어서 쓴 편지를 던지듯 주고는 휘익 달려가 버린다.

선생님께

선생님, 제가 선생님한테 두 번째로 쓰는 편지네요. 스승의 날 때 한 번, 지금 한 번 쓰네요. 선생님 제가 잘못했어요. 그것은 제 일 인데 선생님까지 집에 오시게 만들고 제가 금요일 밤에 전화만 안 했으면 되는데. 선생님, 죄송해요. 학생이면서 선생님한테 고 생만 시키네요. 선생님, 죄송해요. 좋으신 선생님 제가 나쁘게 만들고.

선생님, 제가 커서 엄마, 아빠, 동생, 외할머니, 이모 다음으로 잘 해 드릴게요. 제가 그 일을 잊지 않고 선생님께 보답해 드릴게요. 저는 제가 만난 선생님께 선생님한테 제일 큰 죄를 저질렀어요. 선생님, 저는 선생님한테 해 드린 것도 없는데 선생님은 저한테 많은 걸 해 주시네요.

선생님, 이제 선생님과 함께 할 시간이 얼마 남지 않았네요. 이번 달, 12월, 1월, 2월. 딱 넉 달이 남았네요. 선생님, 이 넉 달 동안 우 리한테 보람을 느끼게 할게요. 저에게 가장 많은 걸 가르쳐주신 선생님, 저에게 가장 큰 자신감을 내게 해 주신 선생님, 저에게 가 장 큰 용기를 주신 선생님도 바로 저의 지금 선생님. 제가 중학생

이 되어도 고등학생이 되어도 대학생과 어른이 되어도 선생님을
잊지 못할 거예요.

선생님, 저의 선생님. 제제의 뽀르뚜까 같은 선생님.


김경해, 부산 용호초등 (2012.1)

# 유진이 엄마 되기

"선생님, 안녕하십니까?"

인사하는 것만 들어서는 이보다 더 듬직할 수가 없다. 뭐든지 자신
있게 잘하는 녀석 같다. 하지만 유진이는 이해력이 모자라서 스스로
공부를 거의 못 한다. 교과서에도 제대로 쓰지 못하고 시간마다 "선생
님, 모르겠어요. 선생님, 모르겠어요"를 외치며 나만 계속 부른다. 게다
가 잠깐도 가만있지를 않는다. 일어나서 돌아다니고 뒤돌아보면서 친
구들 방해하고, 의자에는 앉아 있는 건지 누워 있는 건지 알 수가 없다.
말소리도 정확하지 않고 조금은 더듬거리기도 한다. 얼굴은 꾀죄죄한
데다가 옷에 뭔가를 많이 묻혀 더러울 때가 많다. 어디 한 군데 호감 가
는 곳이 없다. 이러다 보니 아침에 유진이가 들어오는 순간부터 집에
갈 때까지 김유진, 김유진, 김유진, 지겨울 정도로 유진이 이름을 부르
게 된다.

한번은 유진이를 야단치고 있는데 우리 반 아이 하나가 이런다.

"쟤 원래 저래요. 1학년 때도 만날 혼났어요."

그랬더니 같은 반을 했던 다른 아이들도 아는 척을 하며 말을 거든다. 아이들 눈에 유진이는 이런 모습인 것이다. 이대로는 안 되겠다.

같은 학년 선생님들에게 조언을 얻으려고 유진이 얘기를 꺼냈다. 마침 3반 선생님이 지난해 유진이 형의 담임이어서 유진이 집 환경이 어떤지 말해 주셨다. 엄마가 바람이 나 집을 나가서 이혼을 했고, 아이들은 아빠랑 살고 있는데 다리를 전혀 못 쓰는 할머니가 형과 유진이를 돌보고 있다는 것이다. 할머니는 불편한 몸으로 별난 남자아이 둘을 돌보면서 지칠 대로 지치신 듯했다. 이러니 아이에게 살갑게 대해 줄 수가 없겠다. 아빠는 돈 버느라 늦게 오고 아이는 아직 너무 어려 보살핌과 사랑을 듬뿍 받아야 하는 때인데 그런 형편이 못 된다. 유진이가 저럴 수밖에 없는 이유가 조금은 이해가 된다.

함께 얘기를 듣고 있던 같은 학년 김숙미 선생님이 말하셨다.

"이 아이는 니가 무조건 품어야 되겠다."

우선 작은 것부터 유진이한테 마음 써 보자 하는데, 아침에 오는 유진이를 보니 이에 고춧가루가 그대로 끼어 있다. 오늘만 안 닦았겠지 했는데 다음 날도 또 그렇다.

"김유진, 이 닦고 왔어요?"

"네, 닦았어요."

"니 앞니에 고춧가루 끼어 있는데 이 닦았어?"

유진이는 그래도 끝까지 "네" 하고 대답한다. 아무래도 아침에 이를 안 닦는 눈치다.

　급식 시간 유진이 입가를 보면 오늘 나온 음식에 고추장 소스가 들어갔는지 간장 소스가 들어갔는지 금세 알 수 있다. 특히 카레나 짜장이 나오는 날 유진이 입은 일부러 묻힌 게 아닌지 의심스러울 정도다. 이 사이에도 음식물이…… 난리도 아니다.

　너무 지저분해서 친구들이 좋아할 수가 없겠다. 게다가 아침에도 점심에도 이를 저렇게 안 닦고 놔두면 어떻게 될까 걱정이 된다. 그래서 유진이 치약과 칫솔을 하나 샀다. 유진이는 먹는 욕심이 많아서 밥을 많이 먹기 때문에 교실에서도 마지막으로 나갈 때가 많다. 같이 이 닦고 보내기에도 좋겠다.

　둘이서 처음 이를 닦는데 유진이가 아침에 이 닦았다는 게 거짓말이 아니라는 걸 알았다. 분명 내 눈앞에서 닦았는데 앞니에 고춧가루가 그대로 붙어 있다. 안 되겠다 싶어 아기처럼 유진이 이를 위아래로 닦아 주며 방법을 알려 주었다. 한번은 교실에 남아 있던 아이들이 이 닦는 모습을 보고는 그랬다.

　"선생님이 유진이 엄마예요?"

　"네, 유진이 엄마예요."

　"유진이는 엄마 없어요?"

　1학년 때 같은 반 아이들 중에서는 유진이 엄마가 없다는 걸 아는 눈치던데, 빨리 말을 돌려야겠다 싶다.

　"집 말고 학교에서는 내가 유진이 엄마 할 거예요."

　말을 꺼내 놓고 보니 학교에서만이라도 정말 내가 유진이 엄마가 되어야겠다는 생각이 든다. 김숙미 선생님 말처럼 엄마는 무조건 아이를 품는 존재다. 무조건 사랑을 주고 무조건 아이 편이 되어 준다. 그게 엄마다.

그런데 사람 마음이 희한하다. 그렇게 마음먹으니 유진이가 잘하는 게 눈에 참 많이 들어온다. 심부름도 잘하고, 발표할 때 더듬거리고 발음이 정확하진 않지만 목소리는 우리 반에서 가장 크고 씩씩하다. 밥도 남기지 않고 정말 잘 먹는다.

마음이 바뀌고 나니 유진이를 더욱더 배려하게 된다. 여전히 유진이를 야단치고 혼내지만 예전보다 훨씬 많이 보듬게 되고 공부 시간에는 되도록 많이 도와주고 챙기게 된다. 그랬더니 녀석도 가끔은 잘해 보려고 애쓰는 게 보인다. 그 모습도 참 귀엽다.

이렇게 예쁜 녀석을 왜 몰라 봤을까. 시력 좋은 눈을 달고 있다고 해서 다 제대로 볼 수 있는 건 아닌가 보다.

양정아, 부산 반산초등 (2011.5)

# "서, 선새니 제, 제소해오"


지난해 추석 연휴를 보내는 동안 오른쪽 종아리 근육이 찢어지는 사고를 당했다. 정말 불편하고 고통스러웠지만, 10월에 공개 수업을 해야 하기 때문에 깁스를 하고 목발을 짚고 학교를 다닐 수밖에 없었다.

지훈이를 알게 된 건 그 무렵이었다. 교직원 신발장 앞에서 왼쪽 구두를 벗고 실내화를 갈아 신는 일마저도 힘겨워하던 내게 지훈이가 다가와 말을 건넸다.

"선새니, 도아주까오?"

발음마저 정상이 아닌, 장애가 있는 녀석에게 나는 금방 답을 할 수 없었다. 내가 어쩔 줄 몰라 우물쭈물하고 있는 사이 지훈이는 내 구두를 신발장에 넣고 내가 신기 좋게 실내화를 꺼내 놓았다. 녀석의 배려에 웃음을 띠며 고맙다는 말을 했더니 지훈이는 내 곁에 바싹 붙어 한마디 건넸다.

"가티 가오."

녀석은 사나흘쯤 나를 지켜본 것일까? 내가 엘리베이터를 타고 오르내리는 것을 진작부터 아는 듯했다. 3층까지 가는 짧은 순간인데도 지훈이는 마치 놀이공원에 온 아이처럼 즐거워했다. 우리 반 교실까지 따라와서는 복도 쪽 창문 네 짝을 제 손으로 활짝 열어 주기까지 했다. "지훈이, 이제 교실로 가세요" 했더니 손을 흔들며 내게 안녕이라고 말했다. 아침 햇살만큼이나 맑고 싱싱한 기운이 가득해 보였다.

내가 깁스를 풀 때까지 얼추 네댓 번을 더 지훈이를 만나 도움을 받았고, 겨울을 지나 2011년 새해를 맞이했다.

새 학년 새 학기를 코앞에 두고 열린 교직원 회의 시간. 나는 5학년 2반 담임이 됐다. 같은 학년 선생님 넷과 인사를 나누었다. 새로 오신 선생님 세 분한테 학교 형편을 말씀드리면서 올 한 해 잘 지내보자며 방긋 웃었지만, 속으론 솔직히 걱정이 앞섰다. 2반 아이들 이름 가운데 지훈이가 있었기 때문이다.

내게는 정말 반가운 녀석, 고지훈. 하지만 만에 하나라도 지훈이에게 상처가 되는 일이 생기면 어떻게 하나, 둘레 아이들과 사이좋게 지내는 방법으로는 무엇이 좋을까, 차별이 아닌 차이를 인정하면서 살아가는 일뿐만 아니라 나눔과 베풂 안에 깃든 기쁨을 우리 아이들에게 어떻게 심어 주어야 할까? 선생 노릇이 여전히 서툰 나는 고민이 많았다.

무엇보다 지훈이를 알아야 했다. 하루 두 시간씩 두 해 동안 지훈이를 보살핀 특수반 선생님한테 지훈이 이야기를 들었다.

"지훈이는 에이퍼트 증후군, 다시 말해 두개골 조기유합증(머리뼈

붙음증)을 앓고 있어요. 머리뼈 봉합선이 일찍 붙어 정상으로 성장을 하지 못하면서 붙어 버린 뼈가 뇌를 압박하는 거예요. 이 때문에 뇌가 성장하지 못하는 것이 특징이고요. 두개골 기형으로 머리 꼭대기 끝이 뾰족하고 다섯 손가락과 다섯 발가락 모두가 붙어 버리는 사지 합지증이 되었어요. 분리하는 수술을 해서 다른 사람보다 손가락은 짧지만 지금은 어느 정도 쓸 수 있어요. 그리고 얼굴 기형이 심한 탓에 치아 교정이 꼭 필요하대요. 이것이 끝나야만 발음 교정을 할 수 있어요. 앞으로도 수술을 여러 번 받아야 해요."

나도 모르게 한숨이 나왔다.

"지훈이는 아빠와 단둘이 살고 있어요. 엄마는 여러 해 전부터 따로 사시는데 지훈이를 자주 만나는 것 같지는 않아요. 아빠가 기초생활 수급자여서 몇몇 혜택을 받고 있는데요, 선생님께서 지훈이 아빠를 만나면 적절히 대응을 잘해 주세요."

아이들을 만난 첫날, 예상한 대로 지훈이는 짝도 없이 혼자 앉아 있었다. 지난해 같은 반 동무들 가운데 지훈이 곁에서 살갑게 놀아 주는 녀석이 하나도 없었다. 방금 전학을 온 혜윤이는 지훈이를 보자마자 얼어붙어 버렸다.

개학식을 하고 이런저런 일로 숨 가쁘게 세 시간을 보낸 뒤 아이들과 헤어졌다. 청소 당번을 남겨 두었는데 거기에는 지훈이도 있었다. 걱정과 달리 녀석은 청소를 곧잘 했다. 빗자루와 쓰레받기를 쥔 손이 불안해 보였지만 무릎을 꿇고 쪼그려 앉아서 열심히 쓸어 담았다.

손걸레를 들고 화장실로 가는 녀석 뒤를 따랐다. 빨래는 힘겨울 것 같아 내가 걸레를 앗아 쥐려는데 "선새니 가, 가오. 내, 내가 할래오. 지베서 나 아빠 도아저오" 하면서 익숙한 솜씨로 걸레를 빤다. 감동적인 장면도 아닌데 아무 까닭 없이 콧등이 시큰했다.

'나에게 너와 같은 아들이 생기지 말란 법이 어디 있겠니?' 하는 생각이 문득 들었다.

토요일, 약속대로 짝을 정하는 날이다. 남자 열다섯, 여자 열넷. 어떻게 하든지 남자 하나는 여자 짝이 없게 된다. 다만 그 아이가 지훈이가 아니기를 바랐다. 지훈이 곁에 아무렇지도 않게 앉아 주는 여자아이에게는 어떤 선물을 줄까 하는 즐거운 고민을 하고 싶었다.

여자아이들을 복도로 나가게 했다. 그사이에 남자아이들은 여자아이들이 모르는 자기 물건을 왼쪽 책상 위에 올려놓았다. 신호와 동시에 교실 문이 열리고 여자아이들은 책상에 놓인 물건을 살핀 뒤 자기가 앉고 싶은 자리에 가서 섰다. 번호 순서대로 했기에 겹치는 일은 없었지만 몇몇 아이들은 꽤 오랫동안 망설였다. 그리고……. 지훈이는 실망이 가득한 표정이었다. 아무 말이 없었다. 등을 토닥이며 달래 주었지만 그뿐이었다.

월요일 아침, 9시가 다 됐는데도 지훈이 자리는 비어 있었다. 순형이가 등굣길에 지훈이를 분명 보았다는데 녀석은 교실에 없었다. 재빠르게 몸을 움직여 학교 구석구석을 살폈다. 현관 출입문 가까운 계단 끄트머리에서 지훈이는 고개를 푹 떨구어 턱을 가슴에 묻고 있었다.

"왜 여기에 있어요? 교실에 안 갈 거예요?"

"……."

"짝이 없어서 그래요?"

"……."

굵은 눈물이 지훈이 뺨을 타고 흘렀다. 나는 녀석을 가슴에 품었다. 올해가 쉬이 흘러가지는 않을 듯했다.

교육과학기술부에 온라인으로 교육비를 신청하는 방법을 안내한 다음 날 지훈이가 학교 교육비 통합 지원 신청서와 함께 삐뚜름하게 접힌, 누런 종이 한 장을 내게 주었다. 아주 잠깐 녀석의 얼굴을 바라보다가 조용히 복도로 나가 종이를 펼쳤다.

선생님 초면에 뵙게 되어 감사합니다. 지훈이 아빠입니다. 정성으로 잘해 주신다고 들었습니다. 감사합니다. 부모가 배운 것이 없어 전체적으로 지훈이에게 미안하고 선생님께 부끄럽습니다. 성장을 위해 잘 부탁합니다.

우리는 영세민 수급과 장애아동 학생 두 식구가 살고 있습니다. 지원 신청서 잘못된 점 있으면 선생님께서 해 주세요. 이번 주, 다음 주 시간이 있을 때 정해 주시면 검사로 뵙겠습니다.

반듯하지는 않으나 한 자 한 자 정성을 다해 꾹꾹 눌러쓴 볼펜 글씨가 인상 깊었다. 지훈이 아버지는 소문으로 듣던 것과는 달리 점잖은 분이라는 생각이 들었다.

10시쯤 되자 지훈이는 누구보다도 먼저 사회책을 덮어 버리고는 넋이 나간 듯 벽시계를 쳐다보았다. 특수반에 가고 싶은 것이다. 날마다 그랬던 것처럼 녀석은 질문을 쏟아 내기 시작했다.

"선새니, 나 언제 가오?"

"아직 공부 중입니다. 책 다시 펴세요."

"왜오?"

"첫째 시간 공부가 조금 남았어요. 기다리세요."

"지근 가면 안 대오?"

소귀에 경 읽기. 내가 하는 말은 지훈이한테는 그저 스쳐 가는 바람일 뿐. 녀석은 눈 깜빡할 사이에 공책 한 권과 필통을 챙겨 벌떡 자리에서 일어나 교실 문 앞에 섰다. 그사이 다른 아이들은 집중력을 잃었고 교실은 더 이상 공부할 수 있는 곳이 아니었다. 이대로 놓아둘 수는 없어 지훈이 뒤를 쫓았고 손바닥을 들어 녀석의 등을 내리쳤다. 지금껏 잘 참아왔는데.

> 오늘은 일어나서 공부하고 놀다가 묵호 중앙시장에 갔습니다. 구경하고 오다가 공설운동장 가서 놀다가 집으로 왔습니다. 저녁식사 하고 놀다가 일기 쓰고 잠을 잤습니다. 아빠하고 같이 갔습니다. (2011년 3월 21일 월요일)

자전거를 탄 이야기, 이 닭은 이야기가 빠져 있어 웬일인가 싶었는데 아랫줄에 지훈이 아버지께서 쓰신 짧은 글이 눈에 띄었다.

> 선생님 24일 당일 결근합니다. 서울 병원에 예약되어 있습니다.

입 구강 치아 검사차. 후에 수술합니다.

지훈이와 눈이 마주쳤다. 금세 울먹이는 지훈이.

"시어요. 나 안 가오. 수수 무서어요."

녀석이 겪는 고통이 내게 온전히 전해지는 듯했다. 나는 검사라는 말을 되풀이하면서 위로를 했지만 아무 소용이 없는 짓이었다.

점심을 먹고 교실로 들어오니 지훈이가 서럽게 울고 있었다. 또 무슨 일인가? 가슴은 쿵쾅거렸지만 오히려 침착하게 물었다.

"무엇 때문에 울어요? 친구들이 안 놀아 줘요?"

"혀, 혀, 형버이가 이, 이거 누어서 저나 끄녔어오. 엄마 안 바다오."

다른 때하고 다르게 말이 꽤 빨랐다. 화를 참을 수 없는 듯했고 원망도 섞인 말투였다. 도무지 알아들을 수가 없어 다시 이야기를 해 달라고 했다. 전화를 이야기하는 것 같아 교실 전화기를 가까이 가져다주었다.

"혀, 혀, 형버이가 이, 이거 누어써오. 어, 어, 엄마 안 바다오."

여전히 충분하게 알아들을 수가 없었다. 세수한 다음에 다시 이야기하자고 했더니 잠바를 벗어 내팽개치면서 "피요 언서! 다 가! 나느······" 손쓸 틈도 없이 지훈이는 괴성을 지르며 밖으로 뛰어나가 버렸다. 나는 잠시 얼어붙고 말았다.

"점심을 먹고 지훈이가 엄마에게 전화를 했대요. 하고 싶은 이야기가 많았겠지요. 그런데 특수반 친구인 형범이가 곁에 서 있다가 전화기 스위치를 눌러 버렸대요. 한창 이야기를 하고 있었는데 전화가 끊어진

거예요. 지훈이가 서둘러 다시 전화를 걸었지만 엄마가 받지를 않았대
요. 그래서 아직도 저렇게 울고 있어요."

특수반 선생님 말씀을 듣고 있는 동안 온몸이 뜨거워져 견디기 어려
웠다.

> 오늘은 늦잠을 잤습니다. 그리고 일어나서 공부하고 마당에 가서
> 놀다가 들어와서 컴퓨터 공부했습니다. 그리고 삼척 이마트에 가
> 서 구경하고 오다가 삼척 중앙시장에 가서 구경하고 왔습니다. 집
> 에 와서 저녁식사 하고 이를 닦고 놀다가 잠을 잤습니다.
>
> (3월 27일 일요일)

월요일 아침, 지훈이 얼굴에 웃음이 가득했다. 좀처럼 보기 힘든 모
습이어서 솔직히 놀라웠다. 출근하는 나를 기다린 듯 1층 계단에서부
터 손을 흔들며 반겨 주었고 팔짱을 낀 채 교실로 같이 들어왔다. 귓속
말로 내가 물었다.

"좋은 일 있어요?"

나를 따라 지훈이도 귓속말로 말했다. 노래를 부르듯이.

"이, 이요이레 엄마 만나따오."

반가운 이야기에 덩달아 흐뭇해진 나는 지훈이가 엄마를 만나서 한
일을 잇달아 물어보았다. 신명 나게 대답하는 지훈이. 나는 녀석의 일
기에 큼지막한 글씨로 댓글을 달아 주었다.

"엄마를 만나서 행복했던 기분은 왜 안 적었어요? 나에게 자랑하듯

이 기분 좋게 써 줘요.^^"

퇴근하는 내 발걸음도 가벼웠다. 기대는 그저 기대로 그치겠지만, 지훈이 덕에 만족스러운 하루를 보낸 나는 다음 날 아침이 기다려졌다. 일주일에 꼭 한 번 읽는 지훈이 일기도 내겐 설렘이었다.

> 학교 갔다 와서 아빠와 함께 공설운동장 체육관 가서 태권도 시합 구경하고 집으로 왔습니다. 일요일에는 집에서 공부 좀 하고 방 청소 하고 마당에서 자전거 타고 놀다가 저녁식사 하고 책을 챙기고 TV보다가 잠을 잤습니다.
> 선생님 잘해 주시고 감사합니다. 선생님, 엄마 이야기해서 아빠한테 혼났습니다. 물어보지 마세요. (4월 3일 일요일)

순간 숨이 멎는 듯했고 녀석의 일기장 위로 나도 모르는 눈물이 뚝 떨어졌다.

아침 공부를 알리는 종이 울렸다. 시끄럽고 어수선했던 교실은 그제야 고요해졌다. 지훈이 빈자리를 뒤늦게 알아차린 순형이. 망설임 없이 묻는다. 지훈이 어디 갔느냐고. 역시 참을 수 없는, 가벼운 입이다. 하지만 한편으로는 고맙다. 무심한 다른 아이들과 달리 지훈이에게 작은 관심을 보여 준 것이니까. 첫째 시간부터 넷째 시간까지 내내 평온했다. 아이들은 지훈이가 없는 하루를 꽤 즐기는 듯 보였다.

> 학교 갔다 와서 밤차 고속버스 타고 서울 도착하여 모델 하우스

에 잠을 자고 아침에 전철 타고 병원에 도착하여 이를 치료하고 장착했습니다. 아파서 혼났습니다.

서울에는 사람이 많고 차도 많고 혼잡한 대도시였습니다. 구경도 하고 잘 갔다 왔습니다. (4월 20일 수요일)

목요일 아침에 만난 지훈이는 씩씩했다. "아파서 혼났습니다"고 고백하면서도 보건 선생님이나 특수 선생님을 찾아다니며 어리광을 부리지 않았다. 오히려 내게 "선새니, 오느 야우해오?" 하고 발랄하게 물으며 노는 시간을 기다리는 눈치였다.

점심시간, 여느 때와 마찬가지로 지훈이 곁에서 밥을 먹었다. 두 달 남짓 시간이 흘렀는데도 지훈이 가까이서 밥을 먹는 사람은 나와 사내아이 두셋뿐이다. 반장 보금이는 때때로 물을 담은 컵을 지훈이에게 건네곤 한다. 여자아이로는 오직 그 아이뿐이다.

구부러지지 않는 손가락을 써서 숟가락과 젓가락을 다루는 지훈이 모습은 거의 묘기에 가깝다. 이빨마저 성하지 않으니 밥과 반찬을 흘리지 않고 먹으려면 얼굴과 식판이 늘 맞닿아 있을 수밖에 없다. 그렇게 힘들게 밥을 먹으면서도 급식소를 오가는 모든 사람들에게 눈길을 주어 아는 척을 하고 배 속에 음식을 쑤셔 넣듯이 두세 그릇을 뚝딱 비운다.

운동장으로 나오자마자 지훈이는 티볼공을 달라고 보챘다. 마음먹은 대로 빠르고 정확하게 멀리 던질 수는 없지만, 녀석에겐 던지는 공하나하나가 모두 기쁨이다.

오늘 지훈이는 전문 야구 선수들 가운데 왼손잡이 투수가 하는 투구 자세를 보여 주었다. 우아! 포수를 맡은 나와 놀이에 함께 어울린 아이들 모두가 적잖이 놀랐다. 몇 주 지나면 어설픈 동작으로도 홈런을 치는 방망이 실력을 보여 주려나?

커 가는 상황에서 싸울 수도 있고 맞을 수도 있겠지만 지훈이는 수차례로 수술을 양 손가락 분리와 머리 수술하였고, 현제 입 구강에 장착했습니다. 차후에 얼굴 뼈 꺼집어내는 수술 할 계획입니다.
혹시나 하여 친구들에게 주의해 주었으면 선생님께 부탁드립니다. 몬난 부모가 지훈이에게 미안하고 여러 면에 부끄럽습니다.
(5월 22일 일요일)

지훈이 아버지께서 지훈이 일기장에 적어 보낸 짧은 편지였다. 이렇게 저렇게 궁리를 해도 무엇을 바라고 쓰신 것인지 정확히 알 수 없었다. 아이들이 지훈이에게 먼저 다가가지 않고 함께 놀지 않는 일이 걱정일 뿐 폭력이라 할 만한 것이 없었기에 더욱 그랬다.

약 한 달 전부터 점심밥을 먹은 뒤 저와 사내 녀석들 예닐곱이 모여 지훈이와 함께 야구를 하면서 신나게 놉니다. 침을 제때 삼킬 수 없을 만큼 크게 웃으면서 흠뻑 땀에 젖는 지훈이 모습이 놀랍습니다.
제가 보지 못하는 상황에서 이따금씩 지훈이가 다툼에 휘말리는 경우가 있겠지요. 그때마다 지훈이는 물론 다른 아이들의 속마음을 먼저 다독이겠습니다. 참을성 있게 이야기를 듣고 아픈 곳을 어루만지며 억울함이 없도록 잘 살피겠습니다. 담임 이정석 드림

(5월 23일 월요일)


선생님들과 차를 한잔 마시고 교실로 들어서니 사내 녀석들 여럿이서 코를 싸쥐고 괴로운 표정을 지으며 웅성거리고 있었다.

"선생님, 지훈이가 화장실에서 똥 싸고 물을 또 안 내렸어요."

이번에도 순형이었다. 작은 체구에서 어쩌면 저리도 큰 소리가 나오는지. 지훈이 쪽으로 고개를 돌려 눈을 맞추었다. 자기는 아니라는 표정이었다. 녀석의 팔을 왈칵 잡아채어 화장실로 끌고 가다시피 했다.

변기 둘레가 난장판이었다. 냄새는 말할 것도 없었다. 화장지를 길게 뽑아 바닥을 닦았다. 기다란 호스를 수도꼭지에 끼우고 물을 세차게 틀어 솔질을 했다. 지훈이에게도 솔 하나를 우악스럽게 건네어 스스로 닦게 했다. 그렇게 청소하는 동안에도 쉴 틈은 있었다. 손바닥을 들어 녀석의 등을 여러 번 세차게 내리쳤으니.

공부를 다 마치고 아이들 모두가 집으로 돌아간 뒤에도 지훈이는 움직일 줄 몰랐다. 시무룩한 표정, 무엇인가를 깊이 생각하는 듯했다. 한참을 앉아 있다가 소리 내지 않고 일어나서 천천히 내게 다가왔다. 삐죽 내민 아랫입술에 맑은 침이 가득 고였다. 녀석은 들릴 듯 말 듯 한 목소리로 어렵게 말을 꺼냈다.

"서, 서, 선새니 제, 제소해오."

그러면서 온전하지 못한 두 손으로 내 어깨를 아주 잠깐 따뜻하게 주물러 주었다. 쉬이 드러낼 수 없는 뜨거운 무엇이 가슴을 쳤고, 목이 메어 아무 말도 할 수 없었다.

이정석, 동해 북평초등 (2011.5)

# 친구 없는 미영이와 그림책《알도》

미영이는 늘 내 둘레를 서성거린다. 또래 아이들보다 생각이나 행동이 어려서 뭘 하면 늘 쩔쩔매는 미영이. 공부도 제대로 따라오지 못하고 가위질, 풀칠, 줄 긋는 것들이 모두 서툴다. 글자도 모르는 게 많다. 목소리도 끊기듯 이어지듯 해서 말할 때 여러 번 되물어야 한다.

오늘은 점심을 먹고 남은 시간에 컴퓨터에 앉아 일을 하는데 미영이가 다가와서 가만히 있다. 시간을 보니 공부 시작 5분 전이다. 들어가라고 말하려다 보니 문득 안돼 보였다. 그래서 책을 한 권 가져와서 읽어 달라고 했다. 미영이는 얼른 뛰어가더니 존 버닝햄의 그림책《알도》를 들고 왔다. 전에 미영이가《알도》를 읽거나 갖고 있는 것을 두어 번 보았던 기억이 난다.

"알도가 좋아?"

"네."

"제일 좋아하는 그림책이구나."

"네."

"왜 좋아해?"

"나도 친구가 없으니까 알도 같은 토끼 친구가 있으면 좋겠어요."

미영이 목소리가 조금 떨렸다. 갑자기 슬퍼졌다. 미영이는 친한 친구가 없다. 붙어 다니는 친구가 없는 것이다.

"어, 미영이는 친한 친구가 없었구나. 근데 미영이는 누구하고 친하고 싶어?"

"소리하고요, 김지은이요."

"그래, 좀 있으면 미영이도 좋은 친구 생길 거야."

내가 해 줄 수 있는 말은 겨우 이만큼이다.

"미영아, 어서 책 읽어 봐."

미영이는 내가 자기 마음을 알아준 게 신이 났는지 제법 들뜬 목소리로 책을 읽는다. 먼저 그림을 보고 나한테 설명을 한 다음 글을 읽었다. 그러다가 알도가 아이와 초를 들고 줄타기하는 장면이 나오자 조금 흥이 나서는, "이거요, 알도랑 이 아이랑 줄을 타고 어디 가는 거예요."

미영이는 19쪽 장면도 좋아했다. 알도와 아이가 손을 잡고 이제 곧 밤이 올 듯한, 노을이 붉게 진 어둑한 저녁, 강에서 스케이트를 탄다. 둘레는 어둡지만 아이는 알도가 있어 안심이다. 어디든지 갈 수 있는 것이다.

"둘이 어디로 가고 있어요."

이렇게 말하는데 얼굴에 웃음이 가득하다. 미영이도 이런 친구와 어디든지 가고 싶겠지. 책장을 쭉 넘기다가 23쪽, 알도가 그네에 탄 아이를 밀어 주는 장면에 이르자 미영이는 뿌듯한 얼굴이 되어서 "알도가요, 아이를 밀어 주는 거예요." 한다.

미영이는 알도가 자기 친구라도 되는 듯 행복한 얼굴이다. 그러고 보니 알도가 내민 두 손이 참 믿음직스럽고 다정해 보인다.《알도》를 읽다가 체육 시간이라 밖에 나갔다. 나머지는 나중에 읽기로 했다.

끝나고 교실로 들어오는 길에 미영이가 가까이 오길래 손을 잡았다. 그러다가 어깨동무를 했다.

"우리 엄마도 이렇게 하는데, 선생님도 엄마 같애."

미영이는 내 팔을 빼더니 대신 자기 팔을 내 어깨에 얹었다. 까치발을 해 가며 가까스로. 우리는 환하게 웃었다.

공부가 끝나고 청소를 하는 사이 미영이는 학습반에 공부하러 갔다. 청소가 끝나자 미영이는 사탕 한 개를 들고 왔다. 미영이는 나머지 이야기를 읽었다.


……물론 알도를 까맣게 잊고 지내는 날도 있겠지만.
나에게 힘든 일이 생기면……
알도는 언제나 내 곁에 있을 거야.


다 읽고 책을 덮자 미영이가 나를 보며 말했다.

"응, 저도 부족하고 소리도 부족하니까요, 둘이 친구처럼 지냈으면 좋겠어요. 소리가 좀 지저분하지만 제가 잘해 줄 거예요."

미영이는 알도처럼 다정하고 힘이 되는 친구로 소리를 생각한 것 같다. 난 속이 깊고 착한 미영이 앞에서 모든 게 미안해졌다. 미영이 손을 꼭 잡고 말했다.

"내가 미영이한테 화내고 야단칠 때 많았잖아. 이제는 늦게 한다고 뭐라 그러지 않을게. 그리고 많이 많이 도와줄게."

미영이는 웃으면서 끄덕였다. 그리고는 내 손에 있는 책을 빼서 얼른 책꽂이에 꽂아 두고 집에 갔다.

존 버닝햄의 《알도》는 미영이처럼 쓸쓸한 아이의 친구다. 그동안 존 버닝햄의 작품을 읽으면서 좋아하기는 했지만 오늘은 정말 깊은 감동을 받았다. 그는 상처받은 아이들의 영혼을 위로해 주는, 아이들의 진정한 벗이다!

강승숙, 인천 주안남초등 (2001.7)

# "건형아, 너네 집에는 누가 살아?"

오늘이 3월 마지막 날이다. 새 학기 시작하고 지금까지 건형이와 하고 싶은 공부를 못 했다. 올해 내가 담임을 맡은 5학년 아이들은 우리 학교 선생님들이 다들 손사래를 치는 아이들이다. 남자아이들이 장난이 무척 심하다. 잠시 쉬는 틈만 있으면 다툼이 일어난다. 어쩌다가 다툰 게 큰 싸움이 되어 울고불고 난리가 난 것이 벌써 다섯 번은 된다. 그러다 보니 건형이와 제대로 공부할 엄두를 내지 못했다.

건형이는 말을 옳게 못 한다. 도무지 뭐라 하는지 똑바로 알아들을 수가 없다. 우리가 하는 말을 듣기는 듣는데, 입으로 나오는 소리는 아주 짧은 낱말 하나로 된 말인데도 알아들을 수 없다. 대충 짐작만으로 알아들은 척하고 내 입으로 되풀이해 말해야 한다. 내 말이 틀리면 건형이는 목소리를 높여 다시 말한다. 그러면 나도 얼른 머리를 굴려 다른 낱말을 말한다. 그렇게 해서 두 사람 말이 같아야, 건형이는 희죽 웃으며 좋아한다. 두 사람 말이 같은지는 건형이만 알고, 나는 건형이 얼굴을 보고 짐작할 뿐이다.

오늘은 쓰기 시간이 두 시간 들었고, 이어서 미술 시간이 두 시간이다. 쓰기 시간에는 아이들과 약속했던 '우리 집 이야기'를 썼다. 설명하는 글쓰기다. 지난 국어 시간에 그림책《만희네 집》을 읽어 주었다. 집에서 이것저것 조사를 해 오라 했고, 어찌 쓸지 지난 시간에 얼개를 짜기도 했다. 아이들이 조용히 글을 쓰기 시작했다. 나도 건형이와 글을 쓰기 시작했다.

"건형아, 너네 집에는 누가 살아?"

"하머이."

"할머니?"

"응, 하머이."

"그러면 여기에다 '우리 집에서 할머니가 살아요' 하고 써 보자."

건형이가 글을 쓰기 시작했다. 글씨를 어찌나 획획 쓰는지 천천히 쓰라고 몇 번을 말했다. 낱말 하나만 빨리 쓰고는 내 입만 쳐다본다.

내가 하는 말을 그대로 옮겨 쓸 작정이다. 나는 계속해서 "우리 집에서 할머니가 살아요"라는 말만 해 주었다. 드디어 건형이가 원고지 첫 줄에 "우리 집에서 할머니가 살아요" 하고 썼다.

"그리고 또 누가 살아?"

"형아."

"형도 있어?"

"있어."

"그래, 그러면 그것도 써 보자."

건형이는 두 번째 줄에 "우리 집에서 형아가 살아요" 하고 휙 썼다.

이렇게 써 놓고는 어쩔 줄 몰라 한다. 이리저리 왔다 갔다 한다. 연필을 깎으러 간다. 친구들이 뭐 하나 쭉 둘러본다. 건형이를 다시 불러 앉히고 물었다.

"집에 또 누가 살아?"

"하아버지."

"할아버지도 계셔?"

"응, 있어."

"건형이, 너 할아버지 없잖아."

글을 쓰고 있던 남규가 할아버지 없다고 끼어든다. 이제부터 건형이는 계속 엉뚱한 대답만 한다. 조용히 글을 쓰던 아이들도 건형이가 뭐라 말하나 그것에만 귀를 쫑긋한다. 건형이가 엉뚱한 말을 하면 깔깔 웃어 댄다. 이제 이 공부 그만해야 하나 싶었다.

마침 첫 시간이 다 끝나 간다. 그래서 쉬라고 했다. 나도 내 자리에 돌아와 가만 앉았다가 낱말 카드를 만들었다. 남규를 불렀다. 건형이 이웃에 사는 남규는 건형이네 집안 사정을 잘 안다. 종이를 잘라서 그곳에 글을 썼다. 어머니, 아버지, 토끼, 소, 염소, 돼지, 할머니, 할아버지, 누나, 형, 동생, 흰둥이. 이렇게 낱말 카드를 열두 장 만들었다.

다시 건형이를 불렀다. 건형이 앞에 낱말 카드를 쭉 펴 놓았다.

"너네 집에 살고 있는 것만 골라 봐."

낱말 카드를 고른다. 잘못 고를 때는 내가 따지듯 물었다.

"너네 집에 돼지가 있다고?"

"없어."

"그런데 왜 그것 가져가. 가져와."

그러면서 카드 여섯 장을 골랐다. 그 카드를 앞에 놓고 한 줄 한 줄 다시 글을 쓰기 시작했다.

우리 집

우리 집에서 할머니가 살아요.
우리 집에서 형아가 살아요.
우리 집에서 흰둥이가 살아요.
우리 집에서 염소새끼가 풀어서 살아요.

우리 집에서 아버지가 살아요.
우리 집에서 어머니가 살아요.
우리 집에서 내가 놀아요.

카드에 없는 마지막 줄은 한참 이야기를 주고받고야 쓸 수 있었다.

"건형아, 다음 시간에는 나하고 미술 할 거니까 미술실 가지 말고 교실에서 기다려. 알았지?"

건형이 눈을 보고 또박또박 말했다. 건형이 눈동자가 소리가 들릴 듯 크게 움직인다.

다음 시간은 미술 시간이다. 미술 선생님께 가서 건형이를 보내지 않겠다고 말했다. 교무실에 가서 차 한 잔 마시고 돌아오니 다른 아이들은 다 미술실에 가고 건형이만 교실에 남아 있다.

이번에는 그림 그리기다. 예전에 고천분교에서 의현이가 한글을 익힐 때 하던 공부 방법이다. 도화지를 접어 여덟 쪽짜리 그림책을 만드는 거다. 우선 책을 만들어 주고 원고지에 썼던 글을 한 쪽에 한 줄씩 옮겨 쓰도록 했다. 정성 없이 획획 옮겨 쓴다. 여덟 쪽에 글을 다 쓰고는 그림을 그리게 했다. 집도 그리고, 할머니도 그리고, 염소도 그렸다. 나는 도저히 알아볼 수 없는 그림이지만 쓱쓱 쓱쓱 거침없이 신나게 그리고 색연필로 색을 칠했다. 그림책을 다 만들었다.

내가 한 장씩 넘기면 건형이는 신나게 글을 읽었다.

"우리 지에느 여소새끼가 푸어서 사아요."

강삼영, 동해 망상초등 (2006.3.31)

괜히 한번

# 콘돔 사건

1

1학기가 다 끝나 갈 7월 어느 날, 5교시 마치고 청소 시간.

청소 시간이 되면 나도 3층 우리 교실로 올라가서 아이들과 같이 청소를 한다. 책걸상을 옮기기도 하고, 비질이나 밀대걸레질을 하기도 하고, 걸레를 빨아서 창틀이나 교실 구석에 먼지를 닦기도 한다.

그런데 이날은 내가 빗자루 들고 교실 바닥을 쓸다가 콘돔을 하나 발견했다. 잠시 망설였다. 이걸 짚고 넘어가야 하나, 못 본 체하고 지나가나.

콘돔을 주워 들고는 잔뜩 목소리에 힘을 넣었다.

"모두 동작 그만."

아이들 눈길이 내 손끝으로 쏠렸다.

"이거 어느 놈 거야?"

"샘, 거기 진석이 자리 밑인데요?"

"진석이 니 꺼가?"

"아니 선생님, 저를 어떻게 보십니까?"

"그럼, 누구 꺼고?"

"선생님."

운동장 쪽 창가에 석빈이다.

"석빈이 니 꺼가?"

"아뇨."

"그럼, 왜 부르노?"

석빈이가 지갑을 열더니 지갑에서 콘돔 하나를 꺼내 들고 이렇게 외쳤다.

"샘! 저는 늘 지갑에 이렇게 콘돔을 넣고 다닙니다."

우리 반 아이들이 엉뚱한 짓을 잘하긴 하지만 뜻밖이다. 콘돔을 지갑에 넣고 다닌다니. 아이들도 전혀 상상 못 했다는 반응이다.

"야 인마, 니가 그걸 뭐 할라꼬 갖고 다니노?"

그러자 석빈이가 아주 진지하게 이렇게 말했다.

"선생님! 저는 어쩌다 올지도 모를 그날을 위해 늘 준비하고 다닙니다."


2

2학기가 다 끝나 갈 12월 어느 날이다.

우리 반에서 문학 수업을 한창 하고 있는데 창희 책상 위에 두툼한 지갑이 눈에 띈다.

나는 공부 시간에 한자리 가만 서서 수업하지 못한다. 이쪽저쪽 왔다 갔다 하면서 떠들어 대는 버릇이 있다. 아이들이 앉아 있는 골목으로도 들어갔다 나왔다 하면서.

그렇게 아이들 사이를 들어가다 창희 책상 위에 지갑을 보았다. 평범했으면 그냥 지나쳤을 텐데 유난히 지갑이 두툼해서 집어 들었다.

"뭐가 들었길래 지갑이 이래 불룩하노?"

"선생님, 사생활입니다."

"그러면 나는 사생활 침해다. 함 보자. 뭐가 들었는지."

"아! 선생님, 안 되는데요."

"니도 누구처럼 콘돔 넣고 다니나?"

그러자 옆 분단에 앉은 석빈이가 끼어든다.

"아아! 선생님, 인자 저는 그런 거 안 갖고 다닙니다. 보십시오."

그러면서 지갑을 나한테 내민다.

"아니, 그럼 벌써 써먹었구나?"

"아아! 선생님, 아닌데요. 써먹다뇨. 저를 어떻게 보십니까?"

"그라모 그렇게 소중하게 갖고 다니던 콘돔은 어쨌노?"

"버렸지요."

"아닌 것 같은데?"

"아아아, 선생님."

옆에서 아이들도 한마디씩 거든다.

"선생님, 석빈이 1학년 여학생이랑 사건 지 오래됐는데요."

"2학기 시작할 때부터 사겼는데요."

"학교 올 때 기다렸다 같이 오는데요. 집에 갈 때도 따로 만나고."

"아니, 석빈이 너?"

"선생님, 아닌데요. 정말 아닙니다."

그렇게 또 한바탕 웃고 넘어갔다.


3

그렇게 지내던 아이들이랑 헤어지고 나는 학교를 경남여고로 옮겼다. 겨울방학 때 문집을 만들려고 했는데, 교지 만든다고 문집은 손도 못 대고 던져두었다.

봄방학 때 겨우 완성해서 인쇄소에 넘겼더니 3월 2일이 되어서야 문집이 나왔다. 문집을 차에 싣고 전에 학교로 가서, 아는 선생님한테 부탁해서 좀 나눠 주라고 하고 왔다. 비록 떠난 지 며칠 되지 않았지만 손이 에려웠다. 아이들도 이제 3학년이고, 3월 학기 초라 쥐 죽은 듯이 공부하는 반에 불쑥 들어가서 문집 나누어 준다고 소동을 벌일 수는 없었다.

그렇게 부탁하고 돌아온 다음 날 아이들에게서 문자가 왔다.

"선생님 문집 진짜 재미있어요."

"선생님 반 학급 일기 재밌어요."

"샘 전 이과 반인데 문과 애들한테 문집 빌려서 읽고 있는데 진짜 재밌네요."

지난해 문과 반만 가르쳐서 문과 애들 글만 문집에 실렸다. 짐작이

간다. 문집 때문에 온 학교가 시끄럽겠구나. 누구한테인지는 몰라도 미안한 마음이 든다.

그런데 석빈이한테서 문자가 왔다.

"선생님! 전 이제 살아갈 의욕을 완전히 상실했습니다."

아니, 이게 무슨 말인가. 이놈이 왜 의욕을 상실했단 말인가. 문집에 실은 글 때문인가. '개구라장이 우리 누나'란 석빈이 글이 문집에 실렸다. 누나가 생일 선물로 금반지 사 준다고 했다가 안 사 주고, 3만 원짜리 안경 쿠폰 준다고 했다가 안 주고 해서, 누나한테 대들고 욕한 이야기다. 그 때문에 풀이 죽은 건가 싶어서 답 문자를 썼다.

"석빈아, 너무 걱정하지 마라. 시간이 지나면 아무것도 아니다. 힘내라."

그러자 답이 왔다. 이번에도 역시 풀 죽은 목소리가 그대로 느껴진다.

"선생님 괜찮습니다. 이대로 살면 됩니다."

집에 와서 다시 문집을 뒤적이다가 문집 맨 뒤에 편집 후기를 보고 가슴이 뜨끔했다.

'아차, 이거구나. 이것 때문에 석빈이가 항의 문자를 한 것이구나.'

후기에 이런 이야기를 써 놓았다.

"돌아보니 너희들하고 지내면서 참 웃을 일이 많았다. 이 글을 쓰면서도 웃음이 나와. 우리 반 콘돔 사건이 떠올랐거든."

이렇게 시작해서 석빈이 콘돔 이야기를 이름을 밝혀 놓고 자세하게 써 놓았다.

누워서 생각하니 잠이 오지 않는다. 내가 아이들 인권을 존중하자고 입으로 외치던 말이 모두 가짜였구나. 어떻게 아이들을 배려하지 않고 내 좋을 대로만 생각하고 썼을까. 석빈이가 이 글 때문에 얼마나 곤혹스러울까.

이 일을 어떻게 하면 좋을까. 내일 학교 마치고, 야간 자율 학습 시간에 개성고로 찾아가서 석빈이에게 사과하고, 문집을 모두 거두어서 없애 버릴까. 아무래도 그래야 되겠구나. 아! 석빈이에게 너무나 큰 상처를 주었구나. 정말 미안하다.

다음 날 아침, 학교로 가면서 석빈이에게 전화를 걸었다.

"석빈아, 정말 미안하다."

"괜찮습니다."

"석빈아, 내가 몰랐다. 편집 후기에 써 놓은 콘돔 이야기 때문에 충격받았제?"

"선생님, 저는 이제 우짭니꺼? 변태라고 전교에 소문이 다 났는데요."

"그렇제. 정말 미안하다."

"괜찮습니다. 이대로 변태로 살면 됩니다."

"석빈아, 내가 오늘 수업 마치고 야자 시간에 가서 문집 다 거두어서 불 태워 버릴게. 우선 그렇게라도 하자."

"그라면 뭐합니꺼. 아이들이 벌써 다 읽고, 전교에 소문이 다 났는데요."

"아! 그렇나. 어짜지. 정말 미안하다. 내가 생각 없이 글을 썼다."

"선생님, 괜찮습니다. 걱정하지 마십시오."

그러면서 오히려 나를 위로해 주려는 석빈이가 참 고마웠다.

4

5월 2일에 영환이한테서 문자가 왔다.

"쌤님 ㅋㅋ 스승의 날에 찾아뵙겠습니다. 사랑합니다.♡♡♡ ㅋㅋ"

그랬는데 15일은 쉬기로 했다고 하루 전에 찾아왔다. 나는 3학년 9
반에서 수업을 하고 있었다. 수업 들어오기 전에 전화가 왔기에 수업이
있으니까 교무실에서 기다리라고 그랬다.

공부 마치기 10분 전쯤에 누가 교실 앞문을 똑똑 두드린다.

"예, 들어오세요."

이놈들이 교무실에서 기다리지 않고 내가 공부하는 5층 교실로 찾
아 올라온 것이다.

대뜸 들어서더니 반장이던 진석이가 교탁에 케이크를 올려놓고 초
에 불을 붙인다. 나머지 일곱 명은 칠판 앞에 쭈욱 늘어선다. 그러다가
영근이가 빈자리 하나를 보고 터벅터벅 걸어가더니 그 빈자리, 여학생
옆자리에 턱 앉는다. 그러더니 여학생들한테 부탁했다.

"저기요. 노래 좀 같이 불러 주시지요."

그러자 여학생들이 까르르 웃으면서 '스승의 은혜'를 합창한다.

노래가 끝나고 내가 촛불을 끄자 이번에는 한 놈씩 팔을 벌리고 포
옹을 한다. 진석이, 석빈이, 준호, 영환이, 영근이, 백산이, 정훈이, 용준
이 차례로 꼬옥 안았다. 공부하던 여학생들이 모두 손뼉을 쳐 주었다.
먼저 교무실로 내려가 있으라 하고 나는 잠시 종 칠 때까지 기다렸다

가 나왔다.

아이들을 데리고 저녁을 먹으러 나가다가 운동장에서 교장 선생님을 만났다.

"교장 선생님, 안녕히 계세요."

"그래, 잘 가거라."

벌써 인사를 나눈 눈치다. 아까 내 기다리면서 교장 선생님을 만났단다. 이번에는 교장 선생님한테 팔을 벌리고 가더니 꼬옥 안아 드린다. 영근이가 먼저 시작하자 나머지 놈들도 차례로 교장 선생님과 작별 포옹을 한다. 노처녀 교장 선생님이 그걸 다 받아 주신다.

네 명은 내 차에 태우고, 네 명은 택시 타고 오라고 하고 부산역 앞에 있는 중국집 '사해방'으로 갔다. 큰 원형 탁자에 둘러앉았다. 전에 부산 글쓰기회 송년 잔치 때 앉았던 자리다.

앉자마자 이야기보따리가 터진다. 〈내일은 또 어쩌지〉 문집 때문에 정수가 지혜랑 사귀게 됐다는 게 가장 큰 뉴스였다. 정수가 초등 2학년 때 엄마랑 헤어져 아버지랑 살아왔는데, 일곱 살 때 엄마 아빠가 이혼하고 살아온 지혜 이야기를 읽고서 지혜한테 가서 그랬단다. "지혜야, 술 한잔하자." 그렇게 해서 둘이 만나게 되었고 지금은 사랑에 불이 붙었단다.

민성이가 야자 시간에 컴퓨터실에서 야동 보다 선생님한테 걸려 뒈지게 맞은 일 하며, 욱제는 결석 안 하고 착실하게 학교 잘 다닌다는 이야기, 권율이랑 1반 반장 하던 미래랑 사귀게 되었다는 이야기, 지환이는 여전히 지각 대장이라는 이야기, 휘영이는 이제 담임도 포기할 정도로 개판 치고 있다는 이야기. 영환이가 담임선생한테 따귀 맞은 이야기를 할 때는 꼭 어디서 맞고 와서 아버지한테 일러바치는 것 같았다.

그렇게 두 시간쯤 밥 먹고 이야기를 나누다가 헤어질 시간이 왔다. 모두 다시 학교로 가서 야자를 해야 하거나, 체육관으로 가서 운동을 해야 하는 아이들이다. 고3이라는 처지가 그랬다.

다시 한 사람씩 포옹을 하고 헤어지는데 석빈이가 나를 안고 귀에 대고 속삭인다.

"선생님, 이거 제가 드리는 선물입니더."

그러면서 양복 윗도리 가슴주머니에 무엇을 슬쩍 넣어 준다.

"뭐고?"

"비밀인데요."

그러자 아이들이 눈치채고 콘돔이라고 말해 주었다.

우린 또 한바탕 웃었다.

나도 석빈이처럼 어쩌다 올지 모를 그날을 위해 늘 주머니에 넣고 다녀야겠다.

아! 넣고 다니는 것만도 황홀할 것 같다.

구자행, 부산 경남여고 (2007.5.18)

# 특별 상담

"선생님, 제가 왜 여기에 끼이야 되는지 이해가 안 갑니다."

"영민이는 감 따러 가는 거에 불만이 많은 모양이구나."

"예, 제가 결석을 했습니까, 지각을 했습니까?"

"그래. 니는 결석도 안 하고, 지각도 안 하지."

"그런데 왜 제가 이 집단에 들어갑니까?"

"내 차로 갈 건데 내 차에 탈 수 있는 사람이 다섯 사람 정도밖에 안 되잖아. 그래서 할 수 없이 개성이 강한 순서대로 뽑은 건데, 그래 영민이는 안 가고 싶나? 가기 싫으면 안 가도 된다. 가고 싶은 애들은 많으니까."

"가기는 갈 건데요. 그래도 이해는 안 되는데요."

"다른 애들은 지각 많이 하고, 결석 자주 하는 애들인데, 잘 생각해 봐라. 니는 왜 뽑혔는지."

"모르겠는데요."

"니는 평소 말과 행동이 통제가 안 되잖아. 그래서 뽑힌 건데."

"아니, 선생님. 그거하고 그거하고 같아요?"

"그래 다르지. 다르지만 나는 니하고도 특별 상담을 하고 싶은데."

"예, 가겠습니다."

일요일 하루 밀양 우리 감나무밭에 데리고 가서 그냥 놀다 오고 싶었다. 말이야 애들한테 '특별 상담' 한다고 그럴싸하게 둘러댔지만 그냥 하루 몸으로 만나 놀다 오는 거지 달리 상담을 할 생각은 없었다. 그래도 아무나 데려가겠다는 것은 아니었고, '요놈들을 데리고 가야지' 하고 생각해 둔 놈들은 있었다. 다들 가고 싶어 할 것 같아서 특별 상담이라고 이름을 지었다.

교실에 가서 다섯 놈을 발표하고, 이번 일요일에 밀양 우리 집에 가서 감도 따고 특별 상담할 테니까 집에 미리 말해 두라고 했다. 다른 애들은 모두 벌치고는 괜찮은 벌이라 생각하는지 수긍하는데, 영민이가 불만이었다.

중학교 때 아버지한테 심한 폭력을 당한 뒤로 세상에 마음을 닫아 버린 성찬이. 자살한다고 유서 써 놓고 지하철에 뛰어들러 갔다가, 뛰어내리려는 찰나 옆에 아주머니가 안고 있던 고양이가 지하철로 뛰어들어 받혀 죽는 것을 보고 돌아섰다고 한다. 성찬이는 학교에 와서 아이들을 보고 있는 것조차 못 견디겠단다. 거식증까지 있어 하루 한 끼도 제대로 못 먹는다. 어떤 날은 물만 먹어도 올린다고 그랬다. 밥을 못 먹어 내니 몸이 버티지를 못하고 면역도 약해져서 걸핏하면 아프다. 그러니 아침에 힘이 없어 일어나지 못한다. 가만히 누운 채로 자기 생각에만 빠져 있는 게 가장 마음 편하다고 한다.

민제. 2학년 올라오자마자 학교 안 다니겠다고 난리를 쳤다. 1학년 때 실업계로 전학 가겠다는 걸 부모가 반대해서 무산된 뒤로 부모를 믿지 않는다. 민제 어머니랑 셋이 앉아서 이야기하고 어머니가 돌아가자 민제가 그랬다.

"선생님 앞에서 하는 말 다 거짓말인데요. 그 인간 이중 인간인데요. 정말 가증스러워요."

민제는 4월과 5월 두 달을 학교에 나오지 않았다. 그 뒤로도 지각과 결석을 밥 먹듯이 했다. 그러던 민제가 2학기 들어 지각도 안 하고 학교를 꼬박꼬박 나온다. 웃으면서 이제부터 학교 잘 다닐 거라고 그랬다. 나는 한 일이 없다. 그저 오랫동안 기다려 준 것밖에 없다. 옆에 선생님들이 뭐라고 하건 믿고 기다렸다.

상훈이. 지각 대장에다 보충수업 빼먹고 달아나는 것이 특기다. 지난 학기에는 사귀던 여학생이랑 헤어져 한동안 얼빠진 놈처럼 정신을 못 차리기도 했다. 보충수업 빼먹고 도망쳐도 다음 날이면 해죽이 웃고 나타나 능청스럽게 먼저 인사를 걸어온다. 가끔 나한테 안부 문자를 보내기도 한다. 도망치는 이유를 물어보니, 같이 노는 친구들이 모두 실업계에 다닌단다. 그러니 정규 수업만 마치면 좀이 쑤시는 모양이다. 친구들은 지금쯤 모여서 피시방에서 게임을 즐기거나 오토바이 타고 신나게 달리고 있을 텐데 생각하면, 교실에 앉았어도 마음은 벌써 콩밭이다.

재영이. 가끔 사나흘씩 무단결석을 한다. 위로 누나가 넷인데 큰누나는 시집갔고, 작은누나 둘은 큰누나 집에서 생활하고, 바로 위에 누나도 회사 기숙사에서 지낸다. 집에는 아버지, 어머니랑 셋이 산다. 아버지는 택시 운전하고 어머니가 일찍 일 나가면서 깨워 놓지만, 어머니가 나가고 나면 또 누워 자다가 학교에 늦기 일쑤다. 자다가 깨서 늦게라도 오면 다행인데 아예 학교를 안 오기도 한다. 밤늦게까지 아르바이트를 한다고 잠이 모자란단다. 아르바이트를 그만두라고 몇 번이나 다그쳐 보고 재영이 어머니한테도 말해 보았지만 부모도 못 이기는 눈치였다.

영민이. 알다가도 모를 아이다. 처음 만났을 때에 비하면 많이 나아졌다. 처음에는 행동조차 절제가 되지 않아 공부 시간에 제 마음대로 돌아다녔다. 그 점은 조금 나아졌지만 여전히 말은 참지 못한다. 선생님 말이나 친구들 말에 그냥 넘어가지 않는다. 꼭꼭 한마디씩 거들고 나선다. 씩씩거리면서 친구들한테 말대꾸할 때는 꼭 싸우는 것 같다. 욕도 곧잘 한다. 말에 절반이 욕이다. 바탕이 나쁜 아이는 아닌데 쉽게 고쳐지질 않는다.

더 데려가고 싶은 아이도 있지만 다음 기회로 미루고 먼저 이 다섯 놈부터 태워 가기로 했다. 일요일 아침 9시까지 학교 체육관 앞으로 모이라고 했다. 아침에 차를 몰고 학교로 가는데 재영이한테 문자가 왔다. 아르바이트하는 식당 사장이 주말인 데다 당일 말했다고 안 된다고 해서 못 가겠단다. 나흘 전에 알렸고, 어제까지도 가겠다던 녀석이다.

학교에 가니 9시 10분 전이다. 학교에는 무슨 행사 한다고 운동장을 빌려 주어 차 댈 곳 없이 붐빈다. 한쪽에 차를 대 놓고 둘러보니 저쪽에서 성찬이와 상훈이가 반갑게 인사한다. 성찬이는 한복 바지를 입었고 상훈이는 반팔 티에 예쁜 모자를 썼다. 민제한테 전화하니까 안 받더라고 한다. 나도 전화해 보니 안 받는다. 영민이는 손전화가 없다. 차에 타고 조금 기다리니 영민이가 나타났다. 나는 반가워서 기다리는데 영민이는 나를 보지도 않고 차 뒷문을 열고 앉는다.

"영민아, 왜 인사를 안 하고 그냥 타노?"

"타고 나서 할려고 했는데요."

"인사부터 해야 되겠나, 차부터 타야 되겠나?"

"아, 샘! 아침부터 왜 또 시비 겁니까?"

"야, 이게 시비가?"

"시비지요."

"나는 반가워서 얼굴 보고 싶은데 니는 말없이 뒷자리 앉으니까 하는 말이지."

"근데 샘, 제가 왜 이 집단에 끼이야 합니까? 저는 아직도 이해가 안 됩니다. 성찬이하고 민제는 결석을 많이 했고, 재영이하고 상훈이는 지각 대장이고, 저는 왜 문제아 취급합니까? 제가 왜 문제안데요?"

"얘들도 문제아는 아닌데. 나는 문제아란 말 한 적 없는데."

"그래도 문제 있는 애들 데리고 가는 거 아닙니까?"

"아! 좆만 한 새끼 졸라 말 많네. 민제한테 전화나 해 봐라."

"우아! 샘, 진짜 어이상실이다. 샘이 돼 가지고 어째 제자한테 욕을 하세요?"

민제는 끝내 전화를 받지 않았다. 밀양은 상훈이, 성찬이, 영민이, 나이렇게 넷이서 갔다. 성찬이는 얌전하게 내 옆자리에 앉았고, 상훈이와 영민이는 뒷자리에 앉아서 서로 자기가 멋있고 잘생겼다고 우기면서 갈 때까지 티격태격한다. 둘이 다투는 모습이 보기 싫지는 않다.

상동역에서 잠시 차를 세워 두고 늘 가는 고깃집에 들러 삼겹살을 샀다. 여수동으로 들어서니 동네가 온통 감 천지다. 발갛게 익은 감이 온 동네를 밝히고 있다. 아이들 입에서 감탄이 절로 나온다. 오기를 참 잘했구나 싶다.

어머니 계신 집에 닿으니 형님이 조카를 데리고 먼저 와 있었다. 조카 친구도 한 명 데리고 왔다. 아이들을 어머니께 인사시켰다.

"우리 반에서 제일 말 잘 듣는 귀여운 녀석들을 데리고 왔습니다."

"안녕하세요?"

"오냐, 우리 손자도 같이 데리고 오지 그랬나."

바로 감나무밭으로 갔다. 조카와 조카 친구가 벌써 한 무더기 따 놓았다. 붙임성이 좋은 조카라 만나자마자 이 녀석들한테 농을 건다.

"너거, 반에서 제일 농땡이들이제? 맞제?"

"아닌데요."

"뭐 머리 보니 딱 알겠네."

"우리 학교 아이들 머리 다 이렇게 긴데요."

"우아! 부산상고 좋네."

"부산상고 아니고 개성곤데요."

"맞다. 학교 바꿨제."

영민이와 상훈이는 앞치마를 두르고 사다리를 타고 올라가서 따고, 나는 나무를 타고 올라가서 손에 닿는 감을 따서 바구니에 담아 줄을 잡고 내려 주면 밑에서 성찬이가 받았다. 사람이 여럿이니 금방이다. 어림해 보니 열다섯 상자는 넘게 따야 나누어 가져갈 것 같다.

부지런히 땄다. 애들도 생전 처음 해 보는 일이라 신이 났다. 상훈이와 영민이는 서로 자기가 딴 감이 크고 이쁘다고 또 다툰다. 아이들은 저러면서 자라는가 싶다.

딴 감을 한곳에 모아 놓으니 제법 수북하다. 조카와 조카 친구는 가위로 감꼭지를 자르고, 나는 감을 상자에 넣었다. 내가 먼저 시범을 보이고 아이들한테도 넣어 보라고 했다. 나중에 한 상자씩 줄 거라고 했더니 아주 정성껏 담는다. 그렇게 정성껏 담아서는 그 상자에다 자기 이름을 써 놓는다. 내 보기에는 그 감이 그 감인데 자기가 정성껏 담은 상자에 더 마음이 가는 모양이다. 지난주에 이상석 선생님도 저렇게 정성껏 담아서는 그 상자에다 감 이파리를 붙여 두던 생각이 나서 혼자 웃었다. 모두 열일곱 상자다.

일이 끝날 때쯤 해서 빗방울이 듣기 시작했다. 마침맞게 일이 끝났다. 어머니가 점심을 해 놓았다. 우리가 감 상자를 옮겨 실을 동안 성찬이는 어머니 일을 도왔다. 텃밭에서 상추와 쑥갓을 뜯어다 씻고, 상 차리는 것도 도왔다.

삼겹살을 돌판에 구워 먹을 참이었는데, 비가 오는 바람에 부엌에서 프라이팬에 구웠다. 삼겹살 3만 원어치가 좀 많다 싶었는데 한 점도 남기지 않고 다 먹어 치웠다. 상추쌈에다 참기름 찍은 삼겹살을 얹고, 거기다 어머니가 만든 쌈장을 발라서 먹으니 모두 끝이 없다. 그러고도 밥은 두 그릇씩이나 비운다.

거식증이 걸려 학교에서 늘 점심을 거르던 성찬이도 오늘은 밥 한 그릇을 후딱 비웠다. 삼겹살구이도 잘 먹는다. 상추쌈에 올려 먹는 모습이 참 귀엽다.

"성찬이 밥 잘 먹네."

"네, 오늘은 잘 넘어갑니다."

"남의 집 귀한 외동아들을 데꼬 와서 이리 일을 시키가 되것나."

어머니도 성찬이를 거드신다. 같이 상추 솎으면서 성찬이 형제가 어찌 되는지 물어보신 모양이다.

점심 먹고 모두 마루에 앉아 이야기를 나누다가 성찬이가 한 사람 한 사람 손금을 봐 준다. 몰랐던 재주다. 형님도 손을 내밀고 성찬이 말에 귀를 기울인다. 성찬이는 신바람이 났다. 세상과 담을 쌓고 살던 염세주의자 같더니 오늘 웬일인가 싶다.

푹 쉬었다가 형님과 조카를 먼저 보내고 우리끼리 남았다.

"선생님."

"왜?"

"특별 상담은 언제 해요?"

"벌써 다했는데."

"언제요?"

"아까 감 딸 때."

"예에?"

"그때 감이랑 특별 상담 한 거였는데."

모두 웃었다. 집으로 오는 길에 뒤에 앉은 상훈이랑 영민이는 떠들다가 어느새 잠이 들었다. 서로 다리를 베고 누웠다. 옆에 앉은 성찬이랑 이런저런 얘기하면서 왔다.

"오늘 성찬이 밥 한 그릇 비우는 거 보니 고맙더라."

"네, 저도 맛있게 먹었습니다."

"학교에서도 점심을 조금씩이라도 먹어 봐."

"안 넘어가요. 억지로 먹으면 다시 토합니다."

"그래도 먹어야 힘이 나지. 그렇게 안 먹어서 어쩌나."

"노력해 볼게요."

"오늘 좋았지?"

"예. 집에 있었으면 하루 종일 가만히 누워 있었을 낀데 좋았어요."

모두 집 앞에까지 태워 주었다. 영민이가 자기 집으로 가면서 그랬다.

"샘, 다음 주에 또 가면 안 됩니까?"

구자행, 부산 개성고 (2006.10.22)

# 아이들과 함께 한 봉사 활동

구 - 99년 그가 왔다.
자 - 자! 우리 한번 힘차게 외쳐 봅시다.
행 - 행님아.

경훈이가 내 핸드폰으로 이렇게 삼행시를 지어 보냈다. 정윤이는 밀
양 또 언제 가느냐고 보챈다. 같이 밀양 갔다 온 뒤로 이 녀석들이 내
곁으로 쓱 다가선 느낌이다. 밀양 이승희 선생님 집에 가서 하루 살을
부대끼며 같이 땀 흘리고 일했는데 골마루에서 마주치면 인사하는 목
소리가 다르고 공부 시간에도 얼굴빛이 달라졌다. 아이들과 함께 몸으
로 일하면서 땀을 흘리고 나니, 글로 만나는 것과 또 다르게 아이들이
보인다.
지난 5월 28일 일요일, 우리 반 아이 다섯과 이상석 선생님 반 아이

다섯이 함께 밀양 여수동으로 봉사 활동하러 갔다. 이상석 선생님이 부산역에서 아이들과 만나서 오기로 하고, 나는 우리 집 가까운 구포역에서 기차를 탔다. 내가 타니 우리 반 아이들은 엄마 떨어져 기죽어 있던 아이가 엄마 만난 듯이 반긴다. 우리 반 아이 다섯이 모여 앉았고, 이상석 선생님 반 아이 다섯이 따로 붙어 앉았다. 우리 반 아이들은 1학년이고 이상석 선생님 반 아이들은 2학년이다. 부산진고 이상석 선생님 반 아이들은 점잖게 앉아 가고 우리 반 아이들은 앉아서 하는 놀이를 하면서 간다. 놀이에 지면 땡꼬를 맞는데 부반장 상일이가 가장 많이 맞는 것 같다. 그것을 지켜보는 이상석 선생님 얼굴에 슬며시 웃음이 오른다.

"1학년하고 2학년이 좀 다르제?"

"1학년이 더 귀엽지요?"

밀양 상동역에서 내려 다시 버스로 갈아타고 이승희 선생님 집으로 갔다. 부산서 일찍 나선다고 했지만 여수동 마을에 닿으니 10시가 훨씬 넘었다. 류 선생님이 내놓은 딸기 효소차를 한 잔씩 하고 옷을 갈아입고 모두 집 뒤쪽 불당골 밭으로 올라갔다.

아침나절에는 감나무에 미생물을 발효시킨 거름 내는 일을 했다. 이승희 선생님과 언니 류 선생님은 둘이서 불당골 골짜기에 쭉 붙어 있는 다랑논 자리에 밭농사를 짓는다. 그 밭둑에 감나무가 일흔 그루쯤 서 있다. 여수동 사람들은 모두 감 농사를 많이 하는데, 감이 빠지지 말라고 농약을 친다고 했다. 이승희 선생님 집만 농약 대신 미생물 거름을 주는 것이다.

미생물과 함께 참숯가루도 뿌려 주었다. 숯가루 뿌리는 일은 우리 반 종욱이가 맡았다. 평소 말수가 적은 종욱이는 일을 말없이 잘한다. 처음 하는 일이라 시키면 숯가루를 온 낯에 뒤집어썼다. 땀과 숯가루가 범벅이 된 얼굴에 생기가 넘쳐 난다. 미생물 거름 바구니를 나르던 상일이와 재노가 아는 체 티를 냈다.

"아! 이거《잡초는 없다》거기 윤병구 선생님도 농약 안 친다더라."

"맞다. 화학비료도 안 쓰고."

올해 모둠끼리 책 읽고 이야기 나누기 한다고《잡초는 없다》를 단체로 사서 읽었다. 아이들이 한참 읽고 있을 때였는데, 윤구병 선생님을 윤병구라 한다. 혼자 웃고 말았다.

일꾼이 많아 그런지 일이 구는 게 보인다. 처음에는 서툴더니 일이 손에 익자 알아서 척척 해낸다. 새참으로 같이 둘러앉아 막걸리를 마셨다. 큰 그릇에 그득 부어 돌아가며 마셨다. 물 좋은 동네 막걸리라 맛이 기가 막힌다. 술잔이 몇 바퀴 돌아도 한 녀석도 거르는 법이 없다.

점심은 집에 내려가서 먹을까 하다가, 들고 나르기는 좀 귀찮더라도 밭에서 들밥을 먹기로 했다. 그동안 집에서 류 선생님이 정성스레 준비해 놓았다. 우리 반 아이들을 데리고 집으로 내려가서 점심밥을 나누어 들고 오는데 방송반 경훈이가 흥을 이기지 못하고 냅다 소리를 지른다. 경훈이 선소리에 나머지 아이들이 맞장구를 쳐 준다.

"헤이, 부고."

"헤이, 부고."

"응원 준비 됐나?"

"됐다."

"왔다아."

"부고가 왔다. 부고가 왔다. 여수동에 부고가 왔다. 대한민국 방방곡곡, 부산고교 부산고교, 불러 보세 불러 보세, 만세 만세 부고 만세."

올봄 대통령 배 야구 대회 결승전 할 때 동대문야구장에서 부르던 노래다. 아이들이 고래고래 소리를 질러 대도 그 소리가 조금도 귀에 거슬리지 않는다. 고함 소리가 그대로 자연으로 빨려드는 느낌이다.

감꽃이 뚝뚝 떨어져 내리고, 밭둑에는 줄딸기가 빨갛게 익었고, 시리도록 고운 연둣빛이 초록으로 짙어 가고, 살짝 눈살을 찌푸릴 만큼 따뜻한 햇살과 그 햇살에 묻어오는 봄바람, 쳐다보고 있노라니 절로 온몸이 맑아질 듯한 하늘빛. 온 자연이 살아 숨 쉰다. 저 아이들한테 이 자연보다 더 좋은 교실이 어디 있으랴. 멀찌감치서 듣고 있던 이상석 선생님은 고등학교 시절로 돌아간 모양이다.

"옛날에도 부고 아들은 꼭 저렇게 티를 냈지. 부고 애들은 여학생 만날 때도 꼭 모자 쓰고 교복을 입고 나왔어, 우리는 사복 입고 만나는데."

감나무 그늘에 둘러앉아 들밥을 먹었다. 반찬은 거의가 집에서 가꾼 것이란다. 된장국, 열무물김치, 배추김치, 풋고추, 상추쌈, 들깨나물, 멸치볶음……. 이상석 선생님이 상추쌈을 싸서 아이들에게 한 입씩 먹여 준다. 아버지와 아들같이 한 식구가 된 듯하다. 비벼서 한 그릇씩 먹고 모두 더 먹는 바람에 밥이 남지 않았다. 물어보니 아이들은 이런 들밥이 처음이란다. 점심 먹고 우리 학교 아이랑 부산진고 아이랑 둘씩 둘씩 짝을 지어 주어 데이트하라고 산으로 올려 보냈다.

점심나절에는 이상석 선생님은 선생님 반 아이들을 데리고 밭가에 도구를 치고, 나는 우리 반 아이들을 데리고 미생물 반죽을 했다. 딩기 (내가 클 때 우리 동네는 쌀겨를 딩기라 했다)에다 미생물을 넣고 효소 물을 뿌려 가며 뒤섞는 일이다. 삽질은 정윤이가 잘했다. 나와 마주 보고 손을 맞추어 뒤비는데 제법이다. 안 해 본 일이라 삽질을 오래 하면 팔이 모이고 뱃가죽이 댕길 게 뻔하다. 힘든 게 보인다. 그런데도 정윤이는 "삽질은 계속되어야 한다"는 말을 혼자 중얼거리면서 비지땀을 흘렸다. 나중에 돌아갈 때 기차 안에서 보니까 정윤이 엄지손가락에 큼직한 물집이 잡혀 있었다.

돌아올 때는 이승희 선생님이 우리를 상동역까지 트럭으로 실어다 주었다. 트럭을 타고 역으로 가다 보니, 강가에 도시 사람들이 식구들끼리 물놀이 왔다. 텐트를 쳐 놓고 솥을 걸어 놓고 공놀이를 하고 있었다. 같은 밀양 땅이고 똑같은 자연이지만, 오늘 하루 이 사람들과 서로 다른 세상에서 살았구나 싶었다.

구자행, 부산 부산고 (2000.8)

262

# 이 새끼 불량품이야

황승준이는 우리 반 끝번 학생이다. 지난 2월 29일 새 학년의 반과 번호를 배정받는 날 학교에 오지 않았기 때문에 1학년 때 5번이었던 아이가 올해는 2학년 3반 53번이 되었다. 사실 그날 오지 않은 아이가 승준이 혼자가 아니라 그 애를 포함해서 무려 여섯 명이나 되었다.

작년에는 담임을 맡지 않아 몸은 편했는지 몰라도 마음이 몹시 허전했기 때문에 올해는 교장, 교감 선생님에게 꼭 담임을 달라고 해서 맡은 터라, 누구 원망도 못 하고 이놈들하고 지내기 힘들겠구나 하고 걱정만 했다. 그런데 막상 생활해 보니 그 아이들이 생각과는 달리 크게 말썽 부리지 않아서 안심이 되던 터였다.

이 녀석은 2학년이 된 지 열흘이 지나도록 일찍 오는 적이 없다. 우리 학교 아이들은 보통 아침 7시 50분까지 학교에 와야 한다. 아침 보충수업이 8시에 시작되기 때문이다. 승준이는 8시가 아니라 9시가 되도 나타나는 일이 없다. 어느 때는 첫째 시간 시작하고 한참 후에 오는 일도 있어 아무래도 안 되겠다 싶어 점심시간에 교무실로 불렀다.

"왜 오라고 했는지 알지?"

"예."

"그럼 네가 해야 할 이야기도 알겠구나."

"예."

"그럼 해 봐라."

이렇게 얘기를 꺼냈다. 자기 사정을 한참 얘기하는데 들을수록 참 큰일이다 싶다. 이 아이는 작년부터 공부로는 대학을 못 갈 것 같아 전부터 배우던 바이올린을 전문 강사에게 더 깊이 배우기 시작했단다. 대충 하루 일과를 살펴보면, 학교에서 집에 가기 바쁘게 저녁 6시쯤 친구들을 만나 서울에 있는 '예술의 전당'이라는 곳을 간다. 그런 아이들이 승준이뿐만 아니라 다른 학교에도 좀 있는 것 같다. 가면 8시. 그곳 단원에게 한 시간쯤 바이올린을 배우고 남은 시간은 자기네들끼리 연습하다 전철이 끊어질 무렵에 다시 인천으로 와 그 학생들끼리 얻어 놓은 공간에서 또 연습하다가 새벽 2시에서 늦으면 4시쯤 마친단다. 그러니 잠은 자는 둥 마는 둥 아침이 되니 일어나는 게 몹시 힘이 드는 것은 더 말할 필요가 없겠다. 내 생각에는 학교에 9시에 오는 것도 기적이다.

얘기를 듣고 보니 한숨이 터진다. 그렇게 고생하고 있구나.

"재미는 있니?"

"별로 없어요. 취미로 하면 좋을 텐데."

"돈은 얼마나 드니?"

시간당 4만 원 하는 강습비를 포함해서 한 달에 50만 원쯤 든단다.

"작년에 지각이 많은 것도 그 때문이니?"

"예."

생활기록부를 보니까 지각이 일곱 번, 결석이 네 번이나 있다. 생활기록부에 이 정도면 실제는 이것보다 훨씬 많다고 보아야 한다.

"좋다. 네 이야기를 듣고 보니 이해가 간다. 그렇지만 이 일도 일단 시작한 이상 열심히 해야 한다. 한눈팔지 말고."

비로소 아이의 굳은 얼굴이 펴진다. 제 딴에는 또 야단맞는구나 하고 온 것 같다. 그 뒤로는 이야기가 잘 풀렸다. 건강은 어떤가, 불편한 것은 없니, 더 이상은 빨리 오라고 못 하겠다, 다만 9시까지는 와야 한다, 학생 조회를 9시에 시작하는데 전할 말도 있고 그때 얼굴이라도 보고 수업을 시작해야 하지 않니?

얘기해 보니 아이도 싹싹한 것이 마음에 들었다. 네가 무슨 죄가 있니. 이놈의 사회가 너희들을 이렇게 만들었지. 이렇게 속으로 한탄만 하며 주로 그 애가 하는 얘기를 듣고 있었다.

그런데 갑자기 작년에 이 아이를 가르친 일이 있는 기술 선생이 승준이를 보고 손가락질하며 이렇게 말하는 것이었다.

"이 새끼 불량품이야."

목소리도 아주 굵고 낮은 게 나도 가슴이 철렁할 정도다. 순간 나와 다정히 이야기하고 있던 아이 표정이 굳어졌다. 그러더니 펴지질 않는다. 흔히 문제아라고 하는 학생들이 교무실에 끌려오면 비슷하게 하는 태도가 있다. 선생은 열심히 야단치고 있는데 학생들은 선생이 무슨 말을 해도 전혀 대답하지 않고 고개를 30도 정도 왼쪽으로 틀고 눈길을 창문 밖 먼 하늘을 바라보고 서 있는 그런 모습이다. 이 아이의 지금 모습이 그렇다. 내가 얼른 다른 얘기로 돌려도 표정은 달라지지 않은 채 마지못해 "예" 하는 대답뿐이다. 안 되겠다 싶어 그냥 교실로 들여보냈다.

그리곤 속상해서 가슴을 쓸었다. 교무실에서 얘기하는 것이 아닌데. 그날따라 바람이 많이 불고 추워서 밖에 나가지 못해 교무실로 데려온 것이 잘못이었다.

"애한테 불량품이 뭡니까? 그 애가 섭섭하게 생각할 텐데요."

"괜찮아요. 그놈들한테는 그래야 돼요. 공연히 아이들을 믿는 척하면 그놈들이 선생님 머리 꼭대기에서 놀아요. 선생님도 조심하세요. 작년에 담임 속을 얼마나 썩인 놈인데요."

'내 머리 꼭대기에서 놀던 발밑에서 놀던 괜찮으니 제발 참견만 하지 마세요.'

이 소리가 목구멍 바로 밑까지 올라와도 차마 하지는 못했다. 내가 그렇게 해서 그 선생과 말다툼이라도 하면 결국 그 아이가 다시 선생에게 피해 볼지도 모르기 때문이다.

모처럼 아이와 친할 좋은 기회였는데 그걸 놓쳐서 속상했다. 내가 이렇게 가슴이 답답할 지경인데 승준이는 어떨까. 그렇게 쌓여 가는 아이들 불만과 불신은 어떻게 하라고 이러는 건지 선생들은 그 애들 마음을 알기나 하는 것인지 모르겠다.

여덟째 시간이 끝나고 청소 시간에 다시 승준이를 불렀다. 도저히 미안해서 그냥 있을 수가 없었다. 이번에는 다른 선생들 눈에 안 띄는 운동장 구석 느티나무 근처로 데려가서 얘기를 꺼냈다.

"승준아, 아까 그 선생님이 한 말 신경 쓰지 마라. 그 선생님도 말이 험해서 그렇지 마음은 그렇지 않은 분이야."

나도 마음에 없는 말을 했다. 다른 선생들이 흔히 쓰는 말인데 이것이 그 애한테 먹혀들어 갈까. 나는 왜 이리 말을 못하나. 이럴 때 좀 더 진심이 담긴 말을 해야 하는데.

"적어도 나는 너를 그렇게 생각 안 한다. 그런 내 마음을 알아주었으면 좋겠다."

이렇게 말을 끝냈다. 그리곤 그 아이 눈치만 살피고 있는데 이 녀석은 씩 웃더니 "선생님, 걱정 마세요. 난 괜찮아요" 하는 것이 아닌가.

이 뜻하지 않은 말이 나를 얼마나 감동시켰는지 모른다.

역시 아이들은 어른보다 낫구나. 이런 맛에 선생 노릇을 하지. 오히려 나를 위해 주는 승준이가 고마웠다. 이 아이가 다음에 무슨 잘못을 저질러도 오늘 이 말 한마디로 난 그 아이를 나쁘게 보지는 않을 것 같다. 그러면서도 한편으로는 마음이 씁쓸했다. 어른들이 아이들을 이해는 못해 줘도 마음에 상처는 주지 말아야 되는데, 그러려면 선생들도 정신 바짝 차려야지 이러다간 큰일 나겠다는 생각도 들었다.

김명길, 인천 제물포고 (1996.5.10)

# 고3 학생은 사람도 아니다

며칠 전에 우리 반 아이 혜영이가 찾아왔다. 자율 학습 시간에 독감 예방주사를 맞으러 가야 한다는 것이다. 나도 요사이 우리 어머님과 아이들 예방주사를 언제 맞혀야 되나 생각하던 차이기에 당연히 가라고 허락해 주었다. 그런데 앞에 앉은 문 선생님이 "선생님, 얘네들 독감 예방주사 맞으면 안 돼요" 한다. 갑자기 그러니 이해할 수가 없어서 왜 그러냐고 물어보았다.

"예방주사를 맞으면 하루나 이틀 앓기도 하는데 지금같이 중요한 시기에 얘네들 공부 못 하면 큰일 나요."

아이고, 그렇구나. 나는 또 그걸 몰랐네. 그 선생님 말도 있고 그럴 것 같은 생각도 들고 해서 부모님과 의논해서 내일 다시 생각하자고 했다. 그리고 다음 날 물어보니 맞지 않겠다고 한다. 한숨이 휴! 하고 나온다. 고3 아이들은 예방주사도 마음대로 맞지 못하는구나.

오늘 아침 학년 회의에서 학년 부장이 이런 말을 했다.

"아이들 수능 날 생리하는 아이들 조사해서 미루는 약을 먹게 하세요. 이 일은 남선생님들은 이야기하기 곤란하니까 여선생님들이 수업 시간에 들어가서 반드시 얘기하도록 합시다."

무슨 일인지 잘 알아듣지 못해서 주변 선생님들에게 다시 물어보았더니 그 선생님들도 당연하다는 듯이 얘기한다. "남선생님들은 아무리 얘기해도 몰라요. 이 일은 우리 여선생들이 알아서 할 테니 모른 체만 하면 돼요" 한다. 또 깜짝 놀랐다. 그리고는 나도 모르게 이렇게 말했다.

"고3 학생들은 사람도 아니구나."

맞다. 지금이 고3 학생들에게는 전쟁 상황인 것을 가끔 잊어먹는다. 그리고 놀라고 가슴이 막힌다. 이런 아이들 앞에서 나는 선생 노릇을 하고 있다. 예방주사도 맞지 못하고, 생리까지 조절해야 하는 아이들 앞에서 나는 수학을 가르치면서 수능 시험 날 12시까지만 이 공식을 꼭 외우라고 목청을 높이고 있다.

김명길, 인천 인일여고 (2000.11.4)

# 학교에서 쓰면 안 될 말

올해 또 3학년 담임을 맡았다. 학년 초에 한 해만 하고 절대로 하지 않겠다고 다짐했건만 그 결심이 작년 12월쯤 깨져 버렸다. 교장이 다시 한번 하라는 부탁도 있고, 나하고 같은 학교에 다니는 우리 딸이 3학년이 되는데 내가 아침저녁으로 아이를 차에 태우고 다니려면 차라리 한 해 더 하는 것이 좋겠다는 생각도 있어서이다.

그런데 3월 2일이 되고 나서 하루 만에 후회를 했다. 내가 얼마나 머리가 나쁜가. 작년에 그렇게 마음이 힘들었는데 그걸 모두 잊어버리고 또 맡겠다고 했으니 이제는 누구에게 불평 한마디 못 한다. 요사이 얼마나 몸이 부대꼈는지 한 주 만에 입술이 두 군데나 부르텄다.

우리 학교에는 교실이 있는 건물에서 언덕 쪽으로 조금 올라가면 4백 명이 들어갈 수 있는 2층짜리 건물이 있다. 원래는 도서관으로 썼는데 책을 모두 다른 곳으로 옮기고 3학년 아이들을 오후 6시부터 11시까지 공부하게 만들어 놓았다. 그 건물 이름이 '자율독서실'이다.

물론 선생이 돌아가면서 1, 2층에 한 사람씩 감독을 한다. 나도 목요일마다 꼼짝없이 그곳에 남아 있어야 하는데 그것 때문에 수요일 저녁부터 마음에 부담이 오기 시작한다. 11시라는 시간이 얼마나 끔찍한지는 한번 해 보면 안다. 9시까지는 괜찮다. 공부하는 아이들 틈에서 아이들 가르칠 공부도 하고 그동안 못 보았던 책도 보고 하면 집에 있는 것보다 집중이 잘된다. 하지만 10시가 넘어가면 정신이 멍멍해지고 11시가 되면 온몸이 주저앉고 싶을 정도로 힘들다.

아이들이라고 다를 바 없을 것이다. 얼마나 괴로울까. 우리 딸은 벌써 변비가 생겨 고생을 한다. 아이들은 변소 갈 시간조차도 자유롭지 못하다. 이런 아이들을 한곳으로 몰아넣고 밖에 나가지도, 떠들지도, 졸지도 못하게 하는 것이 마치《육식 건강을 망치고 세상을 망친다》에 나오는 소, 돼지, 닭들과 다를 바 없다는 생각에 마음이 참 쓰리고 아프다. 이런 생활을 아이들은 8개월 동안 날마다 계속해야 한다.

다시 생각해도 학교(특히 고등학교)에서 가장 없어져야 할 말 두 가지가 자율 학습과 보충수업이다. 아까도 이야기했지만 그것이 무슨 자율 학습인가. 말은 그럴듯하게 만들어 놓고 강제로 앉아 있게 하는 것이지.

3학년 교무실은 아침마다 전날 담임선생에게 허락받지 않고 일찍 간 아이들을 혼내느라 시끄럽다.

"야 이 녀석아, 허락도 없이 자율 학습을 도망쳐? 너 맞아 볼래? 네가 도망가면 내가 모를 줄 알았니?"

그러면서 몽둥이로 때리는 선생까지 있다. 이 얼마나 웃기는 얘기인가? 왜 자율 학습에 빠지는 걸 허락받아야 하는가? 교사들 모두 이런 것에 감각이 없어져 버려 이제는 자율이 뭔지도 모른다. 이렇게 자란 아이들은 커서 어떻게 될까? 우리한테 배운 그대로 자율이란 이름을 붙여 놓고 온갖 하지 못할 짓을 다 할 것이다.

보충수업도 그렇다. 이 말은 4년 전쯤 방과후 교육 활동이라고 바뀌었다가 지금은 특기 적성 교육이라고 다시 변했다. 하지만 말만 변했지 내용은 똑같다.

이해찬 전 교육부 장관이 그나마 잘한 일이 하나 있다면 보충수업을 없앤 일이었는데 2년도 안 지나서 다시 살아났다. 보충수업이라는 것은 말 그대로 내가 부족한 과목을 보충하는 수업이다. 그런데 이것도 선택할 기회가 없다. 모든 학생이 학교에서 정해 준 과목을 들어야 하니 말이다. 그러니 아이들은 더욱 지친다. 교육부나 교육청에서는 학부모들이 원한다는 핑계로 모른 체만 하고 있고 학교에서는 말만 변한 채 예전이나 지금이나 그대로 하면서 아이들만 괴롭히고 있다.

얘기가 길어졌다. 말이 나온 김에 요사이 내가 듣고 그냥 넘기지 못한 말 몇 개만 써 보겠다.

(1)내가 예뻐하는 아이

학기 초가 되면 아이들은 한 학년씩 올라간다. 나는 작년에 3학년을 하다가 올해도 그 자리에 있으니 아이들 사정을 전혀 알지 못한다. 2학년 담임을 하다 온 선생님들은 벌써 아이들을 다 파악했는데 나야 당연히 늦을 수밖에 없다.

하루는 교무실에 들어오니 한 선생이 이런다.

"선생님, 그 반에 김수민이라는 아이 있죠?"

"예."

"그 애 내가 제일 예뻐하는 아이예요. 선생님은 좋겠다."

그래서 내가 말했다.

"선생님이 예뻐하는 아이인데 왜 내가 좋죠?"

깜짝 놀란 그 선생은 "아니, 그게 아니고……" 하면서 말을 못 잇는다.

사람이 말하는 것을 보면 그 사람이 어떤 마음을 가지고 있나 알 수 있다. 아이를 판단하는 기준이 어떻게 '내가 예쁘다 밉다'인가. 그 사람이 예쁘다고 하면 나도 그 학생을 좋은 아이라고 보아야 하는가. 사람을 판단하는 데는 그 학생 전체를 보고 판단해야 하고 설령 보기에 좋지 않은 아이들도 그렇게 될 수밖에 없는 사정까지 생각하는 것이 교사의 본분이라고 생각한다.


(2) 우리 반에는 실속 있는 아이가 없어

담임을 발표하고 나면 가장 먼저 하는 일이 뽑기다. 아이들을 성적 순으로 늘어놓아 반을 만들어 놓고 담임들이 뽑기를 해서 반을 정한다. 그래야 성적이 낮은 반이 걸려도 불평이 없다는 것이다.

나는 이런 일을 할 때마다 마음이 좋지 않다. 아무 학생이면 어떤가. 우리가 이런 더러운 짓을 할 때에도 실업계 학교에서는 열 사람쯤 학교에 오지 않는다는데. 거기에 견주면 우리는 너무 호강하는 것인데.

그리고 반 아이들을 살펴본 다음 공부 잘하는 아이들이 눈에 많이 띄면 좋아하고 말썽 피는 아이들이 많으면 금방 실망해 버린다. 그리곤 한다는 말이 "올해 우리 반에는 실속 있는 아이가 없어. 이런 애들 가지고 어떻게 1년을 지내" 이 말도 참 듣기 힘든 말이다. 어째 세상이 이 지경이 되었을까. 물론 이런 일들이 선생 탓만은 아니다. 하도 교장, 교감이 성적 가지고 들볶으니 이런 생각이 들기도 하겠다. 그렇지만 조금이라도 양식이 있는 교사라면 아이들 인격을 짓밟는 이런 말들은 절대로 하면 안 된다고 생각한다.

(3) 나는 전교조고 교총이고 몰라요. 그저 우리 식구들끼리 화합하면 되지

3월 첫째 주에 학교운영위원회 교원위원 후보 등록이 있었다. 올해는 교육감을 뽑는 해라 다른 해보다 관심이 많다. 전교조에서도 후보를 많이 내세우라고 인천지부에서 연락이 와 다섯 명이나 나섰고, 주로 교총 회원인 부장 교사들도 제각각 등록해 후보로 나선 사람이 열한 명이나 되었다.

후보 마감 다음 날 아침 교총 회장인 김 선생이 나를 찾아왔다. 오자마자 "형님, 이러기요?" 한다. 무슨 말인가 영문을 몰라 "무슨 일 있어요?" 하니까 이런다.

"아니, 전교조에서 다섯 명이나 출마하면 어떻게 해요? 학교 분열시킬 일 있어요?"

"글쎄, 후보로 나서는 거야 자유 아닌가? 선택은 뽑아 주는 사람들에게 있지. 나는 이 일로 학교가 갈라진다는 생각이 들지 않는데요."

"아니긴 뭐가 아니에요. 전교조가 이러면 교총 사람들도 너희가 이러니까 우리는 우리 사람 뽑겠다 그럴 거 아니에요. 나는 교총 회장이긴 하지만 전교조고 교총이고 몰라요. 그저 우리 식구들끼리 화합하면 되지."

참 그럴듯한 말이다. 화합, 좋은 이야기이다. 그러나 문제는 누구하고 어떻게 화합하느냐이다. 교장, 교감 또는 부장 교사들 뜻에 맞으면 그게 화합이고 그렇지 않으면 학교가 큰일이 나는 줄 아는 사람들이 아직도 많이 있다. 나야말로 아이들 일로 고민하는 사람들이 있으면 그 사람과는 전교조, 교총을 떠나 같이 얘기하고 싶고 술도 한잔 나누고 싶다. 그러나 그렇게 말하는 사람 대부분이 교장 뜻하고 한 치도 어긋남이 없는 사람들인데 어떻게 그 사람들과 화합하겠는가.

우리 학교에도 나보다 머리가 좋은 사람들이 많다. 이 사람들은 학교 돌아가는 일도 훤히 안다. 그런데 그런 사람이 이것도 저것도 모른다니. 절대로 그렇지 않다. 그 사람들은 아이들 이익보다는 자기들 이익이 먼저이고 손해날 짓은 절대로 하지 않을 사람들이다. 이런 사람들과는 될 수 있으면 만나고 싶지 않은 게 솔직한 내 마음이다.

오늘은 목요일. 지금 자율 학습 감독(이 말도 틀린 말이다)을 하고 있는 중이다. 아이들은 열심히 공부하는 놈도 있지만 졸거나 옆 사람과 소곤거리는 아이들도 있다. 여학생들은 어찌나 먹어 대는지 책상 위에

과자 부스러기도 많이 널려 있다. 그동안 받은 압박을 먹는 것으로 풀고 있는지도 모른다. 에이, 오늘은 아이들에게 뭐라 하지 말아야지. 내가 이렇게 죽겠는데 아이들은 얼마나 힘이 들까.

올해는 또 어떻게 지내야 할지 모르겠다. 날이 가면 갈수록 선생 노릇이 힘들어지기만 한다. 아이들도 해마다 달라져 이제 아이들과 마음을 터놓고 얘기하기도 어려운 일이다. 정권이 바뀐 첫해는 그래도 무언가 해 보려고 노력하는 것 같더니 이제는 모든 것이 뒷걸음쳐서 그 이전 자리로 되돌아가고 있다. 하나도 나아지는 것은 없다. 어떻게 해야 하나. 그런 생각을 하니 마음이 답답해 온다.

자리에서 일어나 숨을 크게 쉬었다. 그리고 다시 앉아 가방 속에서 글쓰기 회보를 꺼내어 읽기 시작했다. 올 3월 회보는 유난히 따뜻한 글이 많아 좋다. 글 속에서나마 좋은 사람들 만나면서 지금 힘든 마음을 잊어야겠다.

김명길, 인천 인일여고 (2001.3.16)

# 아침 교문에서

길든다는 건 정말 무섭다. 주인이 노예가 될 정도다. 새 학교에 와서 맨 처음 벌인 일이 선도부 학생들과 전쟁을 치른 것이라면 표현이 좀 지나칠까?

학교를 옮기고 업무 분장 희망 조서에 학생부를 써냈다. 교감 얼굴이 환해진다. 나는 해 본 일이 학생부 일뿐이라서 그렇게 한 것이다. 그런데 학생부를 지원하는 교사가 한 사람도 없어 애태우고 있는 중이란다. 잘 아는 전교조 교사가 내게 귀띔을 한다. 여기 학생부는 장난이 아니다, 건물 끝에 있는 학생부 교무실은 잡혀 온 아이들로 언제나 넘쳐난다, 복도까지 늘 삼사십 명 학생들이 무릎 꿇고 있거나 엎드려뻗쳐 있거나 해서 아주 볼썽사납다고. 어느 학교든 아이들 지도 문제로 골치를 앓고 있구나 싶었다.

"아니, 여기 학생부 선생님들은 유별났어요. 그래서 교장 선생님이

지도 방법을 바꿨으면 하는 기대를 품고 올해는 여선생님을 부장 자리에 앉힌 거예요. 그분도 전교조 조합원이에요. 그런데 저번 학생부 선생님들이 여자 부장 밑에는 못 있겠다며 전부 환경부로 자리를 옮겼죠. 작년 학생부장이 올해 환경부장 선생님이에요."

"이런 나쁜……. 아주 잘됐구먼. 학생부 분위기를 싹 바꿀 수 있고."

학생부 교무실은 정말 맨 구석진 곳에 있어서 무척 어둡고 침침했다. 아이들이 드나드는 교문 바로 곁에 붙어 있다. 부장 선생님까지 모두 다섯 분이 학생부에 오게 되었다. 여선생님 셋, 남선생님 둘. 모두 인상이 무척 순하다. 올해 처음 이 학교로 옮겨 온 이들이 세 분이고, 학생부에 있어 본 이는 나뿐이다. 학생부 일을 나누는데 다들 내게 뭔가 기대하는 눈치다. 슬그머니 웃음이 나와 한마디 했다.

"나 있잖아요, 저번 학교에서 상벌계를 맡았거든요. 그런데 아이들이 징계받는 걸 즐기더라니깐요. 생활지도는 꽝입니다, 꽝."

그래도 내가 교내 생활지도를 맡아 주었으면 좋겠다고 한다. 선도부 학생들과 함께 교문지기를 해 달라는 거다. 잠시 망설이다가 그리하겠노라고 했다. 뭐, 아이들과 아침마다 인사 나눈다고 생각하면 되겠지.

학생 생활지도 문제에 대해 의견을 좀 나누었다. 규정을 크게 줄이거나 권장 사항으로 풀어 주자. 징계받고 봉사 활동을 하는 학생이건, 붙들려 와서 지도를 받는 학생이건, 여기 잡아 두지 말고 수업을 모두 듣게 한 뒤에 상담하는 걸로 하자…….

선도부는 8시부터 9시까지 교문을 지킨다고 했다. 마침 우리 집 큰애가 중학생이 되어서 작년보다 아침 먹는 시간이 당겨졌기 때문에 일찍 출근하는 건 어렵지 않았다. 집에서 일찍 나오니 교통 사정도 좋고 공기도 상쾌했다. 그런데 아뿔싸! 학교에 들어서니 사정이 거꾸로 변했다. 교문 앞은 전쟁터가 따로 없었다. 뛰고 쫓고 소리치고……. 선도부원과 학교로 들어오는 학생들이 서로 밀고 당기는데, 우스운 꼴도 한두 가지가 아니었다. 교문 앞에 잠시 멈춰서 규정대로 머리를 묶은 아이들은 선도부를 지나치자마자 그걸 다시 풀고 들어갔다. 이름표도 선도부 앞에서만 달았고, 외투 같은 것도 선도부 앞에서만 벗어 들 뿐이었다.

"이거 봐. 수업 시간에 보니깐 거의 모든 학생들이 머리를 묶지 않았던데, 묶으나 푸나 단정하기만 하면 되는 거 아냐?"

"그래도 규정엔 묶기로 돼 있어욧."

"날씨가 이리 쌀쌀한데 외투 같은 것도 전부 잡아야 하나? 봐, 너도 추워서 발발 떨고 있잖아."

"그래도 규정엔 3월부터 외투를 못 입게 돼 있어욧."

그날 오후에 선도부를 모아 놓고 얘기를 나누었다. 아침 등굣길이 유쾌해질 수 있도록 해 보자. 아주 눈에 크게 띄는 것만 규정을 확인시켜 주자. 머리 염색도 아주 눈에 띄는 것만. 머리핀도 아주 눈에 거슬리는 것만. 머리 묶는 규정은 없는 것으로 쳐도 좋을 듯싶고, 신발 색깔이나 가방 색깔은 간섭하지 말자……. 나는 그동안 맡았던 동아리들처럼 선도부하고도 잘 지내게 될 줄 알았다. 그러나 선도부 아이들은 뜻밖으로 반발이 컸다. 내 말대로 한다면 규정은 있으나 마나 아니냐고 막 따진다. 규정을 바꿔야 할 필요가 있으니까 보기에 크게 언짢지 않으면 등굣길을 가로막지 않는 게 좋다고 했더니 저마다 입을 삐죽거린다. 작년에는 안 그랬다는 거다.

다음 날, 선도부는 조금도 달라지지 않았다. 내가 보기엔 아무렇지도 않은데 어찌 그렇게 족집게처럼 잘도 잡아내는지 신기할 정도였다. 머리를 들춰내어 귀걸이를, 손을 내밀게 해 반지를 찾아냈다. 그런데 오히려 교문을 무사히 통과한 아이들 가운데 이상하게 튀는 차림새가 더 많아 보였다. 황사 바람이 거칠게 불고 지나갔다. 교문 앞에 흩어진 휴지 조각들이 어지럽게 나뒹굴었다.

"이거 봐, 자기 발밑에 있는 휴지 조각부터 줍고 뭘 하든지 해야 하는 거 아냐?"

들은 척도 안 했다. 너무 바쁜 탓이다. 한 선도부원이 내 앞을 획 스치고 가서 어느 학생의 구두 뒷굽을 자로 재려 들었다. 학생들이 많이 신는 구두라서 아무렇지도 않은데 저게 무슨 짓이람.

"아니, 학생용 단화라는 거 뻔히 알면서 뭘 자로 재나?"

"4센티가 넘으면 안 되는데요."

"설사 5센티라도 그렇지. 네 눈에는 저 구두가 이상하게 보이냐?"

"……."

"너, 발밑에 그 휴지부터 주워!"

그사이 또 다른 선도부원이 어느 아이한테서 머리핀을 빼앗아 발로 쿵쿵 짓밟는다. 피가 거꾸로 솟았다.

"어이, 그거 돈 주고 산 건데 왜 부서뜨리나? 규정에 어긋나면 말로 경고하든지, 뺏더라도 보관해 둬야지."

"보관하면 우리 선도부가 갖는다고 소문이 나는데요."

"그렇다고 주인 앞에서 그렇게 짓밟아 버리면 기분이 어떻겠어. 그 머리핀은 뭐가 문제지?"

"큐빅이 박힌 거는 안 되는데요."

"큐빅이 뭔데?"

"다이아처럼 빛나는 거요. 이거 박혀 있는 거는 비싼 거라서 사치품이거든요."

"가격이 얼마나 되는데?"

"3천 원 넘을걸요."

"부숴 버리기에는 아까운 가격이지만, 3천 원이면 사치품은 아닌 거 같은데?"

아이들은 갈수록 치장에 공을 들인다. 이놈의 소비문화가 문제겠는데, 여자아이들이 예쁘게 보이려고 하는 걸 힘으로야 막을 수 없다. 저 조그만 머리핀조차 꼭 뺏어야 하나? 여기저기서 쿵쿵 짓밟는 소리가 난다. 빼앗긴 아이들은, 더욱이 신입생들은 어이가 없다는 표정이다. 교문 둘레가 휴지 조각에다 부서진 머리핀으로 엉망이다.

"이게 뭐야, 쓰레기 더미 위에서 아이들 잡는다고 난리 법석을 떨고. 다 그만두고 청소부터 해!"

이런 식으로 일주일쯤 지났다. 처음 며칠 지나고는 교문 앞에서 20분을 못 견디고 그냥 들어와 버리곤 했다. 거기만 가면 하루 기분을 완전히 망치는 것 같았다. 나는 선도부원을 싹 바꾸든지 아니면 선도부를 아예 없애 버리는 게 낫겠다고 생각했다.

학생부장 선생님한테 말했더니 역시 고민하고 있었다. 여기 선도부 아이들은 저번 학생부 선생님들하고 짝짜꿍이 맞아서 아주 못된 아이들이 많다고 했다. 대부분 학교생활에 성실하지 못하기로 소문이 나 있고 상당히 권력 지향이라고까지 말한다. 벌써 환경부장 선생님한테 가서 이번 학생부 지도 방침에 대한 불만을 다 얘기한 모양이었다. 학생부장 선생님은 이따 오후에 선도부원 전체를 불러 근본 방향을 놓고 같이 의논해 보자고 한다.

"좋지요. 그치만 전에도 회의 비슷하게 한 번 모여 봤는데 말이 영 안 통하던걸요. 오늘 회의에서 완전히 새로운 방향으로 거듭나든지, 정 안 되면 선도부를 교통지도반으로 바꾸자고 해야겠어요."

내가 보기에 이 학교는 교문 앞 교통지도가 더 급했다. 건널목이 바로 옆 초등학교 교문 앞으로 나 있는데, 버스 정류장은 우리 학교 교문 바로 맞은편에 있어서 아이들이 왕복 4차선 도로를 그냥 내달려 건너 다닌다. 9시가 가까워질수록 차들이 급정거하는 횟수도 많아지고, 차 안에서 달리는 아이들에게 욕을 퍼붓는 고함 소리도 크게 들렸다. 오후에는 교문 쪽 정류장을 이용하는데, 버스가 서기도 전에 찻길로 우르르 몰려 나가는 통에 버스는 1차선에 서고 아이들은 2차선 도로를 메우고 해서 아주 난장판이다.

이날 오후, 선도부 전체와 자리를 함께했다. 자기들끼리 먼저 모임을 가졌는지 아이들 얼굴이 무척 달아올라 있었다. 일이 쉽게 풀릴 것 같지 않은 예감이 들었다. 대표 학생이 새로운 학생부 방침에 대해 미리 준비한 듯 불만을 토해 냈다. 핵심은 선도부가 벌점을 주지 않으면 규정이 왜 필요하냐는 거였다. 그런데 얘기를 하면서 그 아이는 점점 흥분했고 논리의 비약도 심해졌다. 단순히 말로 권고하는 정도면 결국 사복 입고 다니는 것도 그냥 둬야 하고, 머리를 빨갛게 염색해도 그냥 둬야 하는 거 아니냐는 식이었다. 작년 학생부 선생님들은 선도부를 든든하게 뒷받침해 줬는데 올해는 이게 뭐냐고 했다. 자기네들은 아이들한테 온갖 욕을 얻어먹어 가면서 아침 일찍 추위에 떨고 있는데 어떻게 학생부 선생님이 자기네 수고를 몰라주냐고 했다.

아이는 드디어 분을 참지 못하고 몇 번씩 말을 끊었다 울었다 하다가 끝내는 밖으로 뛰쳐나갔다. 몇몇 아이가 뒤따라 나갔고, 몇몇 아이는 억울하다는 듯 주먹을 움켜쥐었다. 고개를 바짝 쳐들고 쌔액쌔액 가느다란 숨소리를 내는 아이도 있다. 너무 어이가 없어 이런 애들과는 대화가 되지 않겠구나 직감했다. 우선 굉장히 미안하고 안타까운 표정을 짓긴 했지만, 솔직히 말해서 속으로는 웃기고 자빠졌네, 그랬다. 이거 완전히 미쳤구만!

"너네 고생하는 건 다 알지. 그래서 작년에 선도부 봉사 점수를 연간 열 시간인가 쳤다는데 올해부턴 오십 시간 이상 준다고 그런 거 아니냐. 그렇지만 너네 말이야. 선도부가 언제 어떻게 시작되었는지는 알고 있니? 응? 그래 맞아. 일제시대 군국주의 소산이야. 잘 아네. 과거 군사 통치 시절에도 힘을 발휘했지. 지금은 많이 없어지거나 모습이 바뀌고 있어. 선도부가 어느 학교에나 꼭 있어야 하는 건 아니지. 교문을 선도부 없이 통과한다고 해서 학교가 어떻게 되나? 문제가 있다고 해도 선생님들이 지도하면 되잖아. 너, 내 수업 듣지? 맨날 엎드려 잠만 자고 있더라. 학생의 본분이 성심껏 공부하는 거지, 까짓 복장과 용모 규정 지키는 거냐?"

"학생 신분에 맞는 복장과 용모 규정을 지키는 것도 중요하잖아요."

"그래, 그건 나도 인정해. 그치만 지금 규정이 얼마나 복잡하고 까다로우냐? 그 규정이란 게 움직일 수 없는 것도 아니고, 강제력보다는 자발성이 더 중요하잖아. 극단적으로 말해서 옷을 마음대로 입고 치장을 마음대로 한다고 해서 큰일이 날 것 같으냐? 그럼 복장과 용의 규정이 자유로운 초등학교나 대학교, 외국의 중·고등학교는 어떻게 유지돼?"

"거기하고 여기하고 사정이 똑같은가요? 모든 규정을 없애자는 말인가요?"

"왜 말을 비약하나? 그래 물론 내 방식대로 한다고 해도 늘 문제는 생기겠지. 겉보기에는 더 나아진다는 보장이 없어. 오히려 지금도 늘 나오게 마련인 문제점조차 자율권이나 인격을 존중하자는 지도 방식 탓으로 돌리려 할걸. 그런 만큼 지금 학생부 선생님들은 훨씬 힘든 시험을 치르는 거야. 너희들은 사실 학생들 처지에서 생각해야 더 자연스러운 건데 자기도 모르는 사이에 선도부 자의식이 점점 강해졌다고 봐. 남들 눈에 잘 안 보이는 것이 너네 눈에 잘 보이는 것도 그래서 그런 거 아닐까? 꼭 먹이를 낚아채려 드는 사냥꾼처럼 말이야. 저기 건물에 쓰여 있는 대로 '즐거운 학교'를 만들기 위해서 우리가 어느 쪽을 선택해야 할까?"

결국 학생부장 선생님이 선도부를 봉사부로 바꾸려 하니 거기 참여할 사람은 남고 그렇지 않은 사람은 나가는 걸로 하자고 말해서 사실

상 선도부는 해체의 길을 걷게 되었다. 뒤에 학생부장 선생님이 교장 선생님한테 대충 사정을 얘기했는데 새로운 제안에 동의하더란다. 작년 꼴을 더 이상 봐줄 수 없겠다는 얘기다.

그런데 그때부터 반격이 시작되었다. 작년에 학생부를 맡았던 환경 부장과 선도부 학생들이 공동전선을 펼치는 듯했다. 환경부장은 학생 부장한테 자꾸 전화를 걸어서 벌점 기준을 넘은 학생들을 보내 달라고 했다. 올해부터 주번 교사제가 없어져서 학교가 엄청 지저분하니 징계 받은 학생들한테 청소를 시켜야겠다는 것이다. 그러나 학생부에는 징계받는 학생이 있을 리 없다. 더욱이 학과 시간 중에는 학생이 벌을 받을 수 없게 되어 있다.

그 살벌했던 학생부 교무실이 상담실 분위기로 바뀌었다고 찾아오는 선생님들마다 반기건만, 환경부 선생님들은 달랐다. 그런 식으로 해서는 안 된다는 거였다. 더구나 환경부장은 꼭 학생부장 선생님만 교묘하게 괴롭혔다. 그래서 나 역시 사냥꾼처럼 벼르고 있는 수밖에 없었다.

선도부 아이들은 어쩌다 나와 마주치면 고개를 외로 꼬며 외면하더니, 누군가 교장 선생님한테 긴 분량의 탄원서를 올렸다. 선도부가 없어지면서 학생들이 제멋대로 치장을 하고 다닌다, 그래서 밖에 나가면 부평여공고 학생이라는 게 창피하다, 왜 작년 학생부장 선생님이 원로 교사인데 환경부로 '왕따'시켜 쫓아냈느냐, 왜 올해 학생부 선생님들은 규정을 무시하느냐, 말이 안 통한다, 교문 지키는 걸 사냥꾼이라 표현 했다…… 비슷한 내용의 짤막한 글이 학교 인터넷 게시판에도 올랐다.

하지만 교장 선생님도 꿈쩍하지 않았고, 인터넷 게시판도 관심을 끌지 못한 데다가 반대 의견이 올라와서 결국 선도부는 끝장이 나고 말았다. 다만, 원래 그런 애들인지 아니면 일부러 그러는 건지 모르겠으나, 과거 선도부원 가운데 몇몇 아이는 스스로 규정을 어기면서 빼기고 다니는 게 눈에 띄었다.

지금 아침 교문은 봄꽃과 더불어 활짝 개방되었다. 1학년만으로 '청람도우미'를 새로 뽑아서, 먼저 30분쯤은 교문에서 현관에 이르는 길을 말끔히 청소하고, 나머지 30분쯤은 횡단보도로 나가 교통질서 지키기 운동을 벌인다. 이 또한 부끄럽다. 초등학교 앞에서 초등학생이 아닌 고등학생들을 대상으로 아침마다 교통 캠페인을 벌이게 될 줄이야……. 나는 도우미 아이들과 좀 떨어진 자리에서 멋쩍게 담배나 피우며 서성거릴 따름이다.

원종찬, 인천 부평여공고 (2002.4.12)

제 길을 가다

# 시 가지고 놀기

여섯째 시간 1학년 1반 국어 시간에 들어가서, 지난 시간에 자기들이 쓴 시를 쭈욱 읽어 주었다. 다 읽어 주고 나서 자기 마음에 가장 와닿는 시를 한 편씩 추천해 보자고 했다.

"오늘은 지난 시간에 쓴 시 가운데 어느 시가 가장 좋은지 시 장원을 뽑아 보자. 상품도 있다."

"뭔데요?"

"너희가 목숨 걸고 먹는 초코 소보로빵이다."

"우아!"

"먼저 오늘 들은 시 가운데 한 편씩 추천해 봐라. 시를 추천하고 그 시 어디가 좋아서 추천하는지도 말해라."

한 사람씩 손을 들고 추천을 한다. 나는 시 제목과 시를 쓴 아이 이름을 칠판에 적었다. 모두 열 편을 추천했다.

### 섹시한 여자 (연제고 1학년 우동길)

친구들과 택시를 타고 집에 간다.
그저 창밖을 멍하니 바라보다가
눈이 번쩍 뜨인다.
섹시하다.

보이지 않게 될 때까지 바라보다가
학교에서 공부할 때를 떠올려 본다.
끝이 어딘지도 모를 공부를 하는 것보단
섹시한 여자나 보고 즐기는 게
훨씬 현실적이지 않을까?

### 산소 없는 독서실 (연제고 1학년 유성훈)

시험 기간이 되자
내 발길은 독서실로 향한다.
신발을 갈아 신고 들어가니
숨 막히는 독서실이 보인다.
산소가 없는 독서실
내가 저길 들어가야 하나.

아이들 (연제고 1학년 김재환)


5교시 나른한 수업시간
창틀 넘어 밝은 얼굴로
축구하는 초딩 아이들을 바라본다.
저 아이들도 몇 년 뒤엔
나처럼 어두운 얼굴을 하고
창틀 넘어 축구하는 아이들을 보면서
부러워하겠지.


체질 개선 (연제고 1학년 김민철)


다른 날보다 더 피곤한 것 같은 월요일 아침
스피커에서 나오는 영어회화는 더욱 피곤하게 한다.
졸음을 참지 못하고 결국 팔에 얼굴을 묻는다.
잠에서 깨어 앞을 보는데
이게 웬일
수학 선생님이 눈을 부라리고 있지 않은가.
분명 1교시는 국어 시간인데
초등학교 중학교 9년 동안
잠 한 번 못 자본 체질인데
그런 내가 한 시간을 통째로 자다니

이게 과연 좋은 변화일까?


**그때는 왜 몰랐을까?** (연제고 1학년 홍승표)


고등학교 입학하기 일주일 전
약간 어깨에 닿고 한쪽 눈을 덮는
나의 긴 머리와 이별하기 위해
미용실로 향했다.


어머니가 해운대에 사시는 할머니를
만나러 가다가
근처 미용실에 내려주었다.


문을 열고 안으로 들어가자
미용사가 능숙하게 머리를 자르고 있다.
아, 다행히 이상하게 자르진 않겠구나.


이윽고 내 차례가 되어
자리에 앉아 이렇게 말했다.
저 이번에 고등학교에 가거든요,
짧게 잘라 주세요.
미용사는 고개를 두어 번 끄덕인다.

미용사는 머리 가운데로 고속도로 하나를 내놓는다.
아찔한 순간, 정든 자식을 떠나보내는 것처럼
떨어지는 머리를 보자 가슴이 아려온다.

그때는 왜 몰랐을까?
미용사가 내가 원하는 길이를 알 리 없다는 것을
난 그곳이 처음 간 미용실이었다는 것을
미용사가 바리깡을 들 때부터 눈치 챘어야 했는데

머리가 다 밀려 갈 쯤
거울에는 군바리 하나가 보인다.
차라리 반삭을 한다고 할 것을
때늦은 후회를 하며 돈을 주고 나왔다.

텅 빈 머리 사이로 싸늘한 바람이 지나가듯
내 마음도 텅 빈 것 같다.


**까마귀** (연제고 1학년 강승훈)


시험 첫날
집 앞을 나서는 순간
까마귀가 보인다.

저 쌍노무 새대가리 새끼가

어딜 감히 수험생 집 문전에서 얼쩡거려.

부아가 치민다.

그러다 문득 깨달았다.

까마귀는 까맣게 태어났을 뿐인데

단지 까맣게 태어났을 뿐인데

사람들이 멋대로 나쁜 새라고 단정 지었다는 걸.

나도 날 욕하던 사람들과 다를 게 없다.


**빡친 놈** (연제고 1학년 김성훈)


반가운 저녁 시간이다.

오늘도 풀코트에서 농구를 한다.

언제나 내가 슛을 할 땐

키 큰 애가 앞에서 막는다.

나는 그럴 때마다

"와따, 키 크다." 하고 외치면

"부럽냐? 넌 언제 클래?"

순간 나는 절마를 노려본다.

오늘 조상님들을 만나보고 싶은가 보다.


**언행불일치** (연제고 1학년 한경호)

시험을 갈았다 심하게

엄마한테 말하기가 두려웠다.

그런데 엄마가 한 말이 기억났다.

"시험 성적이 낮아도 당당하게 살아라."

나는 당당하게

엄마한테 시험 성적을 말했다.

의외로 엄마가 웃음을 띠며

"괜찮아, 다음에 잘 치면 되지."

이 말이 끝나는 순간

엄마는 단소를 들었다.


**편지 한 장** (연제고 1학년 김재완)


고백을 위해 꿍쳐 놓은 편지 한 장

도서관에서 편지를 전해 볼까.

결국 생각만 하고 지갑으로 들어간다.

좋아하는 마음만은 넘쳐흐르는데

내 마음이 둑을 쌓고 있다.

높게 더 높게

결국 한 발 물러서서 바라보기만 한다.


**공익** (연제고 1학년 황민우)

점심시간이다.
뜨거운 속을 달래려
50% 할인 아이스크림을 향해
정문을 통과하려던 참이었다.

그때 생전 처음 보는 사람이
선배들과 여학생은 보내 주면서
우리는 안 보내 주는 거였다.
정말 어이가 없다.
알고 보니 공익이다.

운동장을 걸어다니다
점심시간 끝나는 종소리를 듣자
내 속의 울분이 터져 나왔다.
"치사해요."

정적이 흐르고
웃으며 나를 부르는 그 사람
나도 웃으며 쫄쫄 따라 갔다.
"씨발놈아, 웃지 마라. 웃기냐?
몇 살 차이 나는지 아나? 이 개새끼야."

흰 미들탑에 땅에 끌리는 청바지
칙칙한 반팔에 금목걸이를 빛내며
동그란 인상에 살짝 곱스르한 머리
생전 처음 보는 이 남자가
웃지 말라며 나에게 욕을 한다.
자기가 먼저 웃어 놓고
나보고는 웃지 말라고 욕을 한다.


　가장 먼저 추천한 시는 동길이가 쓴 '섹시한 여자'다. 내가 읽어 줄 때 한바탕 웃음보가 터졌다. 나는 분명히 동길이가 쓴 '섹시한 여자'라고 말했는데, 저 뒤에 앉은 민우가 "섹스한 여자라고?" 하는 바람에, 교실이 떠들썩하도록 한바탕 소동이 일어났다. 여기저기서 어찌나 똥패스를 넣어 대는지. 진정시키느라 땀 뺐다. '섹시한 여자' 시를 듣고 하도 엉뚱한 쪽으로 이야기를 끌고 가기에 내가 그랬다.
　"나는 이 시가, 끝이 어딘지도 모를 공부를 하고 있는 것보다 자기 하고 싶은 일을 하고 살아야 한다는 말을 이렇게 둘러서 말한 것 같아요."
　"우아! 동길이, 그런 뜻이었어?"
　재환이가 쓴 '아이들'을 추천한 창한이는, 자기도 운동장에서 축구하는 초등학생들을 보면서 비슷한 생각을 했는데 표현하지는 못했다고 했다.
　'산소 없는 독서실'을 추천한 윤석이는 자기도 그때 성훈이와 같이 그 독서실에 갔는데 정말 그런 느낌이었다고 했다.

승표가 쓴 '그때는 왜 몰랐을까?'를 추천하는 아이들이 많다. 자기들도 강요에 못 이겨 머리 잘랐을 때 비슷한 심정을 느꼈다고 했고, 승표가 그 상황을 아주 또렷하게 잘 표현했다고 그랬다.

칠판에 시 제목 열 개를 써 놓고 가장 마음에 드는 시 하나를 고르라면 어느 시를 꼽겠느냐고 물었다. 차례로 손을 들기로 했다. '섹시한 여자'가 열 표 나오고, '그때는 왜 몰랐을까?'가 아홉 표 나오고, 나머지는 모두 두세 표씩 고르게 나왔다.

표를 많이 얻은 두 시를 놓고 결선 투표를 했다. 그랬더니 이번에 순위가 바뀌었다. 승표가 쓴 '그때는 왜 몰랐을까?'가 스물세 표를 얻어 오늘 시 장원으로 뽑혔다.

수업이 이렇게 흘러갈 줄은 나도 몰랐다. 다른 반에서는 이렇게 하지 않았다. 즉흥으로 끌고 간 시 맛보기 공부였는데 한 시간이 어떻게 흘렀는지 모르게 후딱 지나갔다. 아이들도 나도 참 많이 웃었다. 재미난 한 시간이었다. 참 잘 놀았구나 싶다.

구자행, 부산 연제고 (2011.5.17)

# 무서워하고 있었다

"조디"라는 별명을 가진 조형준은 참 어이없는 행동을 할 때가 많다. 키가 또래보다 훨씬 큰데도 작은 친구들한테 놀림을 받고 훌쩍거린다. 공부 시간에 친구들하고 장난을 친다고 야단을 치면 씩씩대면서 대놓고 욕을 한다. 때로는 그런 조디가 무섭다. 저러다가 주먹이라도 휘두르는 거는 아닌가. 내 눈을 보고 욕이라도 하면 아이들 보기 부끄럽겠다. 그래서 적당히 타이르면서 위기를 넘기고는 했다.

처음 글을 쓰는 시간에 아무것도 안 하고 있길래 복도에 나가 유리창 너머를 보고 뭔가 쓸거리가 생각나면 들어오라고 했다. 그랬더니 들어와서 이런 글을 쓴다.

비둘기 (합천중 1학년 조형준)

나도
비둘기들처럼 날아다니고 싶다.
저 멀리도 갈 수 있고
이리 왔다. 저리 갔다.
하면서 자유롭게
날아다니고 싶다.

하늘을 날면 기분이
좋을 것 같다.
내가 만약에 하늘을 날면
아주 높은 하늘로
가고 싶다.

나도 비둘기가 되었으면
좋겠다.

비둘기는 좋겠다.
나도 마음껏 날고 싶은데…….

나는 마음속으로
하늘을 날아다니는 생각을
한두 번씩 한다.

나도 날고 싶다. (3월 19일)


창밖에 날아다니는 비둘기를 보고 썼다고 했는데 나는 솔직히 조디
가 이렇게 글을 쓸 거라고 생각하지 못했다. 그런데 이렇게 글을 써 와
서 기분이 좀 좋았다. 달마다 내는 글 신문에 신고 공부 시간에 다시 읽
는데 아이들이 웃기다고 했다. 조디가 이런 글을 쓰다니, 전혀 조디답
지 않다는 것이다. 조디는 아이들을 때리고 장난을 치다가 싸우기도 하
고 그러다가 힘도 없는 작은 아이한테 맞고 훌쩍거리는 아이다. 그런
조디가 비둘기처럼 하늘을 날고 싶다니……. 별 감동이 없다는 아이들
말을 들으니 그런 것도 같아서 내가 내용도 없는 글을 실었나 하고 자
책하고 있었다. 조디는 비둘기라고 놀림을 받았다. 비둘기, 비둘기 그
러면 조디는 또 흥분해서 욕을 한다, 수업 중인데도 말이다.
5월에 글을 쓰는데 조디가 뭘 열심히 적는다. 아버지 이야기다.


아버지 술버릇


아버지는 안 좋은 일이 있으면 술을 드신다.
나는 그날 밤에 잠을 못 잔다.
아버지가 우리를 부르기 때문이다.
아버지가 이렇게 말하신다.
"내가 누구 아버지니? 니가 누구 아들이니?" 하시면
나는 "아버지 아들이요. 우리 아버지요." 한다.

밤 열한 시가 넘어야 잘 수 있다.

나는 이런 아버지 술버릇이 싫다.

내일 학교도 가야 하기 때문이다.

아버지는 왜 술을 드시는지 모르겠다.

나는 아버지가 술을 드시는 것보다는

때리는 것이 나을 것 같다.

아버지가 이제 술을 드시지만 않으면 좋겠다.

이 글을 읽고 조디를 좀 알 것 같았다. 술을 드시는 것보다 때리는 게
나을 것 같다는 말을 들으니 집에서 많이 맞는가 보다. 담임선생님한테
도 보여 줬다. 그 선생님도 조디가 아버지한테 많이 맞는다는 걸 알고
있었다. 우리는 조디 이야기를 좀 오래 했다. 무섭다는 느낌도 같았다.
둘 다 조디를 무서워하고 있었던 것이다.

공부 시간에 딴짓을 하거나, 혼내면 씩씩대며 욕을 하는 조디를 볼
때마다 집에서 아버지한테 매를 맞는 모습이 떠올라 그만 화를 삭이고
는 했다.

방학을 마치고 겪은 일 쓰기를 했다. 조디는 방학 동안 할머니 집에
잡혀 일만 했다고 푸념을 했다. 들어 보니 참 힘들게 방학을 보냈다.

할머니 집

방학이 시작되는 날, 할머니한테서 전화가 왔다. 나보고 일 좀 도
와 달라고 하셨다. 그래서 나는 버스를 타고 할머니 집에 갔다.

그런데 할아버지가 마중을 나오신 것이었다. 나는 할아버지와 집으로 가며 논을 보았다. 할아버지가 "벼는 알맹이가 달리면 거둘 날이 얼마 안 남은 것이다."라고 하셨다.

집에 도착하니 할머니가 마늘 머리를 따고 마늘망에 넣어서 무게를 재는 일을 하셔서 나는 그 일을 했다. 할머니는 이십 키로에다 이백 그램을 더 넣으면 된다고 하셨다. 나는 할머니 말대로 무게를 재고 옆에 세워 놓고 또 무게를 재고 옆에 세워 놓고 하는 일을 서너 시간이 넘게 했다. 그리고 저녁을 먹고 씻고 이불을 펴고 텔레비전을 보고 있는데 할머니가 마늘 머리 따고 무게 재는 일만 사나흘 정도 걸린다고 했다.

마늘 작업이 끝나고 밭으로 올라가서 할머니와 고추밭에서 익은 붉은 고추를 따는 일을 했다. 그것도 이틀이나 걸렸지만 그걸로 김치를 담그실 거라고 하셨다.

할머니, 할아버지랑 나는 밭을 갈아서 배추씨와 무씨를 뿌리고 살짝 덮고 배추 비료를 조금씩 뿌렸다. 비료를 뿌리면 배추가 잘 큰다고 한다. 그리고 할아버지와 배추밭에 있는 감나무를 톱으로 베어 버렸다. 그래야 배추가 잘 자란다고 하셨다. 그리고는 당분간 할 일은 다했다고 하셨다.

며칠 후에 다시 일을 했다. 나는 할머니와 밭으로 올라갔다. 비가 올 것 같아서 하우스 안으로 깨를 옮기는 일을 했다. 한 달 동안 할머니와 어떻게 일을 할지 걱정이다. (8월 26일)

키가 크고 어깨가 벌어진 조디 모습이 다시 보였다. 까무잡잡한 살갗도 일을 하면서 그리 됐겠네. 문집 첫머리에 실린 조디 글을 읽고 아이들은 "조디 대단하다"고 했다. 나도 대단하다고 생각했다. 이렇게 일을 하는 아이는 우리 군에서 가장 큰 학교라는 이곳에도 거의 없다. 아이들은 조디를 존경스런 눈빛으로 보지는 않는다. 조디는 조디다. 하지만 일하는 조디, 매 맞는 조디를 봐서 다행이라고 생각한다. 나부터도 처음 본 조디 모습이 지금까지 이어졌다면 사단이 나도 몇 번이나 났을 게고 참 미워했을 것 같다.

사람은 하나하나가 소중하다고 하는데 겉으로 보면 다 똑같아 보인다. 별로 소중한 것 같지도 않다. 때로는 말도 안 듣고 멍청한 짓을 해서 화가 나기도 한다. 그런데 조디처럼 이렇게 생각을 글로 드러내면 소중해 보인다. 그래서 나는 자꾸 글을 쓰자고 하는 것이다.

정유철, 합천 합천중 (2008.9.17)

# 가정방문 간 이야기

출장비 만 원까지 받고 가정방문을 갔다 왔다. 아이들 집에 가서 보면 교복 안에 있는 진짜 아이들 모습을 좀 볼 수 있어 좋다.

기철이

2남 가운데 막내. 어머니 아버지 할머니와 산다. 냇가 옆, 뒤에 산을 두고 작은 집이 있다. 앞에는 밭이고 그 앞은 골짜기와 산이다.

기철이 아버지는 지금 합천고려병원에 있다. 식구들 말로는 10년 전 다친 머리 때문에 간질이라고 하고, 당숙이나 병원에서는 술을 많이 마셔서 병원에 입원시켰다고 한다. 어머니는 온몸이 아프다고 하소연이고 할머니도 진통제를 먹고 있다. 온 식구가 아픈데 다행히 약값이나 병원비는 들지 않는다. 나라에서 다 대 준다고 한다.

학교를 마친 기철이는 버스를 타고 집에 와서 옷을 갈아입고 근처

소마구로 간다. 마구에는 소가 삼사십 마리쯤 있다. 하나같이 잘생긴 소인데 기철이는 여물통에 있는 여물 찌꺼기를 치우고 거기에 사료를 붓는다. 그다음에는 짚을 준다고 한다. 한 시간쯤 일을 하면 마친다. 씻고 집에 돌아가 밥을 먹는다. 소마구 옆에 당숙(소 주인)이 마련해 준 조립 건물에서 책도 읽고 컴퓨터도 쓴다고 한다. 하지만 내 눈으로 확인하지는 못했다. 당숙을 처음 봤을 때 기철이한테 빵과 우유를 건네는 모습을 봤다.

기철이는 말이 없다. 할머니가 하소연을 하시는데 아직은 그 현실을 몸으로 알지 못하는 것 같다. 자기와 거리가 먼 일이라고 생각하나 보다. 하지만 할머니 말을 들으며 얼굴을 감싸 쥐는 모습을 보니 무표정 뒤에 감춰진 고민을 읽을 수 있을 것도 같다. 인사를 하고 가려는데 할머니가 방금 밭에서 뽑은 파와 버섯을 검은 비닐봉지에 넣어 주신다. 몇 번이고 사양했지만 사양이 무시로 비칠까 봐 거듭 고맙다고 말하며 받았다.

기철이가 이런 글을 써 왔다.


### 소중한 생명 (합천중 2학년 4반)

6학년 겨울 방학 때 일어났던 일이다. 난 아르바이트를 시작한 지 얼마 되지 않아서 하나하나 형에게 배워 나가던 때였다.

소들이 사료를 먹을 자리를 깨끗하게 쓸고 나서 사료를 주기 시작하였다. 사료를 다 줄 때쯤 소가 새끼를 낳았다. 난 방금 낳은 송아지를 본 것은 처음이었다.

난 송아지를 보니 신기하다는 생각이 들었다. 그리고 난 형이 시키는 대로 수건을 가지고 와서 송아지를 닦아 주었다. 닦아 주고 보니 처음 볼 때 보다는 훨씬 귀여워 보였다.

수건으로 송아지를 닦고 나서 형과 나는 다시 일을 시작했다. 소들이 먹을 짚들을 들어 나르고 소들한테 짚도 주고 보니 전혀 추운지를 몰랐다 그리고 다음 날 형과 나는 아르바이트를 하러 와 보니 어제 낳은 송아지가 움직이질 않고 가만히 누워 있었다. 난 송아지가 자고 있는 줄 알고 신경 쓰지 않았다.

그런데 사흘 뒤 그 송아지는 죽고 말았다. 그 송아지가 죽은 이유는 내가 며칠 동안 소들이 먹을 물을 청소하지 않아서 그 물을 먹고 병이 들어서 죽었다고 했다.

난 내가 송아지를 죽인 줄 알고 슬펐다. 그리고 형과 아재와 함께 그 송아지를 묻어 주었다. 그리고 이렇게 빌었다.

'다음 생에는 사람이든 동물이든 건강하게 태어나라.' 그리고 난 아르바이트 일을 빠짐없이 열심히 해서 소중한 생명을 지킬 것이다. (3월 28일)


송아지가 죽은 까닭을 자기에게서 찾고 다음 생에는 건강하게 태어 나라고 비는 기철이 모습이 참 귀한 모습이다. 가난하고 힘들다고 불쌍하게 여길 수 있을까 싶다. 가난은 이 아이에게 다른 힘을 준다. 삶을 더 깊이 있게 살게 한다.

상영이

상영이 집은 기철이네서 다시 읍 쪽으로 나와 용주 면사무소에서 왼쪽으로 틀어 합천댐을 보고 몇 킬로미터 가면 나온다. 집으로 가는 길에 드라마 〈서울, 1945〉 촬영장이 나온다. 재미있게 본 드라마인데 한참 드라마를 찍는 곳이 나하고도 인연이 있었다.

세 칸 콘크리트 집에 화장실과 개집이 붙어 있는데 아주 간단한 집이다. 페인트칠도 안 되어 있다. 상영이와 같이 들어가 "계십니까" 하고 부르니 어머니가 나온다. 상영이가 어머니 손에 파를 건넨다. 기철이 할머니가 주신 파를 상영이에게 조금 나눠 주었다. 그런데 이상하다. 어머니는 내 쪽은 보지도 않고 파를 받자마자 그 자리에 앉아 다듬기 시작한다. 그렇구나. 어머니는 보지도 듣지도 못하시구나. 혹시나 하고 몇 번이나 불러도 대답이 없다. 상영이 얼굴을 보니 조금 붉다. 부끄러워하는가? 마음이 짠해서 내 몫으로 받은 파와 버섯까지 상영이한테 건네니 상영이는 "그러면 선생님 꺼요?" 한다.

"내는 집에 많다. 다 가져가서 해 먹어라."

그때까지도 나를 보지도 않고 앉아서 쪽파를 가리고 있는 상영이 어머니. 어머니는 움직이지도 못하고 방 안에서만 지낸다고 한다. 그러다가 상영이와 남편이 오면 이렇게 나와 음식을 만든다. 보이지 않는 눈과 들리지 않는 귀를 가지고 오직 손과 몸의 감각만으로.


어머니 (류상영)

어머니는 장애인이시다.

어머니는 집에서 앉았다가 누웠다가 계속 반복하신다.

어머니는 아침, 점심, 저녁을 밥을 드신다.

내가 학교에 다녀오면 어머니가 저녁밥을 챙겨 주신다.

나는 밥을 먹고 나서

강아지 밥을 준다.

나는 강아지랑 바깥에 나가서 놀고 온다.

나는 어머니가 왜 장애인지를 모르겠다.

나는 어머니를 매일매일 학교 갔다 오면 도와드리겠다고 생각한

다.

어머니가 오래 오래 건강했으면 좋겠다. (4월 6일)


"어머니는 아침, 점심, 저녁을 밥을 드신다"는 말을 직접 보니 알 것 같다. 상영이도 백혈병에 걸려 힘들게 병원 생활을 한단다. 방송국에 사연이 소개되고 주위 사람들 도움으로 수술도 하고 많이 좋아지고 있다고 한다.

이제 가려고 하는데 그냥 가기가 그래서 어머니 손을 잡았더니 내 쪽을 휙 본다. 솔직히 조금 무섭다. 상영이 얼굴도 빨개진다. 어머니는 사팔뜨기다. 내 손을 잡고 몇 번 쓸어 보시더니 "에이" 하면서 가볍게 뿌리친다. 남편도 자식도 아닌 낯선 손이니까.

집으로 오면서 나도 모르게 노래를 흥얼거렸다.

"우린 너무 행복하게 살고 있지 않나. 우린 너무 평화롭게 살고 있지

않나."

　왜 그런지 갑자기 정태춘 선생 노래가 생각났나 보다. 내가 누리는
행복이 사치스럽게 느껴졌다. 기철이 할머니와 상영이 어머니 모습은
살면서 자꾸 생각이 날 것 같다.

정유철, 합천 합천중 (2007.3.26)

# 부자들은 죽었다 깨어나도 못 느끼는

내가 전에 친구들과 부페에 간다고 엄마하고 한바탕 싸웠단 말이야.
한 6학년 땐가 중1인가 그랬어.

"엄마, 빨리 5천 원 도."

"3천 원밖에 없다."

그거라도 달라니 안 된다며 1,600원만 갖고 가래. 내가 막 소리 지르
며 그걸로 어떻게 가냐고 화를 내며 그냥 문을 꽉 닫고 나갔어. 딱 나가
는데 엄마가 3천 원을 주며 "자, 빨리 가지고 학교 가" 이러데.

나는 또, 3천 원을 가지고 우째 가라고, 이라며 받아 가지고 학교 갔
어. 학교 가니 아이들이 5천 원 가지고 있제? 이라데. 3천 원뿐이다 하
니 친구들이 2천 원을 빌려 주며 가자고 해. 학교 마치고 부페로 갔지.
아이들하고 기분 좋게 먹고 나왔지. 이제 집으로 가려고 나서는데 앞에
많이 봤던 사람이 걸어가고 있어.

'어! 우리 엄마네.'

난 반가워서 뛰어가서 엄마를 불렀어. 뒤에서 보니까 다리가 아파서 두드리며 가더니 나를 보더니 다시 팽팽해. 우리 엄마는 억수로 작아서 요만하단 말이야. 그리고 몸도 약해서 많이 못 걷거든. 내가 "엄마, 왜 걸어다니노" 명장동 입구에서 우리 집까지는 억수로 멀단 말이야. 엄마가 "알 꺼 없다" 하고 그냥 가. 걷다가 갑자기 3천 원 생각이 나데. (이때부터 울먹이기 시작) 엄마는 차비까지 나한테 다 줬던 거야. 거기다 누나한테 물어보니 월급 날짜가 이틀 후였어. 난 그때 방 안에 멍하니 있었어. 50분을 걸어오며 거기다 키도 작고 말랐는데⋯⋯. 점심은 먹었을까? 이런 생각이 계속 들어. 난 엄마한테 큰 죄를 진 것 같았어. 난 그것도 모르고 소리를 질렀으니 엄마는 얼마나 속상했을까.

난 그때부터 돈 달라고 떼쓰지는 않아.


지난 시간에 썼던 '감동한 일'을 이야기로 풀게 했을 때 이상화가 나와서 한 이야기다. 상화는 이야기하다가 그만 울먹이게 되었다. 상기가 "운다, 운다" 했다가 그만둔다. 상기도 마음에 눈물이 흘렀던 모양이다. 아이들 모두 잠깐 숨을 죽인다. 감동이 교실에 조용히 흐르는 모습이 바로 이런 것이다. 어느 반보다 분위기가 좋은 5반. 아무리 보잘것없는 글이라도 우리끼리 이런 감동을 나누면 그게 좋은 글이지. 그래, 이렇게 하려고 글을 쓰고 이야기를 했지.


김원일이 나왔다.

"초등학교 때 우리 집 형편이 되게 어려웠거든. 급식비가 많이 밀렸단 말이야. 그래 그날도 내가 급식비 내야 한다고 급식비 빨리 달라고 했는데. 아빠가 좀 힘없는 말로 다음 주에 갖고 가면 안 되겠나 하고 한숨을 쉬는 거라. 그날이 일요일인데 다음 주면 너무 멀잖아. 내가 안 된다고 소리치고는 놀러 나갔거든. 아버지도 그때 힘없이 나가데. 돈 구해 온다고. 나는 친구들하고 막 놀았어. 어두컴컴해서야 들어왔는데 아버지는 한참 있다 들어오데. 아버지가, 자 여, 급식비다, 하고는 주머니에서 꾸게꾸게해진 돈을 다시 곱게 펴서 나한테 주데. 돈을 받으며 아래를 보니 아버지 신발이 다 떨어졌어. 아……."

원일이도 그만 울먹해졌다.

"아버지는 아까 어디 나가서 돈을 구해 왔던고?"

"아까 놀 때 봤거든. 억수로 험한 일을 하고 있데."

"무슨 일?"

"으응……. 너머 집 앞 쓰레기 치우는 일……."

아이들이 잠깐 말을 잇지 않는다. 그때 맨 앞에 앉은 정호가 말한다.

"얌마, 쓰레기 치우는 일 그거 괜찮다. 어때서."

"그래, 어때서."

아이들은 여기저기서 작은 소리로 말하고 있다.

우리는 또 하나가 된다.


장성민은 나와서 몇 마디 못 하고 기어이 울고 말았다.

"며칠 전에 교복 맞추러 갔는데…… 아버지하고 같이 갔거든. 아버지하고 그렇게 나가 본 적 별로 없었단 말이야. 아버지를 보니까……."

평소 말이 없는 성민이는 금방 얼굴이 붉어지더니 그예 눈물을 글썽인다. 아버지가 장애인인가? 아버지가 많이 편찮으신가? 몇 아이들은 "운데이. 성민이 운데이" 한다. 말이 이어졌다가 다시 끊긴다. 참는다.

"아버지 입고 있는 옷이, 신발이 너무너무 낡았는 기라……."

여기까지 이야기하고 성민이는 그만 눈물을 쏟고 말았다.

내가 앞으로 나가 울고 있는 성민이를 안았다. 한숨이 나온다. 한참 안고 있었다. 그리고 이야기하기 전에 써 둔 글을 내가 대신 읽어 주었다.

"한참을 걸어가다가 아버지를 그냥 슬쩍 보았다. 아버지 모습은 초라했다. 나는 좋은 옷에 좋은 신발을 밖에 나간다고 옷을 잘 입고 나갔는데 아버지는 허들허들한 옷에 다 떨어진 신발을 신고 걸어가고 있었다. 순간 나는 아버지께 미안했다. 그 모습을 보자 내가 공부 안 하고 놀았던 기억이 떠올랐다. 나는 지금 무엇을 하고 있는가. 내가 참 한심스러웠다. 아버지 어머니 생신 때 좋은 신발 하나 사 드리려고 생각했다. 하지만 그건 생각뿐 실현되지 않았다."

여태껏 시시했던 내 수업이 갑자기 환해지는 기분이었다. 우리는 이렇게 마음을 나누고 있구나! 그래 가난이 아니면 누가 이런 감동을 주겠는가. 마음도 아프고 몸도 고달프게 살아가지만 우리는 그래도 이런 따뜻한 훈기를 느끼기도 하지. 부자들은 죽었다 깨어나도 못 느끼는.

이상석, 부산 경남공업고 (2004.7)

# 아이들은 제 힘으로 자란다

교실에서 아이들과 부대끼다 보면, 생각지도 못한 상황이 벌어질 때가 많지요. 그럴 때면, 교실백서 같은 책이라도 있어서 정답을 콕 집어 알려 주면 좋겠지요. 그런 교사 마음을 읽기라도 했는지 요즘 서점에는 그런 책들이 널려 있습니다. 도움이 되든가요? 내가 맞닥뜨린 상황은 안 나와 있거나 상황은 비슷해도 정답이 아니기 일쑤지요.

요즘처럼 말썽 부리는 아이들이 많은 교실, 혹시 여기 교실 일기들을 읽어 보면 무슨 정답이 있지 않을까, 생각할지 모르겠습니다. 교사에게 대드는 아이를 어떻게 꺾어야 할지, 공부 시간에 정신없이 돌아다니는 아이 버릇을 어떻게 고쳐야 할지, 엎어져 자는 아이를 어떻게 공부에 끌어들여야 할지. 그런 답은 없습니다. 대신 여기 선생님들은 '이 아이가 왜 이럴까?', '이 아이에게 무슨 사연이 있는 걸까?' 안타까워합니다. 곁에서 가만히 지켜봐 줍니다. 흐름에 맡기면서 끝까지 참고 기다려 주지요.

여기 교실 일기에 나오는 아이들을 보세요. 놀랍게도 아이들은 저마다 제 힘으로 꿋꿋하게 살아갑니다. 제 손으로 도토리 주워서 할아버지 내복 사다 주는 남수, 들일하러 가는 엄마 대신 동생을 등에 업고 공부하는 정임이, 무릎 다친 아이 보고 같이 우는 재진이, 우리 오빠는 장애인이라고 또박또박 말하는 1학년 민지, 조금 모자란 동무 곁에서 함께 놀고 장난치며 웃는 형범이, 병원에 있는 엄마가 보고 싶어도 꾹 참고 비 오는 미장원 놀이 하며 마음 달래는 유경이, 새엄마와 살다 혼자 남겨진 6학년 미영이는 제 손으로 짐 싸서 이사까지 하지요.

　이 아이들을 보면서 저는 부끄러웠습니다. 남들이 나를 어떻게 볼까 재지 않고, 주눅 들지 않고 당당하게 제 힘으로 살아가고 있지요. 내가 이런 상황이라면 이 아이만큼이라도 할 수 있을까? 어른들이 이 아이들만큼 살아 낼 수 있을까? 그래서 아이들한테 배운다는 말을 하는구나, 그래서 '지금도 나를 가르치는 아이'란 말이 나왔구나 싶었어요.

상처 때문에 몸부림치는 아이도, 그 아이 나름의 방식으로 몸부림치면서 살아 내고 있다 싶어요. 그리고 그 곁에 한 사람, 동무 같은 선생님이 있어요. 아이들 곁에서 지켜봐 주는 것, 사실 그거 말고 교사가 할 수 있는 일이 없을 거 같습니다. 여기 선생님들은 그래서 스스로 무기력하다고 말하지요. 하지만 누군가 따뜻한 눈길로 지켜봐 주는 마음, 아이들은 그걸 몸으로 느껴요. 때로는 나를 지켜봐 주는 선생님 앞에서 어깃장을 놓기도 하지요. 그렇지만 그것은 지금 내가 힘드니까 도와 달라는 신호라고 생각해요.

아이들은 아직 생각이 덜 자랐으니 어른들이 끌어 주어야 한다는 욕심이 오히려 아이를 망친다고 봅니다. 아이들도 온전한 생각과 느낌을 가진 귀한 인격체입니다. 이 세상 온갖 생명체가 그러하듯 우리 아이들도 스스로 살아갈 힘을 지니고 났습니다. 아이들을 대할 때 옆에 동료 교사를 대하듯 해 보십시오. 얼마나 많은 교실 문제들이 저절로 술술

풀리는지 정말 놀라울 것입니다. 교사가 다 끌어가고 해결해 줄 필요가 없습니다. 아이들에게 맡겨 보십시오. 믿고 기다려 주는 것, 따뜻한 눈길로 있는 그대로 봐주고, 진심으로 끄덕이며 들어 주는 것, 이것이 진정으로 교사가 할 일이고 어른 노릇이라고 생각합니다.

2012년 11월 5일
구자행

# 우리 반 일용이

1판 1쇄 발행 2013년 1월 17일 | 2판 1쇄 발행 2018년 5월 15일

글쓴이 김숙미 외 | 엮은이 한국글쓰기교육연구회
펴낸이 조재은 | 펴낸곳 (주)양철북출판사 | 등록 제25100-2002-380호(2001년 11월 21일)
책임편집 이혜숙 | 책임디자인 하늘·민 | 그림 이나래
편집 박선주 김명옥 | 디자인 육수정 | 마케팅 조희정 | 관리 정영주
주소 서울시 마포구 양화로8길 17-9 | 전화 02-335-6407 | 팩스 02-335-6408
ISBN 978-89-6372-274-0 03810 | 값 14,000원
카페 http://cafe.daum.net/tindrum | 블로그 http://blog.naver.com/tin_drum
페이스북 http://facebook.com/tindrum2001